CB006721

Da série CRÔNICAS DA TERRA

O fim da escuridão, vol. 1
Os nephilins, vol. 2
O agênere, vol. 3
Os abuzidos, vol. 4

1ª edição | abril de 2015 | 12 mil exemplares
2ª reimpressão | junho de 2018 | 1 mil exemplares
3ª reimpressão | outubro de 2020 | 1 mil exemplares
4ª reimpressão | fevereiro de 2023 | 1 mil exemplares

CASA DOS ESPÍRITOS
Avenida Álvares Cabral, 982, sala 1101
Belo Horizonte | MG | 30170-002 | Brasil
Tel/Fax +55 31 3304 8300
www.casadosespiritos.com.br
editora@casadosespiritos.com.br

EDIÇÃO, PREPARAÇÃO E NOTAS
Leonardo Möller

CAPA, PROJETO GRÁFICO E DIAGRAMAÇÃO
Andrei Polessi

FOTO DO AUTOR
Leonardo Möller

REVISÃO
Naísa Santos
Pauliane Coelho

IMPRESSÃO E ACABAMENTO
Assahi Gráfica

O Agênere

Robson Pinheiro

pelo espírito Ângelo Inácio

Série CRÔNICAS DA TERRA, vol. 3

Dados Internacionais de Catalogação na Publicação (CIP)
(Câmara Brasileira do Livro, SP, Brasil)

Inácio, Ângelo (Espírito).
O agênere / pelo espírito Ângelo Inácio ; [psicografado por] Robson Pinheiro . – 1. ed. – Contagem, MG :
Casa dos Espíritos, 2015. (Série Crônicas da Terra ; v. 3)
Bibliografia

ISBN 978-85-99818-35-0

1. Espiritismo 2. Psicografia 3. Romance espírita
I. Pinheiro, Robson. II. Título. III. Série.

15–01952 CDD – 133.9

Índices para catálogo sistemático:
1. Romances espíritas : Espiritismo 133.9

Nesta obra respeitou-se o Acordo Ortográfico da Língua Portuguesa (1990), ratificado em 2008.

O agênere propriamente dito não revela a sua natureza e, aos nossos olhos, mais não é do que um homem comum. Sua aparição corporal pode ter longa duração, conforme a necessidade, para estabelecer relações sociais com um ou diversos indivíduos. [...] Um Espírito cujo corpo fosse assim visível e palpável teria, para nós, toda a aparência de um ser humano; poderia conversar conosco e sentar-se em nosso lar qual se fora uma pessoa qualquer, pois o tomaríamos como um de nossos semelhantes.

ALLAN KARDEC

(*Revista espírita*. FEB, 2004. Ano II, 1859. p. 64, 62.)

O mesmo Jesus se apresentou no meio deles, disse-lhes: Paz seja convosco. E eles, espantados e atemorizados, pensavam que viam algum espírito. E ele lhes disse: Por que estais perturbados, e por que sobem tais pensamentos aos vossos corações? Vede as minhas mãos e os meus pés, que sou eu mesmo; apalpai-me e vede, pois um espírito não tem carne nem ossos, como vedes que eu tenho. [...] Tendes aqui alguma coisa que comer? Então eles apresentaram-lhe parte de um peixe assado e um favo de mel, o que ele tomou e comeu diante deles.

LUCAS 24:36-43

Sumário

Introdução

NEM SEMPRE as histórias do passado são lendas. Por meio de intricados mecanismos, elas se repetem no tempo e no espaço tendo outros protagonistas.

Desde a Antiguidade, mas com ênfase a partir da época medieval, fenômenos insólitos e acontecimentos espantosos acabaram passando à posteridade como lendas ou contos fantásticos; mirabolantes, talvez. Não obstante — e indiferentemente a toda crença ou descrença, pois a realidade não requer anuência para existir —, a maior parte daqueles fenômenos efetivamente aconteceu e acontece ainda hoje, muito embora distante da lupa do cientista e investigador contemporâneo, que, não bastando desconhecer fatos estranhos a seu compêndio de estudos, também rejeita o insondável, refuta o insólito e se acomoda às fronteiras acadêmicas consagradas.

Enquanto os acontecimentos no planeta Terra assinalam este momento histórico da humanidade como um dos mais expressivos perante os eventos que prenunciam uma nova etapa do processo de reurbanização do mundo extrafísico, nos bastidores, desdobramentos aparentemente sem importância definem o futuro de milhões.

Escondidos em corpos etéricos, físicos ou de uma fisicalidade ignorada e ainda não admitida, seres de diferentes procedências perambulam por entre os gabinetes dos governos de diversos países e se imiscuem na multidão. Caminhando entre os homens terráqueos, filhos das estrelas, ou simplesmente filhos da Terra, em disfarces imperceptíveis, influenciam os destinos das sociedades humanas. Não é para menos. Depois de séculos e séculos de experimentações, os seres do submundo assumem de maneira mais enfática e pujante um papel no palco dos acontecimentos na superfície. Como quase ninguém está atento às possibilidades fenomênicas da ciência psíquica, espiritual, o homem dorme e não percebe esses eventos ou menospreza seu alcance e a chance de que venham a ocorrer. Colabora para esse desenho míope da realidade o fato de a maioria, incluindo os que alegam se dedicar ao despertamento da consciência, transtornar-se em busca das paixões materiais, do ganho financeiro a qualquer custo ou simplesmente distrair-se com os problemas cotidianos, que assumem importância vital em momentos de crise, sobretudo em meio à crise contemporânea — que é a de valores humanos.

Enquanto isso, o palco do mundo exibe personagens incríveis, que, de uma maneira ou de outra, desafiam o conhecimento e a crença de muitos. Seres que caminham entre os homens, que vivem suas paixões, que obedecem a estratagemas ardilosamente concebidos ao darem vazão a suas atitudes e que são mestres na arte de manipular e usar quem os cerca, bem como de dissimular sua natureza real e, assim, permanecer sorrateiramente infiltrados nos corredores sombrios de muitas organizações do planeta.

Reafirme-se a convicção: existem muito mais fatores ocultos a serem descobertos do que o homem do século XXI tende a imaginar; há muito mais vultos na escuridão e nas sombras do que ele gostaria de admitir ou é capaz de notar. Eis que o véu que separa os dois lados da vida se desfaz, e, ao mesmo tempo, a membrana da realidade se ergue, para trazer a lume um capítulo importante do grande jogo de xadrez cósmico que se desenrola fora das percepções dos mortais comuns. Mais do que seres invisíveis, desafiam a inteligência humana seres incompreensíveis, ainda inadmitidos por muitos que se acham sábios e doutos. Em dramas que se sucedem nos bastidores da vida pública, política e mundana, histórias sórdidas e acontecimentos soberbos marcam este momento histórico da humanidade, momento tal que precede o grande degredo de uma parte substancial da humanidade terrestre.[1]

Eis nestas páginas, caro leitor, o retrato de um capítulo do grande conflito em que há séculos se envolve o mundo. Numa linguagem natural, sem rodeios ou disfarces, sem pieguismo nem moralismo, apresento-lhe uma realidade ainda pouco conhecida — entretanto,

[1] O degredo é retomado à frente, na nota número 4 do cap. 5, à p. 202.

verdadeira —, para que tenha uma pálida ideia do que ocorre à margem do romantismo habitual de alguns livros e descrições que são fruto de uma concepção equivocada da vida espiritual e de suas implicações no mundo e na política humana. Desnudando o Invisível, surge um panorama novo, um universo muito mais real e consistente do que aqueles forjados pelo imaginário popular, apregoados por certos sistemas de crença ou fundados sob um religiosismo que se situa entre o prosaico e o folclórico.

Ante um mundo novo que desponta e o velho, o qual se desfaz diante do fracasso das atividades humanas no planeta, eis que se desvelam personagens, deste e de outros orbes. Eles caminham entre nós, seres extrafísicos e corporificados, que desempenhamos um papel dos mais importantes neste momento de decisão, na encruzilhada vibratória do mundo, prestes a renascer das cinzas de si mesmo.

Ângelo Inácio (espírito)
Madri, 7 de março de 2015.

Capítulo 1
O agente

NO PLANETA Terra, registravam-se os primeiros anos do século XXI. A realidade é que não se concretizaria o tão esperado juízo final, a grande catástrofe vaticinada por videntes e pregadores que se veria no ano 2012, embora decantada por diversas pessoas consideradas de bem, porém de uma conotação profundamente mística e escatológica. Ocorre que as datas do calendário maia não coincidem se calculadas segundo os padrões do calendário gregoriano. Outras datas tidas como certas para o retorno de Nibiru também não estão de acordo com os cálculos originais dos *annunakis* ou de seus descendentes diretos, os sumérios, o que causa certa descrença por parte de muitos que advogavam a catástrofe final e, da parte dos incrédulos, muito mais motivos para continuarem não acreditando. Nem um nem outro lado, porém, deram-se conta de que as bases dos cálculos estivessem erradas, e não os acontecimentos preditos, ao menos em seu cerne. Os calendários do planeta Terra atual não são os mesmos da época em que se profetizaram e se registraram tais acontecimentos nas tábuas de argila dos antigos sumérios e babilônios e mesmo nos hieróglifos dos antigos egípcios.

Mas, no início do século XXI, muito pouca gente sabia disso. Entrementes, outros acontecimentos desenrolam-se nos bastidores da sociedade, à margem da maioria dos humanos. Muita coisa está em jogo para decidir o futuro da humanidade; situações aparentemente pequenas em comparação com eventos cósmicos de grandes proporções, tão a gosto de visionários, videntes e pregadores de catástrofes. A humanidade sobreviveu à aventura triste de duas grandes guerras, muito embora novos aspectos concorram para a eclosão de uma terceira guerra — de natureza diferente, mas não menos destruidora —, que se alimenta nos gabinetes das agências de inteligência de alguns países.

Nações que ora se consideram poderosas parecem soçobrar como uma nau frágil perante o caudaloso rio planetário, de maneira que o cenário se redesenha, e se formam novos sistemas de poder. O mundo religioso abala-se diante de diversos escândalos, os quais são disfarçados pela política engendrada nos corredores escuros de templos e cúrias. No Oriente, surgem novas organizações, dando vazão à revolta de uma gente que se considera oprimida e arvora-se ao direito de vingança. Em nome de uma situação milenar que, segundo advogam, atormenta-os sem cessar, elegem bode expiatório ao qual dirigem sua raivosa ofensiva. A antiga União Soviética intenta se reagrupar, sob o patrocínio de forças descomunais que nutrem ambiciosas pretensões e materializam-se num homem que, à sua maneira, arquiteta o dano, a morte e a destruição, colimando seus objetivos de poder pelo poder. Quer ressuscitar a todo custo a antiga força que dominava os países da região, deixando à mostra sua completa insanidade espiritual.

Gradativamente, focos de poder ressurgem em torno de Israel, preparando o estopim de uma guerra que, a princípio, restringe-se ao entorno da terra prometida, mas, depois, tende a se transformar num lamentável equívoco humano, que marcará para sempre a história do mundo e mudará, também para sempre, o arranjo das forças políticas em torno do globo. Alastram-se pelo Velho Continente os descendentes de Maomé, de maneira não tão discreta, mas, ainda assim, sem serem devidamente detectados, e multiplicam-se em vários países, lançando sua semente em todo lugar. Sem se darem conta, as sociedades europeias abrigam em seu solo um novo poder, que se estabelece com lentidão, mas com tal tenacidade que se exigirá grande sofrimento da população a fim de enfrentar os danos causados a médio e longo prazos pelos filhos do quarto crescente. Lentamente, a Europa está sendo revolvida, vencida; justamente no seio das nações mais poderosas de outrora, a façanha é mascarada pelas questões econômicas, que, manipuladas pelos donos do mundo, distraem a atenção dos poderosos. Assim, passa despercebida a natureza moral e espiritual, mais abrangente, do jogo de poder em que estão envolvidos. Uma semente de destruição se espalha em nome de uma fé fundamentalista, de modo lento mas progressivo.

Na América do Sul, forças oposicionistas tomam o poder em todo lugar, espalhando uma nova mentalidade populista, que tem levado muitos homens bons a acolherem o selo da besta em suas mentes. Hipnotizados pela nova ordem de coisas dominante no continente, presenciam a derrocada dos valores duramente conquistados, os quais são abalados e dilapidados por pessoas inescrupulosas que assumem o poder na região. Os novos governantes, usados por forças das trevas, usam de todo recurso escuso para dominar. Assiste-se à ressurreição de antigos ditadores, reis e marechais de outros continentes que se reuniram na longínqua América do Sul na tentativa infrutífera de reerguer os impérios do passado, não obstante logrem erodir valores conquistados duramente ao longo da história. Mussolini,[1] Maria Antonieta,[2] Tibério[3] e certos generais ensandecidos do passado ressurgem em novos corpos; dispõem de menores poder e domínio em suas mãos, mas, nem por isso, seu legado é menos nefasto e destruidor. Engendram uma nova forma de governo, um novo campo de forças, que seduz incautos e leva muitos homens de bem a segui-los, desavisadamente. O quadro lembra bem a mensagem profética segundo a qual muitos seriam selados em suas testas e em

[1] Benito Mussolini (1880–1945), um dos criadores do fascismo, governava a Itália à época da Segunda Guerra Mundial.

[2] Última rainha da França, Maria Antonieta (1755–1793) pereceu na guilhotina durante a Revolução Francesa.

[3] Tibério César (42 a.C.–37 d.C.) foi general e imperador romano.

suas destras;[4] não fosse a bondade divina de abreviar aqueles dias, por causa dos escolhidos, a situação seria insustentável.[5]

Ante esse panorama aparentemente desolador, mas que reflete muito bem o momento histórico da partida de antigos atores — que desempenham e desempenharam muitos dramas no palco dos mundos físico e extrafísico —, o planeta progride, e os guardiões vigiam sobre os desatinos humanos. Diversos conflitos e guerras serão decididos em situações que aparentam ter pouca relevância, que não chamam tanto a atenção dos habitantes da Terra. Muitos casos de destruição serão evitados ou são manipulados nos bastidores da história e longe do olhar desatento da multidão ou do interesse da imprensa — esta última, manipulada, sem que o saiba, pelos que dominam o dinheiro e o poder no mundo dos homens, ou seja, as grandes corporações e as famílias detentoras de extraordinária força, que sabem muito bem o que pretendem e a

[4] Cf. Ap 13:15-17.

[5] Cf. Mt 24:22.

quais armas devem recorrer para assassinar os esforços de progresso da humanidade.

Lançando mão de uma tecnologia avançada em séculos, os seres do espaço, desde o quartel-general dos guardiões na Lua, calcularam, com elevado grau de probabilidade, que, no máximo em 10 anos, apareceria no mundo a grande concentração de forças que definiria a nova situação política da humanidade. Partindo da região no entorno da Palestina, a guerra se instalaria entre países aliados contra o grande inimigo comum, muito mais invisível do que material, mas, não por isso, menos ameaçador. Entrementes, a Terra logo regurgitaria, em meio a variações climáticas cada vez mais intensas, os habitantes preparados para o degredo.

Um inimigo invisível destronará as pretensões humanas de poder e força, alastrando-se entre os humanos e causando uma destruição muito mais devastadora do que o câncer e a aids; trata-se do mensageiro que prepara a população para um novo surto de dores necessárias, cuja função é definir valores e aferir as conquistas dos povos terrenos. De outro lado, um visitante obscuro do espaço causará grande comoção, aproximando-se sorrateiramente e sendo descoberto somente no último instante. A humanidade deve se preparar para um contato mais intenso com povos diferentes, porém, sem menosprezar a lei universal que ensina que semelhante atrai semelhante. Trata-se de acontecimentos reeducativos necessários a um mundo que não ouviu os apelos de transformação que já ecoam há mais de 2 mil anos e permanecem rejeitados pelo conjunto das sociedades.

Uma crise que atingirá diversos países, inclusive a mais poderosa nação, ditará novas diretrizes de segurança a quem confia no poder da política e investe na forma do dinheiro. A situação do mundo torna-se cada vez mais crítica, embora muita gente se acostume com a crise e não acorde para o significado que ela acarreta ao panorama tanto pessoal quanto mundial. Nas diversas sociedades, espalha-se o descontentamento; irrompem por toda parte protestos contra os poderes populistas ou ditatoriais, contra os desmandos e a corrupção tão declarada de alguns governos e governantes, de partidos e homens públicos. O quadro somente tende a se agravar, pois aqueles a quem competiria destronar a besta se encontram enfeitiçados; mesmo sendo pessoas de bem, já receberam seu selo em suas frontes e mãos, prestando-se a defender seus ideais e trabalhar para a perpetuação da desgraça em forma de política pública. Somente depois de muitos anos, os que contribuíram para manter os abutres no poder se darão conta de que a destruição foi muito mais vasta do que sugeriam as promessas feitas nos palanques e na mídia, bem como os artifícios para executá-las.

Seguindo o curso normal, sem maiores perturbações, evoluir a um patamar mais requintado e melhor consumiria pelo menos mais 2 mil anos. Contudo, como a vibração emitida pelo mundo está numa frequência cada vez mais densa, sob vários aspectos, o corretivo já se pôs a caminho, e o próprio magnetismo do planeta está em plena ação, atraindo para o mundo os artífices e as circunstâncias que farão soar a trombeta e acordarão o planeta para o clamor da meia-noite. Ninguém, nenhuma criatura ou instituição humana escapará de enfrentar o juízo, a dificuldade e a angústia derivados da irresponsabilidade que mantém no poder a corrupção e os corruptos, atalaias fiéis das forças da oposição.

Muitos contratos precisam ser desfeitos; tantos outros devem ser rompidos de uma maneira ou outra, sem o que a história humana não chegará a um desfecho feliz. Pequenas batalhas poderão definir o fim da guerra. Inúmeros dramas e lances poderão modificar o resultado final. Enfim, muito está em jogo e por acontecer.[6] Quem tem olhos para ver e ouvidos para ouvir que veja e ouça.[7]

...

O AGENTE HAVIA se entregado por completo à sua tarefa, que consistia em disfarce para encobrir sua verdadeira intenção ou a natureza mesma de sua atividade. Distribuía panfletos

[6] De tom profético, a presente introdução ao primeiro capítulo, encerrada neste parágrafo, recebe clara inspiração do espírito Edgar Cayce (1877–1945), notável paranormal norte-americano com faculdades premonitórias, que figura como personagem de outras obras do autor espiritual. Na passagem indicada a seguir, ele é sabatinado por diversos espíritos acerca do momento de juízo geral que a Terra atravessa (cf. PINHEIRO, Robson. Pelo espírito Ângelo Inácio. *A marca da besta*. Contagem: Casa dos Espíritos, 2010. p. 123-170).

[7] Cf. Ez 12:2; Mt 11:15; 13:9,16 etc.

numa loja de departamentos em Roma, nos arredores de um monumento dos mais conhecidos na Cidade Eterna. Era Natal, e estava disfarçado de Papai Noel, enquanto um número cada vez maior de curiosos o cercava, desejando ser fotografado ao lado do Bom Velhinho. Seus superiores haviam combinado com a direção da Coin Termini, ou seja, da filial da famosa cadeia de lojas situada no principal terminal de trens da cidade, que permaneceria ali pelo tempo necessário, a fim de fazer uma pesquisa sobre o real interesse dos cristãos a respeito da comemoração do Natal segundo uma filosofia diferente, mercantilista, que era simbolizada pelo velhinho vestido de vermelho e branco. Tudo isso embora, na verdade, o real sentido de sua presença fosse outro, uma vez que estava de olho em acontecimentos que se passavam na Cidade Eterna, mas principalmente no Vaticano, reduto de um poder com grande ascendência sobre o mundo há 2 mil anos aproximadamente. Com aquele disfarce popular, poderia deslocar-se nas cercanias sem ser identificado.

Em meio à multidão de pessoas e turistas que circulava diariamente pela estação Termini, membros da Santa Sé vestidos à paisana aproveitavam para ter encontros discretos sobre negócios escusos, especialmente na unidade do Terra Café, localizada bem perto das plataformas. Agentes de inteligência europeus não ignoravam esse fato. Em outros lugares na cidade, dois outros agentes também estavam disfarçados trabalhando em meio à multidão há mais de um ano, pois precisavam a todo custo decifrar certas conexões de um emaranhado político e financeiro que já se perpetuava há décadas. Mesmo acobertado pelo poder de um dos menores países do mundo, mas detentor de uma riqueza extraordinária e de um poder de manipulação mental de milhões de seguidores, não poderia passar despercebido, nem ser negligenciado pelo serviço de inteligência de alguns países.

O agente permanecia de pé, cercado por mais de 60 pessoas que se acotovelavam em torno dele, interessadas na fantasia daquele personagem conhecido na maior parte do mundo ocidental. Pequenos presentes insignificantes eram distribuídos para crianças e alguns pré-adolescentes que se deixavam dominar pelo espírito natalino. Vários adultos, diante de lembranças ou qualquer coisa que fosse distribuída gratuitamente, também se acotovelavam para disputar com as crianças um lugar ao lado do agente disfarçado. Enquanto os meninos mais agitados disparavam daqui para acolá e crianças eram compradas com doces, balas e brinquedos inúteis, que se autodestruíam em poucas horas propositadamente, um ou outro mais idoso reprovava a situação, por saber que tudo aquilo representava a futilidade, que tomava pouco a pouco o lugar dos valores que o Natal deveria recordar. O espetáculo era movido pelos objetivos comerciais dos administradores do lugar, que visavam atrair cada vez mais gente ao estabelecimento.

O agente havia recheado a roupa com espuma, de tal maneira que parecesse realmente gordo, pois seu perfil era muito diferente do que apresentava vestido a caráter. O homem travestido de Papai Noel já estava bem cansado e chateado por ter de se comportar daquela maneira, quando seu serviço, na realidade, tinha outro intento, que ele considerava muito mais relevante do que ficar de loja em loja fazendo papel de Bom Velhinho ou de palhaço, conforme um ou outro declarava ao passar por perto. Ficou realmente aliviado quando um homem de traje elegante, aparentando ser alguém de grande importância, tomou-o pela mão e tirou-o do meio da multidão. O agente não questionou a atitude tampouco a identidade da pessoa que o salvava das crianças, que quase o devoravam, juntamente com os adultos inconciliáveis que julgavam uma afronta o homem sair assim, sem atender-lhes em seus caprichos. Já se passavam mais de seis horas sem que o agente disfarçado conseguisse ao menos ir ao toalete ou alimentar-se. Agora, nem questionava quem o tirava das garras das crianças, que falavam em diversos idiomas, pois a Cidade Eterna era tomada de turistas de todos os recantos do mundo. O burburinho era tamanho que, sem pestanejar, entregou-se a seu salvador. Era a oportunidade de se safar daquela situação, ao mesmo tempo vexatória e desgastante — até mesmo para quem houvesse sido treinado em situações de perigo e grande desconforto.

O homem o conduziu a um toalete localizado no extremo oposto de onde estava, bem nos fundos da loja, e deu-lhe um pouco de tempo para se desvencilhar daquela roupa, que considerava ridícula. Surgiu, então, um homem relativamente magro, de 1,75m de altura e cabelos claros, com um sorriso farto nos lábios. Donnald pegou o agente pelo braço delicadamente, pois não queria deixar a impressão de que era descortês ou deseducado, e, sem dizer palavra, levou-o dali consigo, atravessando a multidão, que não mais reconhecia o agente sem seu disfarce. Ambos deslocaram-se mudos até um café nas proximidades e se alojaram numa das poucas mesas vazias. Foi somente então que Gilleard, o agente da inteligência europeia, pronunciou algumas palavras, pois estava acostumado com situações inusitadas:

— Pois bem, meu amigo, a que veio me salvar da maldita loja e do ataque dos pestinhas?

Após pedir dois cafés para ambos, e olhando por um tempo os olhos claros de Gilleard, o estranho homem de sangue dinamarquês resolveu se pronunciar:

— Felizmente, não vejo mais nenhuma das crianças que o incomodavam.

Gilleard permaneceu em silêncio, aguardando a resposta à sua pergunta. Aqueles eram tempos complicados, e Roma, na verdade, podia significar quase tudo, menos uma cidade pacífica e cristã. Donnald, voltando-se para Gilleard, meneou a cabeça e falou logo em seguida, como se não houvesse ouvido a pergunta do agente:

— Por quanto tempo mais gostaria de conservar aquele disfarce?

Gilleard pôde interpretar o movimento da cabeça de seu interlocutor como um sinal inequívoco de ironia. Tranquilamente, o agente respondeu, sem se abalar pelo fato de haver sido descoberto pelo homem, que, apesar de estranho, não abdicava de elegância:

— Depende de você, amigo. Já que é também meu salvador, com certeza teve algum objetivo ao me retirar daquela situação ridícula. Por mais que queira me prejudicar, jamais poderá fazer comigo qualquer coisa que eu mesmo não permita. Além do mais, decerto não pretende me fazer nenhum mal, pois, do contrário, não teria promovido minha saída daquele ambiente de maneira segura e discreta.

O homem admirou a habilidade de Gilleard em empregar as palavras como arma poderosa para evitar estragos maiores ou, quem sabe, desarmar o opositor. Sabia que procurara a pessoa certa. Fez ligeiro movimento com os olhos, buscando encontrar alguém que os seguisse, e, logo após, arqueou as sobrancelhas de maneira que somente Gilleard percebeu. Afinal, este era um agente e, como tal, mantinha-se sempre atento, embora para os demais fosse como se Donnald estivesse apenas olhando ao redor.

Donnald percebeu o quanto o agente o estava perscrutando durante todo o trajeto da loja de departamentos até o café e ainda naquele momento, quando comandava mais duas xícaras fumegantes para amenizar o frio do período natalino.

— Por que não abandona o disfarce de vez, meu amigo? Afinal, não estou aqui para desmascará-lo nem desviá-lo de sua tarefa. Por acaso pretende permanecer com a cara de Papai Noel mesmo sem a fantasia completa? Relaxe, homem!

— Perdoe-me, mas ainda não o conheço o suficiente para relaxar. Pelo que parece, mesmo eu tendo sido auxiliado de maneira tão incomum por você, ainda assim permanece um legítimo desconhecido para mim. O que, pelo jeito, não é o seu caso em relação a mim.

— Desculpe minha absoluta falta de delicadeza — falou o homem para o agente. — Muito prazer, meu nome é Donnald.

— O meu... — aventurou-se o agente.

— Gilleard, eu sei! — antecipou-se o homem à sua frente.

— Pelo jeito, o agente aqui é você, e não eu — falou logo em seguida, esboçando uma gargalhada para disfarçar a situação e, quem sabe, também, o frio de 5ºC que fazia lá fora.

O café foi servido numa rapidez incrível enquanto o diálogo chegava a esse ponto. Era como se já estivesse preparado, tamanhas a presteza do serviço e a delicadeza com que foram atendidos.

— Por que você usa disfarces tão estranhos para fazer o seu trabalho?

— Porque sempre sou sequestrado para outro lugar ou retirado do meu trabalho por alguém como você! Parece que isso já virou rotina em meu ofício — tentou ser irônico, por sua vez. — Neste caso, Papai Noel é o disfarce perfeito para esta ocasião, em que os cristãos extrapolam os limites para dizer que comemoram o nascimento de alguém que raramente é lembrado — Donnald viu-se desconcertado diante da resposta, mas se esforçou para não demonstrar isso.

O agente sabia que Donnald não aparecera por acaso; havia alguma coisa por trás dos acontecimentos recentes e da descoberta de seu disfarce. Contudo, não viera a Roma para perder seu tempo em conversas como aquela, aparentemente sem propósito. Não obstante, aproveitou o pouco de tempo de que dispunha para sondar as intenções de seu interlocutor e salvador. Enquanto isso, pensava consigo mesmo por que Irmina ainda não tinha feito contato. Afinal, ela era uma importante agente da União Europeia e considerada muito capaz para abordar certas intrigas políticas. Recebera um *e-mail* codificado no qual a agente informava que faria contato brevemente, mas este *brevemente* já somava cinco dias. A menos que a referência de tempo de Irmina fosse outra.

Evitou encarar Donnald, procurando não fixar a atenção no homem à sua frente. Queria mesmo tomar o café e depois daria um jeito, à sua maneira, deixando Donnald a ver navios.

Àquela altura, já havia mais de um mês que Gilleard estava em Roma. Fora enviado até ali a fim de descobrir certas conexões da máfia italiana com o Banco do Vaticano,[8] missão cujo êxito soava quase impossível,

[8] O Instituto para Obras de Religião é frequentemente chamado Banco do Vaticano.

dada a quantidade de agentes do próprio Vaticano — alguns, a serviço da polícia secreta, além dos clérigos — que perambulavam por todo lado, arrastando suas vestimentas pelo chão sujo das ruas repletas de turistas ou pelos corredores escuros de capelas milenares. Deveria investigar o sistema de poder erguido em torno do Vaticano e quão perigoso era, uma vez que motivava há décadas a preocupação de autoridades europeias. Evidentemente, manter-se secreto era crucial para bem cumprir seu intento. No entanto, a simples presença de Donnald ali já atestava quão frágil era seu disfarce ou, quem sabe, quão habilidosos eram os agentes da poderosa cidade dos Césares.

Gilleard notou que algumas pessoas os olhavam de maneira diferente, pois a aparência de ambos destoava da dos demais significativamente. Estavam arrumados demais, considerando-se a variedade de estilos dos turistas que predominavam ali. Resolveu examinar o cardápio, porém, nada encontrou que o interessasse, além do café e dos acompanhamentos que já haviam sido servidos. Donnald permaneceu em silêncio, olhando ao longe uma procissão de freiras trajando seus longos vestidos negros, lembrando, de certa maneira, as burcas usadas por mulheres muçulmanas.

Gilleard ouviu um barulho bem próximo a ele e, ao virar-se, deparou com uma mulher extrovertida parada ao lado dos dois, de pé, segurando uma bandeja entregue a quem fizesse seu pedido diretamente no balcão. Cogitou que pudesse ser a outra agente disfarçada. Sabendo que a casa estava cheia, olhou para Donnald e puxou uma cadeira, oferecendo-a à mulher. Ela imediatamente aquiesceu e sentou-se, após breve agradecimento. Donnald, por sua vez, sacou um *tablet* que trazia consigo e digitou alguma coisa, enquanto o agente observava a mulher discretamente, esperando uma atitude — quem sabe, a revelação de que ela seria a aguardada Irmina, que, como ele, muitas vezes precisava se disfarçar para cumprir seu trabalho, nem sempre agradável.

O homem que resgatara Gilleard deixou a tela à mostra, de maneira que somente o agente pudesse ler o que escrevera. Levantou-se logo em seguida, deixando Gilleard sentado com a mulher, e saiu calmamente, como quem esperasse alguma resposta. O agente mirou o *tablet* sobre a mesa e leu as palavras, em um dialeto russo: "Acompanhe-me, por favor. Precisamos continuar nossa conversa".

Gilleard hesitou; não soube o que fazer de imediato. Olhou para a mulher a seu lado, mas ela parecia nem lhe dar atenção. Seria mesmo a outra agente ou não passava de uma turista, como inúmeros ali? Decidiu deixar o lugar e o aconchego da calefação e, até hoje, não saberia dizer por que seguiu Donnald de maneira tão automática como o fez. Levantou-se após ligeira mesura para a mulher que convidara a se sentar. Ela o ignorou ou não entendeu direito a atitude do homem à sua frente. Dessa forma, o agente caminhou serenamente, quase hipnotizado, pois agora era ele quem tinha curiosidade ímpar em descobrir quem o estava conduzindo por fios invisíveis. Que homem era aquele que o livrara da loja de departamentos e, naquela noite fria, conduzia-o pelas ruas da cidade mais enigmática do planeta? Em seus pensamentos, especulava, caso fosse realmente sequestrado, o que seria da missão investigativa na qual estava engajado. No fundo, estava satisfeito pelo fato de abandonar o disfarce de Papai Noel, embora não soubesse ainda o que aconteceria nos próximos passos. Seguiu o homem que o convidara, levando consigo o *tablet* deixado propositadamente sobre a mesa. Resolveu não mexer no aparelho, nem mesmo em busca de pistas, mantendo-se fiel aos princípios que seguia no dia a dia, não apenas como agente, mas como cidadão comum. E, como tal, acompanhou os passos do homem misterioso que o guiava para Deus sabe onde.

Entrementes, ambos chegaram a um estacionamento, onde Donnald entrou num carro que já parecia estar preparado para eles. Assentou-se no lugar do motorista e aguardou o agente, que vinha atrás, logo em seguida. Deu partida tão logo este se acomodou no veículo, um

Mercedes requintado e munido da mais moderna tecnologia. Por algum tempo, o agente permaneceu em silêncio, preparando-se intimamente para o que estivesse por vir, fosse o que fosse. Donnald embrenhou-se com certa dificuldade por algumas ruas estreitas da cidade, enquanto seu passageiro memorizava cada detalhe do percurso. Donnald esboçou um riso enigmático, mas ainda não falou nenhuma palavra. Assim que se aproximaram de um heliporto, desceram do veículo, e foi então que o homem se virou para o agente, falando de algo que somente ele entenderia, de maneira que o pudesse tranquilizar um pouco mais:

— Como estão as investigações sobre o sistema financeiro do Vaticano? Descobriu algum fato novo, algo significativo que não saibamos ainda?

Foi o suficiente para Gilleard relaxar. Deixou caírem todas as suas reservas quanto ao homem que o conduzia, ao menos aparentemente, embora ainda não soubesse dizer quem era aquele que o livrara da situação na loja de departamentos. Seria também um agente da União? Um amigo de Irmina, talvez... Afinal, ela era uma mulher tão imprevisível quanto enigmática; nada se poderia ignorar no trato com ela. Nenhuma resposta obteve de imediato, porém. Mesmo ao adentrarem o helicóptero, Donnald não disse nada que pudesse identificá-lo. O piloto ignorou-os por completo e só fez qualquer menção quando ambos, assentados dentro da nave, já tinham os cintos afivelados. Deu partida no helicóptero, dirigindo-se para os arredores da Cidade Eterna. Foi nesse momento que viu de relance uma arma ao lado do piloto e temeu por sua vida pela primeira vez desde o encontro inusitado com Donnald.

— Se quiser, posso revelar quem sou — falou Gilleard para o homem, sentado a seu lado, agora com evidente receio do que poderia acontecer a ambos.

— Não é necessário, pois sei muito bem quem você é, agente, e também o que está fazendo aqui a serviço da Comunidade Europeia.

Quando o helicóptero sobrevoava a parte da cidade que era permitida pelas autoridades, Gilleard entregou-se de vez a seu destino.

— Preciso da sua ajuda urgentemente — anunciou Donnald ao agente da União.

— E como você pretende pedir ajuda a quem está sequestrando?

— Deixe de drama, Gilleard. Sabe muito bem que não estou o sequestrando. Você me acompanhou de livre vontade, inclusive se beneficiando com o meu convite.

Gilleard ficou calado diante da evidência. O homem olhou para ele de maneira a deixá-lo ainda mais desconcertado. O agente olhou de volta, agora observando os detalhes do estranho que o conduzia. Era alto, esguio e tinha olhos de um azul pálido, quase cinzento. A cor da pele era branca, muito alva, embora denotasse em suas mãos que havia certa mudança de tonalidade. Olheiras atestavam que não dormira direito nas últimas noites, e mais: alguma coisa em seu semblante indicava que havia consumido alguma droga para mantê-lo acordado há tanto tempo.

— Com certeza, você não é um agente da União, como eu. Uma vez que sabe quem sou eu — falou Gilleard — e conhece minha identidade, também não é qualquer pessoa.

— Não mesmo! — respondeu Donnald. — Tanto quanto o nome que uso não é o meu. Mas, para quem se disfarça de Papai Noel, isso já deve ser um fato corriqueiro.

Ambos riram, embora um riso sem graça, tenso. Àquela altura, o helicóptero aterrissava no topo de um prédio não muito alto, nos arredores da cidade. Deixaram para trás algumas das colinas milenares da cidade dos papas.

Assim que saíram do prédio, outro carro os aguardava, e o piloto, do modo como os ignorara durante o trajeto, permanecera com a mesma atitude. Deixou-os e levantou voo novamente. Os dois dirigiram-se para outro ambiente, um tipo de escritório, no qual poderiam se acomodar e conversar com privacidade.

— Aqui, tenho certeza de que não somos vigiados —

falou Donnald para o agente.

Gilleard olhou à volta e percebeu o extremo bom gosto da decoração. Pensou consigo mesmo como era bom ter acesso a dinheiro, pois sem ele jamais se poderia usufruir de benesses como aquelas, de certas regalias. Respirou fundo, enquanto recebia uma taça de vinho tinto do seu anfitrião. Brindaram os dois sem que pronunciassem palavras, e somente depois da degustação é que a conversa fluiu. Deixando a taça de lado e convidando o agente a sentar-se numa elegante e confortável poltrona, Donnald iniciou:

— Não estamos combatendo um contra o outro, Gilleard. Embora eu não possa lhe dizer meu nome verdadeiro, posso lhe assegurar que minha aparência também não é esta que você percebe.

— O que quer dizer com isso?

— Também tenho um disfarce, que preserva não apenas a minha identidade, mas a minha própria vida. Uso uma máscara feita de um material desenvolvido num laboratório alemão, a qual molda minha face e é restrita a determinados agentes, a quem se confiam missões consideradas de máxima importância.

— Então é um agente da União Europeia também?

— Não exatamente. Mas lhe asseguro que lutamos do mesmo lado. Estou ligado a uma das pessoas mais influentes ao lado do Santo Padre.

Gilleard assustou-se com a revelação. Então, a Igreja já sabia que era vigiada por agente da União?

O anfitrião não se fez de rogado e deu-se a conhecer um pouco mais:

— Estou muito ligado ao mordomo do papa e temo muito pela segurança dele e de outras pessoas ligadas a ele. Talvez eu seja um dos seus mais estreitos colaboradores que ainda está vivo.

— O mordomo do papa? E o que quer dizer com "um dos que estão vivos"?

— Você não ignora que as coisas aqui, em Roma, estão a ponto de explodir. E as pessoas aqui não são tão santas como a maioria dos cristãos acredita. Graves interesses estão em jogo, e os tentáculos de Roma se estendem em muitas direções. Muitos pactos foram celebrados ao longo da última década, e muito dinheiro está em jogo. Por isso, fiz todo esse trajeto, a fim de não nos expormos desnecessariamente. Por isso, também, preciso de sua ajuda e de alguns amigos seus.

— Quanto às questões que estão em jogo, não tenho dúvidas; quanto à ajuda de que precisa, porém, não entendi.

— Dentro de alguns meses, o mundo entrará em contato com revelações a respeito do Banco do Vaticano. É inevitável que isso aconteça. Mas temo pelo mordomo e a sua segurança, embora ele próprio esteja muito consciente do que ocorrerá caso venha a fazer o que se propõe. E sua ação provavelmente desencadeará acontecimentos dramáticos em muitos sentidos. Mas...

— Estamos acompanhando certas histórias e queremos checá-las com absoluta certeza antes de tentarmos qualquer intervenção. Mas você também não ignora o que está por trás disso tudo.

— A máfia italiana! Eu sei — respondeu Donnald. — Mas ainda não é isso que nos preocupa.

— Há algo ainda pior do que o envolvimento da Santa Sé com a máfia e a lavagem de dinheiro?

Donnald ficou em silêncio por algum tempo, meditando sobre como se manifestar sem dar a entender que estivesse louco ou delirando. O agente da União Europeia olhava para o homem interessadíssimo no que viria em seguida.

— Acho que estamos lidando com algo descomunal; uma força que, se não for sobrenatural, tem algo de realmente incomum. Algo está em andamento dentro da Santa Sé — disso não duvidamos —, mas poucas autoridades têm informações a respeito e se recusam a tocar no assunto. O mordomo pretende detonar um processo com o objetivo de fazer virem à tona certos fatos encobertos e trazer mais luz sobre tais acontecimentos.

— Não compreendo aonde quer chegar ao falar de fatos sobrenaturais. Além do mais, ainda que quisesse ajudar, essa não é minha especialidade.

— Sei disso, agente! Mas esperamos obter ajuda sem comprometer certas pessoas ligadas à Igreja.

— Parece que o mundo está ficando de ponta-cabeça. Muita coisa estranha está ocorrendo longe do olhar das gentes, que parecem hipnotizadas pela mídia em torno de celebridades e governantes.

— A polícia secreta do Vaticano recebeu ordens de despachar quase todos os agentes infiltrados na Santa Sé que puderam identificar; além disso, deram sumiço a muitos outros que tentaram se aproximar de algum modo da verdade acerca dos fatos aos quais me refiro. O pior é que o mundo ignora o que está em curso nos corredores e nos salões secretos do Vaticano.

— Como nunca souberam os cristãos de todas as épocas... Isso não é novidade.

— Sim, mas a polícia secreta deu ordens muito claras para desmantelar qualquer organização de agentes que se pudesse encontrar atuando na cidade. Muitos de nossos companheiros simplesmente sumiram. Quando fomos questionar, foi-nos dada a desculpa de que alguns deles tinham sido transferidos para missões secretas; outros teriam pedido demissão e se mudado de país. Nem sequer seus familiares foram encontrados. Nenhum registro sobre eles se encontra em qualquer dos arquivos a que temos acesso. Há algo verdadeiramente grave e intrigante ocorrendo nos bastidores do Vaticano.

— Bem-vindo à realidade, meu amigo Donnald!

O homem revelou um olhar cheio de medo. Agora demonstrava um temor que havia escondido o tempo todo, sem que nem mesmo o agente Gilleard pudesse identificá-lo. Este se calou assim que viu estampados no olhar de Donnald o pavor e a insegurança.

Depois de um silêncio prolongado, Gilleard retomou, ainda reticente:

— Sua preocupação encontra eco em muitas agências europeias e norte-americanas, que estão de olho no que acontece neste mundo paralelo da religião. Para que se tranquilize, alguns de nossos agentes também sumiram sem deixarem rastro.

Donnald olhou para Gilleard significativamente. Pegou novamente a taça de vinho e, olhando pela janela do apartamento onde se encontravam, disse com vagar:

— Eu lhe direi o que sei a respeito de algumas coisas. Por favor, peço-lhe apenas que não me considere maluco, pois tenho muitas evidências a respeito.

O agente ouvia interessado, no fundo desejando que Irmina estivesse ali para ouvir também.

— Em nossas incursões no Vaticano, descobrimos aparelhagem de escuta de alta tecnologia, escondida de tal maneira que passou despercebida pela própria polícia secreta. Temos *hackers* de prontidão, que se revezam o tempo todo. São nossos olhos e ouvidos, atentos tanto ao Vaticano como a governos de outros países.

— Então...

— Há alguma interferência no sentido de pressionar o Santíssimo Padre e também manipular o colégio apostólico. Além disso, estamos convencidos da relação de alguns cardeais e padres com representantes da máfia e, também, de outra estranha organização, que não soubemos identificar. Ao que parece, esta é a mais perigosa. Não sabemos quantas pessoas estão envolvidas nem quem são seus emissários. Apenas interceptamos fragmentos de mensagens truncadas e criptografadas, parte de uma correspondência entre pessoas influentes e algum membro secreto dessa organização à qual me refiro.

— Vocês já se atentaram — falou Gilleard, visivelmente interessado no assunto — para a realidade de que estão lidando com a organização mais poderosa e a empresa mais antiga do mundo em operação? O Vaticano tem uma experiência gigantesca acumulada, e nenhum outro órgão no Ocidente é tão competente e dispõe de tantos recursos.

— Sabemos disso, agente — respondeu Donnald. — Sabemos, também, que aqui se lida diretamente com a manipulação de informações e da fé de bilhões de pessoas, além de haver um *marketing* espiritual dificilmente comparável a qualquer outro em nosso planeta. Mas vocês, que agem em surdina, investigando tudo, ainda não se aperceberam de outro fato, que está em curso debaixo das vistas das multidões.

— Que fatos são esses? Extrapolam a influência quase oculta a que se referiu?

Novamente Donnald ficou em silêncio enquanto escolhia as palavras. Novo vinho foi derramado na taça de ambos, e a conversa seguia entremeada de silêncio e medos.

— Eu mesmo me envolvi nas investigações até onde pude, mas decidi afastar-me a fim de preservar minha vida e a do mordomo, embora a dele ainda me traga sérias preocupações.

Nova pausa na conversa para logo se pronunciar com preocupação e nervosismo visíveis:

— Consegui descobrir material ultrassecreto em arquivos de *e-mails*, em conversas gravadas e vídeos aos quais tive acesso. O que descobri coloca minha vida em risco, e esse é um dos motivos pelos quais resolvi buscar sua ajuda imediatamente. Alguns representantes de religiões tradicionalmente avessas ao catolicismo estão entrando em acordo com a Santa Sé. Não me pergunte o que têm a ganhar além de dinheiro, pois tudo aqui, inclusive a fé, tem seu preço, e, sem dinheiro, não se tem acesso a Deus e aos santos sacramentos.

— Também isso nunca foi novidade, Donnald...

— Sei disso, mas posso lhe assegurar que existe uma ação conjunta entre representantes evangélicos de certas vertentes neopentecostais e a Santa Sé. Alguma coisa, algum benefício mútuo esse contrato necessariamente traz para ambos os lados. O povo nem desconfia, pois o que é vendido e ventilado por todos os cantos é uma rivalidade espiritual que, na prática, inexiste. Uma coisa vende-se ao público; outra é a realidade. Entre uma e outra, a fé é posta à venda, e grandes somas circulam de um lado a outro nos bastidores, sem que ninguém desconfie.

— Isso realmente é novidade, e das mais graves em termos de política religiosa...

— Mas não é tudo, Gilleard. Estou foragido por saber dessas coisas. Fujo da polícia secreta. Estava no quartel secreto de um dos nossos agentes quando o ouvi falar sobre sua organização. Felizmente, saí um pouco antes da comitiva da polícia secreta chegar e levá-lo preso — mais uma das milhares de cenas ocultas da mídia e da população. Enfim, foi então que consegui identificá-lo ao decifrar uma mensagem codificada que, naquele dia, conseguimos interceptar.

— Mas você ainda não explicou o que de mais grave está por trás desse contrato entre os representantes dos ramos do cristianismo tradicionalmente rivais.

Os integrantes da polícia secreta não são exatamente incompetentes, tampouco exercem funções de caráter humanitário. Ao contrário, são das mais temidas forças policiais, uma vez que sua missão é proteger com unhas e dentes os segredos escondidos dentro das paredes da Santa Sé e todo o sistema milenar da organização mais antiga do mundo. Portanto, não podem ser pessoas santas e bondosas. A fim de assegurarem o cumprimento de suas incumbências, esses homens, religiosos ou não, não hesitariam em matar, esconder, torturar ou tomar qualquer atitude a seu alcance visando silenciar agentes infiltrados ou opositores que representassem ameaça real à existência e à permanência no poder dos donos da religião, que manipulam a fé de centenas de milhões de devotos em todo o mundo.

A polícia secreta era uma verdadeira organização dentro da organização. Não era um órgão precisamente religioso, mas existia para preservar os mais terríveis segredos e os mais ousados empreendimentos e políticas levados a cabo no país mais exótico, controverso e paradoxal do mundo; o menor país e talvez o mais poderoso entre todos. Detentor das maiores riquezas e arauto defensor dos pobres, jamais lança mão de seus tesouros em benefício daqueles de quem alega cuidar. Ao contrário, constantemente aumenta seus tesouros com o dinheiro de fiéis de todo o mundo ao instigar a manutenção de uma fé simples, altamente manipulável por meio de milagres, orações, procissões, entre outros recursos litúrgicos explícitos ou presentes apenas em seu estatuto não escrito, visando angariar subordinados sem que o saibam.

Donnald, depois de suas reflexões, abriu-se mais inteiramente para seu convidado:

— Já lhe expliquei, sim, porém não abertamente. É que lidamos com forças poderosas, espirituais e físicas, terrestres e extraterrestres, no verdadeiro sentido da palavra, em ação no Vaticano.

Novo silêncio marcou o encontro dos dois, desta vez, algo demorado. Os pensamentos de Gilleard revolucionavam em sua mente; oscilavam entre a possibilidade de Donnald estar mentalmente afetado com a situação complexa que envolvia a política do Vaticano e a perspectiva de ser tudo real, inclusive a atuação de entidades espirituais, o que fugia completamente de sua realidade e daquilo com o que estava habituado a lidar. Depois de mais de 10 minutos de silêncio, que nenhuma das partes tinha coragem de romper, coube a Gilleard reiniciar o diálogo:

— Quanto a questões espirituais, isso não é da minha competência nem está dentro de minha especialidade, embora eu conheça agentes embrenhados por esses caminhos, os quais podem o auxiliar — principiou de maneira lenta em comparação ao ritmo de antes. —

Contudo, no que concerne à interferência de extraterrestres, realmente não tenho condições de dar informações mais precisas, pois isso não constitui objeto de nossas investigações.

Assim que Gilleard pronunciou essas palavras, sem que nenhum dos dois esperasse, entrou na sala onde estavam uma mulher elegante, para não dizer deslumbrante. Os dois ficaram estarrecidos. Era nada mais nada menos do que a esperada companheira de Gilleard, Irmina, a mulher de mil faces, uma espécie de Mata Hari[9] da atualidade europeia.

[9] Margaretha G. Zelle (1876–1917), dançarina holandesa condenada à morte por espionagem durante a Primeira Guerra Mundial.

Capítulo 2

Diálogo dos deuses

ELIAL-BÁ-EL passeava no interior da abóbada de preservação de vida na lua Ganimedes. Localizava-se ali uma das estações de apoio aos comboios vindos do espaço intermundos. Ao passar pelo observatório, viu-se refletido nas paredes cristalinas. Para os padrões terrenos, era a imagem de um gigante, pois tinha mais de 3,5m de altura, porte que era comum a seu povo. Com a cabeça ovalada, seu crânio abrigava o cérebro principal tanto quanto o secundário, ainda em desenvolvimento, fato que o distinguia das demais raças conhecidas do tronco humano do qual sua espécie provinha. O astronauta observava sua figura e a comparava com a dos humanos do terceiro mundo, para onde outrora se dirigira uma parte considerável de seus compatriotas e onde se concentrava, nos tempos atuais, o interesse de vários povos daquele quadrante do espaço. Respirou fundo enquanto sua mente absorvia as vibrações sutilíssimas de outros seres de sua espécie, denominada *Homo capensis*. Eles vibravam numa dimensão ligeiramente diferente, embora ainda material e grosseira para os padrões a que estavam acostumados.

Ao longe, percebiam-se algumas edificações construídas com o objetivo de preservar elementos da flora de seu mundo, os quais serviriam de alimento aos habitantes daquela estação do Sistema Solar. Cientistas de sua raça conviviam pacificamente com estudiosos de seis outras raças siderais, reunidos em torno de um projeto único, que visava entender os intricados processos evolutivos em andamento num dos planetas do sistema, bem como analisar as diversas possibilidades ou rotas que se apresentavam à população daquele orbe. A pesquisa desenvolvia técnicas para auxiliar aquela humanidade em caso de emergência, se porventura se fizesse necessária uma intervenção direta por parte de seres mais conscientes do espaço, tanto quanto, quem sabe, na hipótese de outros seres considerados menos responsáveis realizarem uma investida que representasse ameaça. Além disso, os seres que ali se congregavam vigiavam, em sintonia com os guardiões de mundos, a situação crítica e cada vez mais preocupante da política do mundo em questão. Chamavam-no Tiamat, nome tomado de empréstimo de um mundo perdido em escombros e que, agora, não passava de um cinturão de asteroides, fragmentos da história de um povo e de uma raça a vagar na imensidão do espaço.

Redomas abrigavam equipamentos de uma tecnologia dificilmente compreendida pelos humanos do terceiro mundo. Através de comutadores, estações de controle ligavam-se a outras bases situadas em Tiamat, bem como no quarto planeta, conhecido pelo nome de Marte. Ganimedes abrigava um importante centro de apoio e pesquisas, onde seres de vários mundos observavam o desenrolar dos acontecimentos no palco terrestre. As conclusões ali apuradas, valendo-se da visão diversificada de cientistas de várias raças, proporcionavam um retrato mais amplo do conjunto de desafios encerrado no estágio delicado em que se encontrava o mundo conhecido pelos deuses do espaço como Tiamat, ou simplesmente Terra, segundo seus habitantes.

Na eventualidade de um conflito que comprometesse a vida e ameaçasse a própria existência do planeta, as emanações de destruição alcançariam outros mundos, por repercussão vibratória, numa espécie de efeito dominó. As consequências atingiriam gravemente outras humanidades no espaço profundo, mesmo em outros sistemas solares. Determinados planetas teriam sua órbita abalada, o que afetaria a vida na superfície puramente material, tanto quanto nas regiões classificadas como etéricas, astrais, e até nas dimensões mais amplas.

Elial-bá-el, descendente direto de um dos astronautas do degredo, passeava pela paisagem bucólica de Ganimedes quando foi procurado pelo filho e pupilo, que desejava compreender um pouco melhor o porquê do interesse de tantas raças num único mundo.

Para Sharan-el, o primogênito de Elial-bá-el, não havia maiores dificuldades em conviver com representantes de povos tão distintos, cada qual, dotado de cultura tão diversa, como era o caso daqueles que ali se reuniam a trabalho. Sharan-el via aquela situação com naturalidade. Simplesmente fora criado em meio a tudo aquilo, e nada mais comum do que interagir com seres de aparências tão diferentes, mesmo que alguns pudessem ser considerados um tanto excêntricos. Embora fosse considerado jovem segundo os padrões de sua raça, para os humanoides da Terra, sua idade equivaleria a uma centena de anos. Na Terra de outrora, ele seria tido como deus, chamado filho dos deuses mais antigos, como eram tomados os primeiros astronautas. Em uma das excursões que fizera ao terceiro mundo, seu pai conheceu de perto Hermes Trismegisto[1] e também Aquenáton,[2] com os quais manteve extensos diálogos no interior de templos do conhecimento. A longevidade desses seres fazia com que fossem confundidos com deuses por diversos seres primitivos, inclusive pelos habitantes do terceiro planeta do Sistema Solar.

Assim que se aproximou do pai, o jovem *annunaki* respeitosamente aguardou que lhe fosse dirigida a palavra, pois ali, naquele satélite tão distante de seu mundo, o pai tinha deveres e obrigações de grande responsabilidade. De acordo com o código de ética de seu povo, não mais o poderia tratar como pai, mas como alguém a

[1] Considerado por alguns sincretismo dos mitos helênico de Hermes e egípcio de Thot, Hermes Trismegisto é associado à tradição religiosa e filosófica do hermetismo.

[2] Aquenáton ou *Akenatón* (c. 1372 a.C.–c. 1336 a.C.), faraó egípcio.

serviço da humanidade à qual pertenciam. Nesse momento, as atribuições daí decorrentes tomavam a frente daquelas de caráter familiar. Portanto, o jovem *annunaki* estava diante de uma autoridade, um oficial de seu mundo. Apesar dessa realidade, quando estavam a sós, o jovem continuava chamando o genitor da mesma forma como o fazia no círculo familiar.

— Você deve se conscientizar, Sharan-el, de que em breve assumirá um posto importante numa de nossas bases neste sistema. Por isso mesmo, deve ser iniciado em diversas etapas do conhecimento relativo a Tiamat, para onde se transferirá temporariamente a fim de desempenhar um papel relevante no momento de transição da humanidade que lá habita. O conhecimento será essencial para exercer as novas funções a que aspira junto com os nossos irmãos terrestres.

— Sempre senti muita atração por esse mundo, meu pai. Nem sei como não me permitiram participar mais ativamente de sua história, como ocorreu com diversos outros nossos conterrâneos.

— Entendo seu fascínio por essa raça, meu filho; eu próprio já tive algumas experiências com ela e participei de perto de alguns poucos lances de sua história. Agora, entretanto, os tempos são outros. Precisamos urgentemente preparar novas corporificações de seres de nossos mundos no terceiro planeta. A humanidade de lá precisa de ajuda. Porém, asseguro-lhe que a matéria de seus corpos físicos é por demais densa; de uma densidade muito maior do que a de nossos corpos materiais. Isso produz nos seres corporificados um gradual esquecimento do seu passado tão logo renasçam entre os habitantes de Tiamat.

— Embora eu queira me aproximar e auxiliar esse povo, que me atrai de maneira tão curiosa, ao mesmo tempo, não gostaria de esquecer minha procedência sideral; seria uma perda lamentável.

— Existem outros meios de auxiliá-los, também eficazes. Em breve, saberá como estar no terceiro mundo sem ter de corporificar-se em meio aos humanos. Em todo caso, dispomos de algum tempo até tomar a decisão. Pessoalmente, considero esse mundo uma segunda pátria, portanto, não estranhe se, em algum momento, me vir emocionado ou, quem sabe, defendendo arduamente os seres primitivos, mas sobretudo fascinantes que o habitam — ambos olhavam para o espaço em direção ao local onde estava, naquele momento, a Terra. Do observatório, via-se de maneira nítida o Planeta Azul.

Sem dar muito tempo para o jovem de sua espécie falar, Elial-bá-el despediu-o com promessas de levar-lhe maior conhecimento sobre os seres do terceiro mundo:

— Vá, *annunaki*, vá e amanhã retorne, após suas tarefas diárias, para que conversemos sobre os homens fascinantes desse planeta.

Sharan-el saiu da presença do pai mais curioso ainda do que quando o encontrara naquele ambiente de Ganimedes. Ele ainda não sabia que seu genitor havia vivido, por escolha própria, entre os humanoides de Tiamat, corporificado, numa outra época, submetendo-se à cultura de um dos povos mais ativos e importantes do passado daquele mundo. Dessa forma, o jovem *annunaki* Sharan-el despediu-se cheio de ansiedade pelo dia seguinte, quando poderia, após os deveres diários no posto de trabalho, dedicar-se ao aprendizado do sistema de vida que o fascinava.

As cores do Sol refletidas na atmosfera do planetoide ou satélite davam um ar de magia e encantavam mesmo os seres de mundos mais distantes. Foi nesse clima de encantamento que o jovem Sharan-el regressou no dia seguinte e, apesar de todo o seu interesse, não ousou interferir nas reflexões de seu genitor. Aguardava calado, mas não calmo, até que lhe fosse dirigida a palavra. Queria muito saber sobre a origem daquele povo irmão e daquela pátria irmã do seu próprio mundo em âmbito sideral.

Na condição de filho de um dos astronautas de seu povo, ficou mais à vontade assim que seu pai dirigiu-se a ele com um olhar cheio de significado. Ambos caminhavam por uma alameda improvisada entre as construções de Ganimedes. Então, o jovem *annunaki* indicou determinada direção onde estava um ser de estatura muito menor que a de sua espécie e indagou Elial-bá-el:

— Todos os dias, ao passar por aqui, avisto aquele ser, que guarda certa semelhança com nossa espécie. Tenho uma estranha sensação de que ele é um dos sábios, pois me olha como a me devassar a mente. Mas não o vejo conversar com quase ninguém nesta base. Acaso o conhece, a ponto de me dizer algo sobre ele?

— Aquele que ali se encontra é um dos filhos do terceiro mundo. Foi um dos que receberam a dádiva de Anu, um dos governantes de nosso povo. Chama-se Enoque, na linguagem dos terrestres. É um sábio mesmo, mas não no sentido que entendemos em nosso mundo. Ele colaborou em diversas situações, ao longo de milênios, para os avanços de seu povo. Por isso, recebeu a dádiva da vida longa e da saúde permanente. Suas células receberam um jato de energias revitalizantes, de maneira que ele se encontra preservado da decomposição comum aos habitantes de seu mundo. Não pode adoecer das mesmas enfermidades que os acometem; sua vida foi preservada de tal maneira que, aos olhos deles, os povos de Tiamat, bem pode ser considerado um imortal, um deus. Contudo, não é eterno o corpo que habita; como tudo no universo, um dia se transformará. Neste satélite, há outros seres do terceiro mundo, que aqui bebem informações preciosas para poderem atuar no momento certo.

— Existem mais seres no terceiro planeta

que receberam a dádiva da vida longa, como este que aqui se encontra?

— Alguns outros, alguns outros. Mas isso não tem maior importância, pois não fará parte da tarefa que você terá a desempenhar naquele mundo.

— Posso me aproximar dele de alguma maneira?

— Fique à vontade, jovem *annunaki*. Ele já nos conhece de outros tempos. Aliás, o tempo aqui é bem outro comparado ao que transcorre na superfície do planeta Tiamat, que seus habitantes atuais chamam de Terra.

O jovem *annunaki* aproximou-se lentamente do ser terreno. Havia diferenças entre ambos que jamais poderiam ser ignoradas pelo ser filho de Elial-bá-el. As estaturas de ambos divergiam muito; a do jovem *annunaki* sobressaía em mais de 1,5m à de Enoque, que, para o tipo humano da Terra, era bastante alto, pois fora originalmente o resultado da união dos filhos das estrelas com a raça de novos humanos do planeta, em eras remotas daquele mundo. Enoque não estranhou o jovem das estrelas, pois, desde quando vivia entre seus amigos terrestres, já convivia com os deuses de outrora; por isso, todos lhe pareciam familiares. Viver ali, mesmo que temporariamente, dava-lhe a oportunidade de aprender com raças diferentes. Era um homem silencioso, disso não se podia duvidar.

Lá estava o representante humano da raça que tanto fascinava Sharan-el. Vira-o por algumas vezes, mas não tivera oportunidade de se aproximar tanto quanto agora. Eis o representante dos seres da Terra, de Tiamat. O jovem *annunaki* estava emocionado. Admirava-o pela primeira vez assim, tão próximo de si. Seus olhos o fascinavam tanto quanto a possibilidade de entrar em contato com sua raça; algo que ainda não poderia explicar de maneira racional. Que olhos expressivos ele possuía! Eram castanhos. Os pelos encimando a cabeça eram algo diferentes dos que a própria raça *annunaki* ostentava. Mas, definitivamente, eram parentes, raças irmãs a olhos vistos. Quase desejava pertencer aos povos do terceiro mundo, embora não pudesse expressar jamais esse pensamento a seu genitor e mestre. A cabeça do terráqueo era bem diferente, meio arredondada; o orifício que formava a boca diferia também, ainda que levemente, do orifício na cabeça dos de sua espécie. O jovem estava fascinado com o ser que se chamava Enoque. Não apenas os olhos lhe chamavam a atenção de maneira ímpar, mas, sobretudo, o olhar, o qual escondia algo diferente, uma chama que ardia em seu interior.

— Fale, filho das estrelas — disse o cidadão terrestre para o jovem de Nibiru. Este se sobressaltou com a repentina fala do terráqueo. Ficou sem saber o que dizer. Seu pai, Elial-bá-el, observava ambos, divertindo-se com a reação do aprendiz.

— Não quero incomodar, nobre viajante do espaço — falou o jovem *annunaki* para o homem da Terra.

— Não me incomoda se se dirige a mim com a curiosidade natural dos de sua raça. Mas, se me observa assim, tão de perto, obriga-me a olhar sempre para cima, pois de outra forma não há como encará-lo neste nosso primeiro contato.

— Tenho estudado a história de seu povo. Interessa-me muito saber detalhes de seu jovem mundo, pois em breve espero poder trabalhar diretamente junto com os humanos de seu planeta.

— Sem dúvida, causará uma grande comoção entre os de minha espécie e, de maneira alguma, passará despercebido.

— Acredita, efetivamente, que se assustarão com a minha aparência?

— Nem tanto pela aparência, mas pela altura. Os cidadãos da Terra têm uma estatura menor, embora hajam herdado de vocês a índole guerreira, entre outras características.

— Você poderia me auxiliar no conhecimento de

seu povo e seu mundo, nobre Enoque?

— Meu povo agora são as humanidades do espaço, e meu mundo é o universo; sou cidadão do lugar aonde a força divina me leva a trabalhar. Mas posso, sim. Disponho de conhecimento dos dias antigos e acompanho com interesse o desenrolar dos acontecimentos da atualidade do mundo a que vocês chamam Tiamat. No entanto, terá de ser em outro tempo, em outro momento, pois agora me dedico a estudar a luz sideral e a sua capacidade de arquivar pensamentos e acontecimentos da história universal.

O jovem *annunaki* percebeu que não era o momento ideal para importunar o terráqueo. O homem simplesmente passou a ignorá-lo repentinamente, voltando-se a seus instrumentos de estudo. Sharan-el regressou quase desolado para perto de seu pai e mestre.

— Não se preocupe, Sharan-el! Você conseguiu despertar a atenção do terrestre Enoque. Isso será o bastante para que, no futuro, ele se ofereça para guiá-lo nas trilhas do conhecimento, o que lhe será tão útil. Por ora, terá de se contentar com alguém de seu próprio clã — falou, aludindo a si. Antes que o jovem começasse a submetê-lo a uma sabatina, Elial-bá-el fez questão de esclarecer:

— Nunca se esqueça, meu filho, de que toda a criação, tudo no cosmos está mergulhado numa essência tão sutil e, ao mesmo tempo, tão poderosa que tal essência ignora por completo qual seja a pátria sideral dos seres em todo o universo. Ela interpenetra tudo e todos, fazendo de todos os seres irmãos. Todo o cosmo vive e se move em meio a esse torvelinho de forças e energias, que é conhecido como a maior força dinâmica da evolução. No mundo para onde irá, conhecem tal essência pelo nome de *amor*. Em nosso mundo, é chamada simplesmente *semente de vida*. Todos os seres de todos os mundos formam uma unidade, ligados por essa energia ultrapoderosa. Jamais ignore, portanto, que, sob esse aspecto, somos todos irmãos. As aparências, as especialidades e as características de cada raça não interferem nessa realidade, nessa verdade. É assim que caminhamos todos para a grande unidade, em busca de um momento em que os seres nos diversos mundos possam compreender que essa força irradia de todos eles. Com efeito, muitos, mesmo alguns originários de nosso planeta, não pensam assim, pois ainda se encontram mergulhados numa visão particular da vida universal. Trata-se de uma particularidade que os mantêm iludidos, pensando que nossas diferenças fisiológicas, mentais ou espirituais nos fazem melhores ou piores do que aqueles com os quais lidamos nos mundos da galáxia.

— Sim, meu pai, absorvo seu pensamento e faço minhas as suas palavras. Sei que muitos dos nossos irmãos foram os responsáveis pelo agravo da situação do Sistema Solar, mas principalmente pela situação crítica em que vivem os habitantes do terceiro planeta.

— Ainda falaremos disso em momento oportuno, nobre *annunaki*. Por ora, vamos abordar os temas que lhe interessam mais de perto e que lhe podem ser úteis em seus estudos.

O jovem se colocou entre duas redomas, num local onde passava uma espécie de rio artificial, desenvolvido para sustentar as espécies cultivadas naquele ambiente de Ganimedes. Reflexivo, procurou coordenar os pensamentos para fazer a pergunta de maneira a não soar medíocre. Durante esse tempo, era observado pelo próprio pai, um *annunaki* que escolhera viver naquele lugar entre os mundos do Sistema Solar, uma base de apoio, enquanto esperava a hora em que atuaria ativamente sobre o terceiro planeta, ao lidar com processos de reurbanização.

Sharan-el adiantou-se e expôs sua curiosidade. O pai, na qualidade de mestre de seu povo, obedecia à tradição e não impunha nenhum conhecimento fora dos interesses do aprendiz. Procuraria identificar as aspirações e as disposições do filho e ofereceria o melhor de si a fim de promover as habilidades necessárias ao seu desenvolvimento, sem intentar conduzi-lo por caminhos à margem daqueles que já estavam traçados em seu espírito.

— Nobre guardião dos segredos do nosso povo — dirigiu-se respeitoso ao mestre na figura de seu pai —, tenho notado diversos fatores que nos diferenciam dos outros povos que militam conosco nesta lua do mundo gigante. Contudo, ao observar o filho da Terra e ter com ele, notei diferenças significativas na estrutura de nossos corpos, embora saiba que somos povos irmãos. Primeiro, a cabeça do chamado homem é muito diferente da nossa. Conforme os registros que examinei em nossa base de dados, os demais filhos da Terra também possuem cabeça igual à do homem de nome Enoque. Portanto, há diferenças muito grandes em nossa forma externa.

— E o que mais lhe inquieta nessas diferenças que observa, meu filho?

— O formato da nossa cabeça, que é muito alongada em comparação às cabeças dos humanos. A que se deve tal fato? Essa diferença teria algo a ver com a influência do Sol sobre nossos corpos e de outras forças como, por exemplo, a força gravitacional do nosso mundo?

— Na verdade, filho, ocorre que nosso crânio é muito mais longo do que o dos filhos da Terra, não obstante estes tenham sido manipulados geneticamente por representantes de nossa raça. O osso occipital mais longo produz enorme contraste com o formato dos crânios humanos, e, durante longo tempo, as gerações do nosso povo que viveram na superfície de Tiamat procuraram disfarçar essa diferença usando adornos sobre suas cabeças — tiaras, coroas e artefatos outros —, a fim de que os homens não vissem em nossos ancestrais seres demoníacos ou estranhos demais. Com o tempo, desistiram de assim proceder, pois, dentre as gerações novas que nasciam, resultado da miscigenação das duas raças, alguns também traziam o osso occipital alongado, como foi o caso, notadamente, de certos sacerdotes e reis da Antiguidade terrestre.

"Pouco a pouco, porém, na medida em que cessou a mistura genética, as diferenças entre as raças se consolidaram, e, assim, o DNA humano se estabilizou, sendo reproduzidas somente nas primeiras gerações as características da miscigenação. É que, a partir de determinada época, os deuses, como éramos conhecidos entre os humanoides daquele planeta, não mais se misturaram à raça dos homens, de maneira que as diferenças entre ambas as raças prevaleceram, e não houve mais mudanças ostensivas na espécie dos homens. Apenas no início os descendentes diretos dos deuses do espaço ou astronautas primitivos é que se pareciam assim, conosco. Os filhos dos primeiros humanos que resultaram da mistura de raças, mesmo tendo seus corpos mais frágeis que os nossos, por uma ou duas gerações, ainda conservaram seus crânios semelhantes aos nossos. De qualquer modo, a causa última para nosso osso occipital ser mais alongado não existe na espécie humana, pelo menos por enquanto.”

— Então existem diferenças mais profundas do que se percebe? Há uma causa como cogitei, de ordem gravitacional ou decorrente de leis físicas que atuam sobre nossa espécie e não sobre a humana?

— Não podemos desconsiderar o fato de que nosso mundo está, com efeito, muito mais distante do Sol do que o globo terrestre e que também lá a força da gravidade age de modo mais forte sobre os habitantes do que na Terra, sobre os corpos terrestres. Contudo, há ainda outros fatores, que merecem ser levados em conta de maneira a entendermos tais diferenças.

“O desenvolvimento de certas áreas do nosso cérebro causou a maior parte das diferenças a que se refere. Os centros da memória atual são estruturados de tal sorte que possamos ter uma conexão o mais ampla possível com aquela parte de nosso ser que os humanos chamam de alma, de espírito. Vivemos quase inteiramente conscientes de ambas as dimensões quando corporificados, ao passo que, em circunstância análoga, os terráqueos abarcam apenas a dimensão densa em que existem. Para desenvolverem a percepção de outras dimensões, ainda dispõem de recursos cerebrais bastante restritos. Em regra, precisam da interferência de seres de outras dimensões a fim de lograrem alguma percepção, enquanto a maioria dos de nossa raça já traz o segundo cérebro preparado para essa função. Trata-se de um fenômeno natural, uma vez que somos uma raça muito mais velha, e, por conseguinte, os humanos terrenos são uma raça relativamente jovem no universo.

"Além do mais, os povos que conduziram as experiências genéticas no passado remoto da Terra não privilegiaram o desenvolvimento dos centros cerebrais, mas, sim, dos genes que determinam a forma física, o melhoramento da aparência, tanto da fisiologia quanto da morfologia terrestres. Em suma, a parte posterior de nosso crânio, mais proeminente, favoreceu que certas áreas de nosso cérebro fossem capazes de registrar vibrações e dimensões do universo cuja percepção, para os humanos, não é trivial, requer esforço e, enfim, não alcança igual resultado. Eis por que a conformação de nossos cérebros exigiu crânios mais alongados, abrigando uma massa cerebral dotada de propriedades e percepções extrassensoriais bastante aguçadas em relação às do homem da Terra.

"A consciência do mundo e das dimensões ainda é muito diminuta entre os homens terrestres, algo que também se deve ao fato de não terem aperfeiçoado certos sentidos extrassensoriais, o que se reflete no órgão cerebral, evidentemente. Além de este apresentar certas partes retraídas, há o cerebelo, que pode ser considerado análogo ao nosso segundo cérebro, mas que se aprimora em marcha lenta. À medida que avançarem, outros sentidos se desenvolverão além dos cinco que hoje moldam sua visão e interpretação da vida. Há indivíduos em franco desenvolvimento de suas capacidades psíquicas, embora a maior parte deles o faça num contexto de profunda religiosidade, aspecto que retarda o processo, pois se trata de um meio geralmente avesso à experimentação e à investigação. Entre outras razões, essas explicam por que existem tantos céticos e materialistas,[3] além de uma vertente imensa de seres que vivem entre extremos, da mais absurda religiosidade ao materialismo mais extremo."

— Então, nossos sentidos nos proporcionam experiências mais amplas do que os sentidos dos humanos de Tiamat? Isso se deveu a mero acaso no processo de evolução e de manipulação genética durante a formação do homem ou foi algo programado?

— Somos dotados de certos sentidos que faltam aos seres da Terra, meu filho. Mas é preciso entender que,

[3] "Seguramente as crenças espiritualistas dos tempos passados são insuficientes para este século [XIX]; elas não estão no nível intelectual de nossa geração; sobre muitos pontos estão em contradição com os dados positivos da Ciência; deixam no espírito um vazio incompatível com a necessidade do positivo, que domina na sociedade moderna; além disso, cometem o erro imenso de se imporem pela fé cega e de proscreverem o livre-exame. Daí, sem a menor dúvida,

embora com nossa ciência possamos manipular geneticamente famílias de seres, não podemos estimular o desenvolvimento extrassensorial, muito menos provocá-lo, pois este decorre do amadurecimento da consciência do ser interno ou espiritual. Se porventura mergulhar na realidade terrestre, corporificando-se, verá que seus sentidos também se adequarão ao corpo que herdará dos pais terrenos, ou seja, serão obnubiladas suas capacidades psíquicas, embora restem em gérmen. Melhor dizendo, permanecerão as sensações, as intuições e a capacidade de percepção, porém de forma bem menos intensa, uma vez que os cérebros humanoides de Tiamat não estão suficientemente desenvolvidos para expressar um grau maior de acuidade espiritual. Apesar de nossos corpos físicos serem de fato materiais, constituídos de um tipo específico de matéria, isso não impede que possamos efetuar uma comunicação muito mais afinada com nossos semelhantes. Explica tal fato a conformação orgânica de nossos cérebros e, portanto, do paracérebro, localizado no corpo energético. Sentidos ainda desco-

o desenvolvimento da incredulidade no maior número; é muito evidente que se os homens não fossem alimentados, desde a infância, senão por ideias susceptíveis de serem confirmadas mais tarde pela razão, não haveria incrédulos (KARDEC, Allan. *Revista espírita*: jornal de estudos psicológicos. Rio de Janeiro: FEB, 2004. Ano XI, 1868. p. 315-316)."

nhecidos pela humanidade terrestre nos permitem estabelecer contato uns com os outros, bem como com os habitantes de dimensões mais elevadas, como aqueles nossos conterrâneos que descartaram o corpo biológico no processo que, em Tiamat, denominam morte.

"No meio de tudo isso, entremeando os aspectos puramente materiais da constituição física e as limitações impostas pelo não desenvolvimento de certas áreas do cérebro, há aspectos culturais em ação. Existe verdadeiro abismo que separa as civilizações do espaço, como no caso de nossa civilização, com seus valores e suas leis, ante a civilização dos humanos terrestres. O panorama histórico e cultural influencia largamente o desenvolver de certas habilidades, muito embora os antepassados que aprimoraram o gênero humano terrestre hajam previsto certos detalhes. Principalmente um deles, Enki, deu ordens expressas para que um pequeno grupo de engenheiros genéticos retornasse ao planeta tempos depois e realizasse nova bateria de experimentos, a fim de favorecer, oportunamente, o aparecimento de habilidades psíquicas nos humanos, a quem ele tanto amava."

— Com efeito, vi alguns documentos sobre a história do nosso conterrâneo Enki, o astronauta que teve sob seu comando as primeiras levas enviadas a Tiamat, tanto de mineradores quanto de degredados.

— Pois é, nobre *annunaki*. Enki foi dos grandes defensores da raça humana quando ela foi severamente ameaçada pelo seu meio-irmão Enlil e seus seguidores. Ainda hoje, Enki é um dos *annunakis* que defendem a humanidade perante o conselho dos anciãos.

“Retomando a análise a respeito das habilidades psíquicas de nossa raça, foi com o tempo que aprendemos a dominar as forças do pensamento e do espírito de maneira mais efetiva, a ponto de, atualmente, muitas viagens entre mundos não serem mais realizadas com o concurso de naves espaciais, mas através das forças do espírito, o qual aprendemos a projetar a longas distâncias. Não obstante, muitos ainda avaliam pertinentes as viagens em corpos físicos, sobretudo quando se trata de travar contato mais íntimo com outras civilizações ou empreender pesquisas mais detalhadas sobre o ambiente extraplanetário.”

O nobre Elial-bá-el fez ligeira pausa na exposição, de modo a dar tempo a seu filho e pupilo para processar as informações preciosas. Afinal, era uma enxurrada de conceitos e conhecimentos novos, embora comuns aos *annunakis,* não lhes sendo extraordinários, tampouco para alguns humanos que se dessem ao luxo de ir além dos limites da ciência oficial. Para Sharan-el, tudo tinha grande valor, pois se propunha, a curto espaço de tempo, segundo padrões *annunakis*, misturar-se aos povos da Terra a fim de auxiliar no processo de transição ali em andamento.

— Quando os de nossa raça aterrissaram em Tiamat, levaram consigo nossa tecnologia, com todo o arsenal de conhecimentos daqueles tempos, ou ficaram limitados por imposição das forças soberanas que coordenam nossa evolução, ou seja, os orientadores evolutivos do nosso sistema? — tornou a perguntar o jovem *annunaki* a seu interlocutor e orientador pessoal. Nesse momento, Elial-bá-el teve a convicção acentuada de que o filho herdara a curiosidade alimentada por si próprio e que, aos poucos, deixava transparecer o interesse cada vez mais profundo pelo conhecimento ancestral de sua raça. Portanto, poderia ser um instrumento precioso no mundo Tiamat, auxiliando os guardiões do planeta futuramente, num projeto de libertação e ampliação das consciências humanas.

— Não resta dúvida de que os recursos tecnológicos foram limitados, devido à necessidade dos primeiros astronautas, mas também por se levarem em conta certos traços dos seres extracorpóreos levados a Tiamat naquela comitiva. Ocorreram, ainda, outros fatores que determinaram que nem toda tecnologia fosse transferida de imediato ao novo mundo colonizado. É que os diretores do sistema sabiam que brevemente outro contingente de seres de uma estrela irmã, de um dos mundos próximos do Sistema Solar, também seria repatriado e passaria a compor a humanidade terrena, miscigenando-se e formando um amálgama de raças que, naquela época, estavam num estágio crítico de evolução. Não convinha oferecer certos mecanismos e certas tecnologias além do necessário a seres tão perigosos, muitos dos quais, assassinos cósmicos, e tudo isso dentro de um bioma primitivo como então era o caso do planeta Tiamat. Os coordenadores evolutivos sabiam do grande perigo se porventura aqueles seres tivessem acesso a diversos elementos dos dois principais mundos envolvidos no primeiro grande drama cósmico que deu origem à raça humana.

Após conceder um tempo para a reflexão do pupilo, o *annunaki* continuou:

— Malgrado as limitações impostas pelo governo do nosso mundo, em sintonia estreita com os dirigentes evolutivos, alguns sábios de nosso povo trouxeram escondidos consigo, para casos de extrema necessidade, determinados aparatos tecnológicos, tal como procederam os benfeitores da outra grande raça do mundo irmão, de onde, pouco depois, partiram outras levas rumo ao ambiente inóspito de Tiamat. Em meio a tais recursos, havia artefatos que tinham por função absorver, amplificar e direcionar certas forças da mente ou energias espirituais para as finalidades mais diversas. A maioria absoluta dos astronautas envolvidos nos primeiros momentos de transição entre os mundos ignorava a existência desses aparelhos, pois foram mantidos e preservados em segredo em pontos específicos do planeta, muitas vezes, debaixo de enormes camadas de gelo, em bases incrustradas nas rochas profundas ou em recantos obscuros do mundo colonizado. Assim, forças elementares da natureza podiam ser manipuladas, com certas reservas, no ambiente novo, sem serem transformadas em armas letais logo de imediato. Toda precaução foi tomada a fim de evitar o confronto de forças da destruição e do caos que poderiam ser liberadas e desarticulariam todo o processo reeducativo dos seres perversos de nosso mundo que haviam sido banidos para o novo ambiente planetário.

"À medida que a raça dos deuses do espaço, como éramos conhecidos naquela época pelos nativos do mundo chamado Tiamat, disseminou-se e começou a dominar o panorama do mundo novo, mesmo em meio a tantas disputas, alguns aparelhos foram trazidos à tona, mas consistiam apenas em tecnologia de voo e comunicação, bem como poucas ferramentas de mineração, a fim de facilitar a atuação dos astronautas nos diferentes recantos do novo planeta. Naquele momento, precisavam de auxílio, ou, então, o que fizeram, se demorou alguns milhares de séculos na contagem de tempo de Tiamat, demoraria ainda milhares de outros para ser concluído. Em outras palavras, caso alguma tecnologia extraterrena não fosse empregada, ainda na atualidade, em que se conta o século XXI após a chegada do Cordeiro, permaneceriam labutando para dominar as regiões mais inóspitas do planeta, além de diversas outras dificuldades elementares que não teriam sido vencidas. No entanto, meu filho, reitero que tudo foi previamente avaliado e programado, para evitar a desgraça e a destruição. Mesmo assim, ocorreram revoltas e guerras tanto entre os deuses quanto entre os homens e seus pais siderais, os astronautas que colonizaram o planeta Tiamat.

"Determinada casta entre os deportados conhecia como manipular certas leis naturais e conseguiu realizar grandes prodígios na natureza quase virgem do planeta colonial. Havia aprendido como transformar matéria em energia e, em alguns casos, até mesmo como aumentar a longevidade dos seres de outros mundos com os quais conviviam. Levaram consigo a técnica, que funcionava com os filhos da nova raça e que propiciava o que ficou conhecido como ressureição de mortos. Embora não fosse possível em todos os casos, era algo conhecido da ciência da época e manipulado por pequeno grupo de cientistas que fora para o planeta dos homens.

"Esse fato também contribuiu para que os astronautas do nosso povo ganhassem projeção e fossem considerados deuses. Naquela época, o conceito de *deuses* apenas significava *seres que procediam das estrelas*, ou, simplesmente, *seres poderosos*, diferentemente do conceito hoje vigente entre os homens de Tiamat, relacionado à divindade.”

A conversa estava cada vez mais interessante para o pupilo *annunaki*, e as informações pareciam expandir as fronteiras do seu conhecimento, de tal maneira que, cada vez mais, aumentava sua convicção de que seria um aliado dos guardiões planetários durante o período de transição e, até mesmo, de reurbanização e relocamento dos espíritos da Terra.

— Na atualidade, os humanos de Tiamat têm consciência de que seres de outras terras do espaço contribuíram para sua ascensão como homens e como civilização?

— Dificilmente, meu nobre filho, dificilmente. No mais das vezes, os homens apenas aprimoraram técnicas de destruição. As aparências se modificaram ao longo dos milênios; ao cabo de algumas gerações, novos homens renasciam em corpos gradualmente mais aptos e com maior vocação para entender certas questões espirituais. Contudo, na grande massa, os homens do planeta modificaram apenas o aspecto externo. Detectam-se, ainda nos dias atuais, seres primitivos, dotados de uma vida mental primitiva e em precária situação espiritual. O invólucro modificou-se; ergueram altos edifícios e construíram meios de transporte e comunicação que, para o atual estágio evolutivo, são considerados o máximo da técnica terrestre. Entretanto, no fundo, tão somente aperfeiçoaram a metodologia de combate: trocaram o tacape, as flechas e as espadas por armas mais mortíferas e transferiram o campo de lutas de seus clãs para vastas regiões do planeta.

"Infelizmente, a história do planeta Tiamat, talvez por ter sido colonizado por seres de mundos em litígio, tem sido mera repetição do que nós mesmos fizemos em nosso planeta no passado remoto. Creio que, em muitos casos, felizmente não todos, o processo de aprendizado acaba sendo escolhido pelos seres mais primitivos como um caminho de dores lastimáveis ou de guerras cruentas, que marcam profundamente a história de diversas civilizações em determinado quadrante de nossa ilha cósmica. Quem sabe seja por isso mesmo que tantos povos têm sua influência restrita por milênios e milênios ao perímetro do seu próprio mundo? Afinal, elevar-se a outras terras do espaço constitui risco desnecessário, pois, assim como o homem ainda não consegue viver e preservar a vida em seu próprio orbe, no ímpeto de elevar-se às estrelas, ele levaria a outros recantos do universo o anseio de dominar, a política desumana e a metodologia de subjugar consciências.

"Creio que as forças vivas da evolução aprendem com a repetição tanto quanto nós, os seres conscientes que habitamos as terras do espaço, aprendemos à medida que erramos. Veja o exemplo de nosso mundo, que quase destruímos por completo. Felizmente, uma nova consciência enfim desabrochou entre os diversos povos da raça *annunaki*. E cá estamos, auxiliando aqueles que um dia foram nossos filhos e aos quais, como pais, não soubemos dar as devidas lições que os preservariam de destinos semelhantes aos de outros povos da imensidade. Afinal, não podemos ignorar que a atual espécie humana da Terra é o resultado do cruzamento de várias espécies — entre elas, o nosso próprio povo —, mesclado a elementos encontrados no planeta irmão."

Antes que Sharan-el se despedisse, seu mestre em história universal prosseguiu um pouco mais, a fim de arrematar o raciocínio:

— No atual momento em que se encontram os habitantes de Tiamat, é muito mais fácil o nascimento de seres de nossa espécie e de outras que se miscigenaram ao longo dos milênios como filhos dos homens. No primeiro momento, efetivamente foram necessárias diversas tentativas de cruzamento até vingar a fertilização de óvulos humanos com sementes *annunakis* e, depois, de representantes de outros mundos, até que se firmasse no DNA humano um tipo específico, afortunadamente contendo traços da herança que resultava do cruzamento de raças e ocasionou melhoramento genético. Certamente, agora, transcorridos séculos e milênios, serão muito mais eficazes e de qualidade maior as corporificações de irmãos de nossa raça entre os filhos daquele mundo, uma vez que já existem semelhanças genéticas suficientes para esse tipo de imersão na matéria bruta do planeta Terra. Enfim, os genes de várias raças extraterrestres já fazem parte do código genético humano.

"Não se esqueça, Sharan-el. Quando fizer contato com os seres dessa raça magnífica, não deterá de maneira permanente as lembranças de nossa conversa. Quando mergulhar em corpos materiais daquele mundo encantador, dependerá unicamente de você seu futuro. Por mais que eu o tenha em consideração e você seja meu filho, não poderei fazer por você aquilo que você mesmo não permitir. Essa lei vigora em todo departamento do universo conhecido. Na terra dos humanos, essa realidade poderá doer profundamente em sua alma. Você será o fruto das próprias escolhas. Portanto, cuidado, meu filho. Como seu progenitor, aconselho-o a aguardar um pouco mais de tempo, esperando a poeira dos acontecimentos baixar e as crises que virão para o mundo colonizado terem desempenhado o papel que lhes compete, sendo liberadas as toxinas mentais e a fuligem densa acumuladas na atmosfera e no halo energético dos homens. Enquanto isso, seria muito bom que trabalhasse entre nós mesmos, esperando soar a hora do descarte biológico final do corpo que utiliza como instrumento de aprendizado. Somente então, e depois de ouvir os guardiões do sistema, é que o aconselho a tomar a iniciativa de mergulhar nas energias densas que se acumulam sobre o mundo dos homens.”

Era esse o conselho do pai, e não do orientador evolutivo. Talvez por isso mesmo, Sharan-el resolvesse por conta própria seguir o sentido extra de seu cérebro, aguardando o tempo propício para o que ele e seus conterrâneos chamavam de mergulho ou imersão, ou, simplesmente, corporificação entre humanos.

A conversa entre os dois perdurara por longo período na noite escura de Ganimedes. Mas não se concluíra ali. Resolveram interrompê-la por ora, pois os ensinamentos compartilhados por Elial-bá-el com o pupilo eram por demais densos e requeriam que o aluno aplicado se ocupasse de fixá-los e cuidasse para que ficassem perenemente gravados em sua memória. Com esse objetivo, teria de se submeter a algum tempo de introspecção, durante o qual agiria de maneira a despertar suas habilidades psíquicas, extrassensoriais, a fim de deixar impresso na memória etérica aquilo que aprendera com o pai. Do outro lado, Elial-bá-el sentia-se satisfeito, pois sabia que estava preparando um colaborador dos guardiões para lhes dar apoio nos momentos de crise pelos quais passaria Tiamat, o terceiro mundo do

Sistema Solar. Enquanto o jovem *annunaki* se retirava com uma imensidade de ideias fervilhantes sendo processadas por sua mente consciente, nos porões de sua memória, outras trilhas de pensamento estavam em andamento, uma habilidade que dificilmente os homens terrestres compreenderiam.

Capítulo 3

Íncubo

ERA UMA ALA escura e que cheirava à morte. Havia túmulos por todos os lados, além de figuras, estátuas e outras referências àqueles que estavam ali sepultados, ao longo de quase dois mil anos de história. Corredores escondiam-se do olhar curioso de turistas; nem sequer a todos os membros da organização milenar a entrada era franqueada, mas apenas aos mais graduados e fiéis. Em outro lugar ali próximo, grades e mais grades guardavam documentos confidenciais e preciosos, que só poderiam ser abertos ou consultados após transcorrerem ao menos 70 anos da morte de quem os havia produzido. Riquezas, segredos e sabe-se lá quanta coisa mais jazia ali, naquelas catacumbas. Corredores quase infindáveis, túmulos atribuídos às mais proeminentes personalidades, objetos e reminiscências que pertenceram a figuras célebres e poderosas da história; tudo concorria para compor aquele império de morte palidamente disfarçado, aquela atmosfera lúgubre e macabra. Ao longo do tempo em que se ergueram as paredes dos edifícios portentosos — e também se alimentou a chama da ignorância sob a máscara da fé —, acobertaram-se muitas atrocidades, golpes de corrupção, guerras fratricidas e lutas entre facções, em busca do poder desmedido, bem como o roubo massivo de documentos e vidas, tudo, entremeado por finanças obscuras e crimes de lavagem de dinheiro — este, aliás, o grande móvel para o sustento de toda a monarquia erigida em torno do nome do bem-aventurado filho das estrelas.

Largamente distante do céu que pretendia representar e bem mais próximo do averno que divulgava odiar, o sistema todo fora concebido ao longo de séculos e, em certa medida, forjara a civilização ocidental. Por suas características, foi taxado de

Babilônia moderna por alguns autores do livro cuja autoria era atribuída ao sagrado, ao divino. Nada impediu que a estrutura completa se tornasse um fermento de traições ou um ninho de hienas enfurecidas, onde se digladiava por centavo a centavo dos fiéis, arquitetando-se as mais acirradas disputas, traições e toda sorte de artimanhas urdidas para manter o poderio de uma cúria faminta, insaciável ao gozar de privilégios à frente de inúmeras instituições espalhadas ao redor do mundo. A síntese desse aparato de poder não seria mais bem-delineada do que nas palavras do profeta, que o denominava de Grande Prostituta, a qual se corrompeu com todos os reis da Terra.[1]

Nada mais natural, portanto, do que aquele local ser escolhido a dedo para a criatura assumir um corpo corruptível, catapultar-se ao mundo dos vivos, alimentando-se de ener-

[1] Cf. Ap 17:1-6.

gias roubadas, de ectoplasmas espalhados pelo ambiente e de fontes outras das quais arregimentara forças para locupletar-se, fartar-se do cheiro nauseabundo de fantasmas vivos que se arrastavam pelos corredores infindáveis e os labirintos sombrios sob a abóbada da Santa Sé. Aproveitando a sorte de um infeliz que fora silenciosamente trancafiado, esquecido em uma masmorra ainda ativa, porém desconhecida, nos calabouços obscuros tidos como locais privados de veneração e culto, o ser das sombras soube muito bem utilizar-se do resquício de energia do pobre padre que ousara perguntar muito mais do que poderia. Foi ali, esquecido pelo resto do mundo, que o infeliz teve seu contato primeiro, um dos mais horripilantes de sua vida, com a criatura sombria, que fora atraída até lá por puro processo de sintonia. A princípio, uma chama bruxuleante parecia vagar pelo corredor quase totalmente escuro, não fosse alguma vela de cera que ficara acesa por esquecimento de algum representante da justiça local, talvez por alguém ligado ao Instituto para Obras da Religião. Para o mundo, aquele miserável sacerdote havia cometido suicídio. Ninguém conheceria seu paradeiro desde o momento em que fora encarcerado ali, em meio ao odor pútrido da corrupção de almas. Mas ele ainda vivia...

O fantasma escorregou por entre paredes, arrastou-se penosamente um pouco acima do chão, dando a impressão de que encontrava grande dificuldade em se locomover no mundo dos mortais. Roncava como se estivesse prestes a morrer, se morrer pudesse novamente. Em seu infortúnio, o padre ocultado das vistas dos mortais pelo resto da vida que fosse capaz de sustentar — talvez uma semana, meses ou pouco mais — arrepiou-se de cima a baixo, sentindo a pele enregelar ao perceber, depois de um tempo dilatado de reclusão, que não estava só naquele calabouço. O pavor, o medo como nunca conhecera tomou de assalto sua alma cheia de culpa, e o remorso fez o restante do trabalho, compondo o clima íntimo de horror quando a entidade se materializou quase por completo diante do pobre infeliz. O padre rezava roucamente, misturando rezas que não faziam nenhum sentido, nem sequer para ele próprio. Aprendera o ofício de maneira automática, e, com o mesmo automatismo, sua mente nem ao menos acompanhava os murmúrios provenientes de sua boca, que, escancarada, ele não sabia mais controlar. Tremia todo, de maneira que quase não se sustentava em pé sobre as próprias pernas.

A aparição demorava muito mais do que costumeiramente. Afinal, não era uma aparição qualquer. Para transitar ali, naquele antro de corvos com disfarces humanos e onde se congregavam tanto poder e manipulação, somente um dos poderosos poderia lograr êxito. Esqueletos pareciam trancafiados também, enquanto um ou outro ser, minguando de fome e sede, estertorava ao limite de sua resistência em celas escuras, obscuras, sombrias e tão frias como a aura do fantasma. Ele arrastava-se até a cabina onde sucumbia o padre vitimado por confrades inescrupulosos, que agiram em surdina, sem o conhecimento das autoridades mais graduadas — pensava o prisioneiro — ou, quem sabe, sob o beneplácito de quem pudesse evitar o pior. Ali, na sinistra masmorra há séculos preservada entre os labirintos construídos por mãos assassinadas, por fiéis que tiveram suas línguas arrancadas e que já não mais faziam parte do coro dos vivos, exalavam-se fluidos, ectoplasmas de pessoas capturadas e punidas devido à rebeldia declarada ou dissimulada contra o sistema que lhes impunha condenação. Era um ectoplasma pestilento, eram fluidos macilentos, escuros, cujo cheiro de podridão pairava no ar infectado do ambiente tenebroso. Tudo estava de acordo com a necessidade da entidade, que se aproximou devassando a alma do mísero cura.

À frente das grades da cela fria e de sombras quase materiais, tamanha sua densidade, pairava a criatura, exalando de si os vapores das regiões ínferas. Levantou o braço direito, envolto num manto de cor desconhecida pelos simples mortais — e de constituição etérica completamente diferente daquelas estudadas pelos supostos sábios da espiritualidade. Tão logo o ergueu, apontou o dedo em riste para o famigerado cura, que desmaiou de imediato, entregando-se ao delírio dos sentidos no exato instante em que era arrancado do corpo físico pela tétrica aparição, o espectro que se esgueirava pelos corredores das catacumbas secretas. A entidade ainda teve tempo de sorver os fluidos liberados pelo homem, que caía ao chão fétido, enquanto ainda caía. Nada mais se viu, nada mais se ouviu além do grito rouco que denunciava a ruína e o horror daquela alma, que tivera seu corpo etérico sequestrado para que, com ele, a criatura de medonhos pesadelos forjasse o molde de um corpo semimaterial, corpo em tudo semelhante ao humano, não fossem as possibilidades de locomoção e desmaterialização, além da extrema sensibilidade à luz solar, sua única fraqueza, que humano algum podia descobrir. Era constituído de fluidos etéricos e puro ectoplasma. Tais elementos aglutinavam-se de tal maneira a ponto de lhe permitirem a convivência, a partir de então, com todos os mortais do planeta sem jamais se revelar; salvo se houvesse seres invisíveis dotados de autoridade superior e força moral suficientes para enfrentá-lo e desmascarar a enigmática figura — eis o único temor que o perseguiria durante toda a sua abominável existência como agênere.

O homem de corpo robusto caminhava nu pelos corredores do subterrâneo sombrio. Subiu escadarias e transpôs obstáculos à medida que deixava para trás um corpo inerte, moribundo, sugado no limite das reservas vitais, usurpadas com o propósito único de sustentar um tipo de vida execrável e doentio. O demônio feito gente exibia, entretanto, o aspecto de um atleta de corpo torneado e músculos bem-definidos, a ponto de provocar inveja em muitos jovens, que decerto cobiçariam tal aparência e virilidade. Ainda assim, o homem apresentava feições muitíssimo bem-conservadas de alguém com cerca de 40 e poucos anos, embora disfarçados pela beleza incomum que conseguira imprimir nas células materializadas minutos antes, conferindo-lhe aquela constituição tremendamente máscula de seu corpo quase humano.

Ao subir as escadarias totalmente nu, chamou a atenção do primeiro soldado da Gendarmaria com quem cruzou, o qual montava guarda no último reduto onde era possível ficar de prontidão sem que se descobrissem os calabouços disfarçados, escondidos abaixo daquele andar onde estava. Antes disso, o barulho advindo das escadarias que conduziam ao porão despertara o rapaz de plantão; era o som dos passos seguros e firmes do agênere, que, como trovões, ecoou na alma do sentinela, que, a esta altura, já tinha os batimentos cardíacos em disparada. Tão logo o jovem mirou o homem e distinguiu a silhueta daquele que vinha em sua direção, com toda a virilidade à mostra, ambos entreolharam-se significativamente. O soldado nem ao menos questionou de onde o estranho vinha e por que subira exatamente por ali, saído de um lugar proibido pelos clérigos. Apenas deixou-se guiar pelo instinto erótico e pelo magnetismo pulsante e quase irresistível da criatura materializada. Não saberia explicar o pobre rapaz nem a repentina aparição proveniente dos subterrâneos nem ao menos por que meios aquele apolo se apresentava inteiramente nu nos corredores daquele ambiente considerado sagrado por muita gente, embora, para ele, fosse tão somente um local de trabalho. O jovem fardado fitou o corpo cheio de vigor e saúde aparente, e seu olhar ligou-se instintivamente à virilidade do ser à sua frente, o qual soube interpretar o gesto, o olhar do guarda, como indicativo de sua identidade sexual. Para ele, o ser da escuridão disfarçado de homem, tanto fazia se encontrasse ali um homem ou uma mulher; sua reação seria absolutamente a mesma. O instinto falaria mais alto, a sensualidade arrebataria qualquer um, já que para si não havia preferências, a não ser a preferência pelos fluidos humanos que poderia vampirizar, usurpar, absorver. Esse era todo o seu interesse, e assim seria enquanto no mundo dos mortais vivesse.

Ali mesmo, agarrou o rapaz, tomando-o vigorosamente num só gesto, sem o mais leve vacilo nem hesitação, como se ressoasse uma voz de comando inaudível, porém irresistível. Sem nenhuma palavra que pudesse ser dita e sem nenhuma precaução quanto ao local onde estavam, a entidade não deu margem a qualquer reação por parte do sentinela. E o rapaz não queria mesmo resistir ao magnetismo sedutor, mas se entregar e sucumbir por completo à virilidade ereta do homem portentoso que encontrara, vindo não se sabia de onde nem por quê.

Ninguém mais estaria ali àquela hora, nem sequer fazendo ronda, pois era uma ala reservada, cujo acesso se restringia aos donos do lugar e a pequeno número de serviçais. Era madrugada, e todos dormiam ou, talvez, confabulassem planos diabólicos de domínio das consciências.

A criatura materializada pôs-se a arrancar as roupas do soldado — lança e armas já depostas —, o qual se abandonou sem pestanejar à potência e ao charme sensual estonteantes daquele homem como jamais vira em sua existência, na busca de prazeres pelos recantos obscuros de toda a Roma. Em meio aos sussurros hipnóticos e aos beijos da mais escancarada volúpia, os dois consumaram ali mesmo o pleno gozo dos sentidos. Rolaram pelo chão, até o momento em que o rapaz foi absolutamente possuído, rasgado, penetrado pelo órgão varonil, que, em seu interior, despejava fluidos nauseabundos, enquanto sugava-lhe o ser por completo, até as derradeiras reservas energéticas. O guarda gemia de prazer e de dor como jamais sentira em sua vida, à proporção que estocadas cada vez mais profundas, fortes e voluptuosas rasgavam-lhe também a alma, além das entranhas, e seu espírito era profanado em meio a uma orgia que nunca lograria esquecer. Espíritos sombrios não materializados espreitavam os dois — o agênere e o guarda, que juntos suavam, contorciam-se, lambiam-se, gritavam e gemiam —, por sua vez, masturbando-se e contorcendo-se; eram exóticas criaturas da noite, partícipes da orgia diabólica, enquanto o estupro de uma alma entediada era perpetrado pela horrenda cria dos infernos.

Quando terminou o ritual incensado pela libido em ebulição do espectro recém-corporificado nos corredores que saíam das catacumbas, a criatura ergueu-se lentamente acima do corpo do guarda, que, a esta altura, jazia morto, exaurido, com sua alma estilhaçada, fragmentada sobre o solo. Até os mais leves vestígios de seus fluidos haviam sido vampirizados pela aparição tangível, que emergia daquele primeiro orgasmo, profundo e libidinoso, sem quaisquer escrúpulos nem pudores, enquanto o corpo estirado no chão envelhecera ao menos uns 40 anos. A pele do corpo que até então servira de morada ao sentinela enrugou-se a tal ponto que mais parecia a cera derretida das velas nas piras — acesas por fiéis que jamais suspeitariam que algo assim fosse possível no mundo dos mortais, muito menos ali, nos átrios tidos como sagrados por quem não trabalhava no íntimo do Vaticano. Aliás, nem sequer grande parte dos sacerdotes que militavam ali considerava aquele reduto tão sagrado assim. Não podiam taxar de infame o ato levado a efeito sob os olhares dos santos esculpidos em pedra e as demais relíquias religiosas, tampouco reputá-lo como merecedor de repulsa e penitência, pois muitos, muitos dos membros do próprio clero dedicavam-se a semelhante luxúria, protagonizando cenas capazes de escandalizar o menos ingênuo dos fiéis.

A entidade que assumira um corpo em tudo semelhante ao humano levantou-se e, com apenas um gesto, espantou a malta de espíritos sedentos, que se esgueirava pela escuridão dos átrios romanos a inspirar, tanto quanto possível, atos da máxima lascívia, a despeito de seus desejos talvez soarem pueris perante os da terrível criatura e de jamais alcançarem tamanha perfeição. Elevou-se o ser, empertigou-se todo e tomou das vestes do rapaz com o qual copulara e que fora sua primeira vítima, indefesa diante da fúria de sua sede e luxúria. Vestiu-se delicadamente e, com gestos elegantes, quase estudados, como se talvez estivesse sendo vigiado, saiu caminhando, como se nada houvesse ocorrido. Ninguém ali, nem os poderosos nem os subordinados, tampouco a polícia secreta ou quaisquer dos fiéis, pôde escutar o comentário da aparição tangível:

— Ah! Como já havia me esquecido dos prazeres

da carne. E como são tão mais intensos quando proporcionados por este belo exemplar que criei, e não pelos corpos naturais dos medíocres homens da Terra — um sorriso todo enigmático se esboçou no rosto do ser atemorizante, mas dotado de tal magnetismo a que dificilmente alguém seria capaz de resistir.

Aparentava, agora, ainda mais juventude do que quando se materializara a partir dos fluidos roubados do mísero sacerdote e dos outros miseráveis prisioneiros das catacumbas. Sorvera até a última gota de fluido vital do infeliz sentinela, cujo corpo nunca se identificaria ao ser encontrado, no dia seguinte, à hora em que alguém o viesse render naquele que era o último reduto possível e liberado pelos representantes da cúria. Com a carga extra de fluidos, o agênere munira-se de enorme cota de energia e vitalidade, como um vampiro que suga o sangue de suas vítimas, aumentando, assim, sua resistência, para se locupletar diante da tortura e da desgraça de quem quer que lhe cruzasse o caminho — muito embora não fosse um vampiro que se comportasse como os personagens dos filmes de terror. Esta era a vida real, vivida por um agênere proveniente de ínferas dimensões, das sombrias regiões do mundo oculto. Agora, faltava-lhe apenas escolher um nome, até que pudesse se acostumar e testar sua resistência aos raios do sol, uma vez que mais de 70% de seu corpo era de um tipo de constituição que os homens vulgares desconheciam. O ectoplasma, mesmo misturado com outros tipos de fluido, não conseguiria resistir por muito tempo à luz branca e, principalmente, aos raios solares. Mas tudo era apenas uma questão de tempo, até que se habituasse ao mundo dos homens e seu corpo alcançasse a estabilidade molecular necessária para viver como um ser comum entre os simples mortais.

Algumas semanas se passaram após esses acontecimentos, e a cidade permanecia repleta do burburinho das multidões de fiéis, curiosos e demais turistas do mundo todo, que desaguavam constantemente para conhecer as belezas arquitetônicas e históricas da Cidade Eterna. Entre as sete colinas, brilhava esplendorosa a Santa Sé, guardando seus segredos milenares e seus tesouros portentosos, cobiçados por toda a gente que, de alguma maneira, estivesse conectada com a mesma aura de poder e domínio que era irradiada pelos homens vestidos de negro, púrpura e escarlate. Num dos hotéis luxuosos da cidade, era dia de festa. Mulheres belíssimas desfilavam por toda parte, quando o sol nem sequer mostrara sua face, em meio às brumas do inverno demorado daquele ano. A noite se avizinhava de forma não tão diversa do dia, que se caracterizara pela claridade difusa, sem os raios estonteantes do sol, que poderia aquecer toda a Terra, não fosse o rigor com que o inverno se abatera sobre a Europa naquela época, mesmo sobre os países do Mediterrâneo. Era um ir e vir de elegantes princesas disfarçadas em suas nobres carruagens — chamadas Lamborghini, Ferrari, Bentley ou Jaguar, geralmente.

Uma das damas que chegava à cidade, a convite de um renomado diretor de cinema, dirigia-se empertigada para a entrada do hotel, acompanhada de pessoal selecionado para servir-lhe prontamente. Não era a mais importante ali, naquele *lobby*, mas era das que mais despertava cobiça, devido às altas somas de dinheiro com as quais estava habituada, lidando com representantes da máfia devidamente disfarçados de legítimos cidadãos e respeitáveis banqueiros da região. Logo à entrada, observou o olhar atento de um elegante senhor que a espreitava a relativa distância e que meneou a cabeça em direção à nobre senhora. Do alto de seus mais de 50 anos de idade, conservava aparência muito mais jovial, para tanto, valendo-se das mais avançadas terapias e dos cosméticos mais exclusivos, contratados à custa de muitos euros e dólares, os quais tinha sempre à mão.

Giuseppe Alberione acompanhava o trajeto de várias mulheres elegantes, estudando qual delas escolheria para aplicar seu golpe financeiro, a fim de que pudesse se munir de dinheiro suficiente para desempenhar sua missão, sua tarefa, da qual não podia se desviar um instante sequer, mesmo que a vida na matéria representasse para si a oportunidade milenar de reviver os prazeres somente concedidos pelo corpo carnal, em todo frescor e juventude. Seu olhar foi correspondido pela primeira vez tão logo a mulher se detivera por breves instantes a fim de receber uma taça de champanhe e brindar com o anfitrião, já no saguão do hotel. Com sorriso extraordinariamente malicioso, irresistível magnetismo irradiando de cada poro de sua pele clara e olhos de um verde que lembrava a tonalidade das águas de praias paradisíacas, o homem veio caminhando, lentamente, com passos estudados e gestos milimetricamente ensaiados, a fim de produzir uma reação elétrica e nervosa específica diretamente na epiderme da mulher. Visava render-lhe a alma aos encantos de galanteador e à elegância de um Dom Juan que desconhecia o *não* como resposta a seus avanços e conquistas meticulosamente planejados. Acima de tudo, era um excelente estrategista e perito nas emoções humanas. Sabia muito bem mapear e antever os sentimentos e as reações, além de captar com maestria e verbalizar ou realizar os mais secretos pensamentos e devaneios de seus alvos, exatamente como fazia ali, naquele momento, e enquanto caminhava, devagar. Sondava as necessidades, as frustrações e os desejos mais profundos da mulher que elegera como alvo principal naquela noite, que meramente se iniciava. Teria diante de si uma madrugada memorável e, no dia seguinte, o dinheiro do qual precisava para realizar os planos mais funestos.

Disfarçadamente, passou pela dama de beleza incomum e notou seu olhar discreto, mas que, de modo algum, passaria despercebido por um hábil conhecedor das fraquezas da alma humana. Levemente maquiada, a mulher cheirava ao perfume dos deuses mais requintados e exigentes. A pele sedosa eriçou-se ligeiramente, despertando nela a ânsia quase incontida de um desejo antigo, duramente reprimido em seu íntimo. Foi o bastante para que Giuseppe pudesse farejar o doce aroma da volúpia. Naquele momento, ele percebia tudo através do olfato, seu sentido mais apurado. Através de mil e uma conexões mentais, pôde esboçar com relativa facilidade, mas grande destreza, o mapa mental da mulher à medida que redesenhava o trajeto que percorreria para atingir em cheio o coração da dama inconsolada. Os fins justificavam os meios, e nenhum deles se sujeitava a amarras nem escrúpulos de qualquer espécie. Aquela era a noite em que ele desfecharia o golpe de mestre e coroaria de pleno êxito seus objetivos escusos.

•••

— NÃO CONSEGUIMOS identificar nenhuma pista, além das pouco mais de três dezenas de mortes misteriosas que têm ocorrido em Roma, Nápoles e Milão, as quais estão sendo investigadas há meses pela polícia local, sem grande sucesso. Como tudo leva misteriosamente ao Vaticano, é preciso se precaver. Todo cuidado é pouco. No rol das vítimas, até mesmo o sobrinho de um dos mais perigosos agentes da máfia foi encontrado quase morto. Aliás, não fosse a interferência de algumas pessoas que naquela noite passavam no mesmo local onde foi visto com seu acompanhante, certamente não teria resistido.

— Mas o pior é que nenhuma perícia conseguiu um detalhe forense sequer; nem mesmo digitais, que deveriam ter sido deixadas nas cenas dos crimes.

— Há um enigma mais intrigante ainda. É o fato de que, se formos fazer um perfil das vítimas, não encontramos nada em comum entre elas; ao menos, nada salta aos olhos. Neste ponto da investigação, até a autoria dos ataques está sendo posta em xeque, ou seja, há quem já questione se se trata ou não de um único criminoso.

— Isso é realmente intrigante. Caso estivéssemos lidando com um assassino em série comum, o típico *serial killer*, certamente emergiria um padrão dentre as vítimas.

— Senhor — principiou um dos detetives ao delegado de polícia que tinha o caso sob sua jurisdição —, os corpos foram levados para necropsia, e, na verdade, um fato foi constatado em comum, embora não sirva à identificação do criminoso.

— Ora, então já temos algo em comum entre os casos.

— Sim, é verdade; a autópsia apurou um fator comum. É que todas as vítimas foram estupradas ou tiveram relação sexual consensual, embora agressiva, nos instantes prévios à sua morte. Em todos os casos, agiu alguém com um membro muito avantajado, um sujeito superdotado mesmo, apesar de não se encontrar, em nenhuma das vítimas, nem um só resquício de esperma, tampouco qualquer indício de que o criminoso usasse preservativo.

— Mas é impossível! Isso os médicos detectariam de imediato, pois o látex dos preservativos deixa resquícios inequívocos, sem falar nos lubrificantes, que os especialistas detectam com facilidade.

— Mas é muito estranho o fato — comentou o detetive, novamente — de não haver indício de fluidos corporais: esperma, suor; nada. Também não foi encontrado um fio sequer de cabelo preso às vítimas, tampouco células de pele sob suas unhas ou nas cenas dos crimes; enfim, nenhum sinal de luta ou resistência, o que nos faz concluir o quê?

— Talvez as vítimas consentissem no sexo em si, no primeiro momento, e depois, então, é que foram levadas à morte, durante o ato sexual.

— Isso também não está claro, senhor. Além da absoluta falta de evidências forenses do assassino nos locais dos crimes, há mais estranhezas. Nem todas as vítimas morreram; algumas delas, pelo menos três, parecem ter entrado numa espécie de coma induzido.

— Não conheço nenhum caso semelhante para fazer comparação. Ainda estou mais inclinado para a hipótese de que sejam criminosos diferentes.

— Outro fator que merece nossa atenção é o seguinte: nem todas as vítimas são mulheres. Em ao menos quatro dos casos, homens foram violentados. O mais bizarro é que, dos quatro, apenas um era reconhecidamente homossexual. Os demais eram heterossexuais convictos; todos tinham suas parceiras. Elas foram ouvidas e juraram que seus homens nunca tiveram encontros homossexuais, bem como nenhuma tendência à bissexualidade.

— Muito estranho tudo isso! Quero que continuem a vasculhar tudo sobre as vítimas. E quanto ao método empregado com os homens estuprados? Foram drogados? Algum deles sobreviveu?

— Sim; dois estão internados. Um deles está sendo submetido a uma intervenção cirúrgica para reconstituição íntima, mas não corre perigo de morte, até onde sabemos. Mas... Ainda há outros fatores envolvidos nesse mistério.

— Mais coisas estranhas e inexplicáveis? Até quando isso continuará?

— Desculpe, senhor, mas temos ao menos três delegacias de cidades diferentes envolvidas nas investigações.

— Sei disso — falou inconformado o delegado, pois era alvo de forte pressão por parte de autoridades e até de agentes mafiosos.

— O ponto comum entre os homens e as mulheres que sobreviveram é que todos estão completamente extenuados, esgotados. Quase todos apresentam anemia severa. Principalmente os homens, que naturalmente têm vergonha de falar no assunto, quando dormem, começam a delirar e apresentam sinais evidentes de que estão tendo pesadelos ou sonhos de conteúdo erótico. Apesar do franco esgotamento constatado em vigília, apresentam ereção durante o sono, acordam gritando ou se esgotam mais ainda, masturbando-se freneticamente e balbuciando coisas incompreensíveis. Os médicos se viram obrigados a indicar calmantes antes do sono.

— Outra coisa comum, também...

— Ora, mas como vocês começam dizendo que não há nada em comum nesses crimes se até agora estão associando situações de todos ou da maioria deles?

Como explicam isso? — perguntou o delegado, impaciente, para o grupo de investigadores envolvidos no caso. O detetive que introduzira a apresentação tentou ignorar por completo a pergunta, que o deixou visivelmente incomodado.

— Me parece um fator importante demais para deixarmos de lado, sem investigar. Boa parte das vítimas, sobretudo as que viviam em Roma e Milão, não era de pessoas ricas. Não tinham posses suficientes nem mesmo para atrair um ladrão comum.

— E alguma delas foi roubada após o estupro?

— Apenas duas. As demais, pelo menos até onde se sabe, não tiveram roubado nada que lhes pertencesse.

— Mas vocês investigaram as contas bancárias das pessoas, certo? Principalmente das que morreram...

— Isso está em andamento, senhor. Em breve, teremos um quadro mais claro a respeito das ocorrências.

— Um estuprador *serial killer*. Só me faltava isso, a esta altura.

— Eu diria que a maior parte dos casos foi de estupro consentido, senhor.

— Consentido? — quase gritava o chefe de polícia e das investigações sobre o caso. — Como homens machos consentiriam em fazer sexo com um maníaco dessa índole? Me fale! Como homens de sangue quente nas veias poderiam querer ser penetrados, rasgados e violentados por um indivíduo pervertido como esse miserável?

Desconfortáveis com a reação violenta do chefe, os detetives ficaram calados por alguns instantes, enquanto ele manifestava toda a indignação e raiva, que nasciam da sensação de completa impotência para solucionar o caso sob sua responsabilidade. Outro detetive ousou quebrar o silêncio, num tom de voz que mais parecia de súplica, diante da explosão emocional do delegado:

— Não podemos esquecer, senhor, que ainda não está claro se estamos lidando com um ou mais autores desse terrorismo emocional e sexual.

Dando um tempo para medir o efeito de suas palavras e ver se o delegado não explodia outra vez, prosseguiu num tom mais resoluto, como lhe era comum.

— Além disso, tanto as vítimas masculinas quanto as femininas que sobreviveram parecem meio alienadas, como se tivessem sido drogadas, uma possibilidade já investigada pelos médicos que os assistem, embora sem sucesso, mas que não foi descartada, devido ao quadro clínico que apresentam. Todos, homens e mulheres, parecem mergulhados nas cenas do crime. Sonham e deliram de forma recorrente, como se estivessem à frente do agressor. Pior ainda, como já foi dito, é que, a julgar pelas palavras que pronunciam, parecem desejar repetir tudo de novo, inclusive os homens que decididamente sempre foram heterossexuais. Tudo isso só faz aumentar o mistério em torno do autor e das vítimas.

— E ainda acham que não há nada em comum entre os casos!

Todos se calaram, pois não havia mais o que fazer ali, na delegacia. O mistério continuava, e tão cedo, ao que tudo indicava, não teriam respostas para as estranhas ocorrências, que os incomodavam e colocavam em risco a vida de muita gente. Inclusive gente com dinheiro, o que era pior, nesse caso, dada a pressão política que podiam exercer. Mal sabiam eles — e mesmo se o soubessem, não acreditariam — que, na verdade, estavam diante de um caso singular. Lidavam com alguém muito diferente do gênero humano: um demônio em forma de gente.

•••

— Você com certeza sabe do que eu preciso, e eu tenho convicção absoluta de que quer aquilo que tenho em abundância: dinheiro.

— Adoro conversar com gente inteligente como a nobre dama — respondeu Giuseppe para a mulher a quem encantara com seu charme e carisma.

— Posso patrocinar tudo o que você deseja, e da melhor qualidade possível a um mortal.

— E se a qualidade exigida por mim não for exatamente a que um mortal idealiza?

— Mesmo assim, lhe asseguro que meu dinheiro pode comprar até mesmo o incomprável. Sou dona de uma fortuna incalculável, como decerto sabe, e não tenho a quem deixar tanto dinheiro. Assim sendo, que tal pensar na possibilidade de fazermos um pacto? Como um tratado entre nós. Reconheço de imediato um homem ávido por poder e riqueza e, na sua idade, com seu vigor, presumo que os dois temos condições plenas de satisfazer nossas necessidades mútuas.

— Admirável sua visão a meu respeito. Isso é muito bom, pois assim se tornam dispensáveis as máscaras que ocultam nossas verdadeiras intenções.

— Por certo que sim. Ademais, se quiser ou porventura tiver necessidade, posso colocar muito poder em suas mãos, pois, diante de pedidos meus, muitos homens que o detêm fazem exatamente o que quero.

— Por minha vez, posso curá-la de todas as necessidades, de modo a saciar seus desejos mais secretos, os quais posso conhecer somente pelo aroma que emana de sua pele e pela vibração de suas emoções. Mais ainda, sei até que sua saúde já não tem o vigor que deseja aparentar.

Giuseppe pareceu farejar algo no ar. Levantou as narinas, como se fosse um lobo, e, de maneira incomum, auscultou o entorno da linda mulher.

— Você tem um câncer que ameaça a sua vida e, mesmo sabendo disso, não quer se tratar... Não quer sucumbir aos efeitos da quimioterapia sobre sua aparência.

— Como pode saber disso? Por acaso é um louco, um santo ou um vidente?

Ignorando o que a mulher lhe perguntava, continuou:

— Posso proporcionar muitos anos de vida, até mesmo manter sua beleza inalterada por longos anos, paralisando a decomposição celular — ele notava o olhar atento da dama e o misto de interesse com incredulidade.

— Acha que posso acreditar de verdade em você, meu caro esnobe?

— Acredito que não tem muita saída, caríssima dama. Na verdade, qualquer oferta que lhe proporcione um dia a mais de vida pode ser-lhe extremamente útil. Contudo...

— Contudo, em se lidando com pessoas como nós, tudo tem seu preço!

— Melhor dizendo, tudo tem seu valor, e geralmente esse valor pode muito bem ser quantificado ou precificado, como queira.

— Realmente você fala a minha linguagem. Muito embora estejamos em posições diferentes — falou a deslumbrante mulher, servindo-lhe uma taça do melhor e mais caro vinho à disposição no hotel, restrito aos convidados mais importantes. Enquanto isso, os olhares de diversos homens pairavam na direção da dama, cobiçada por tantos, por cuja fortuna muitos seriam capazes de se entregar à loucura na ânsia de possuí-la. Todavia, nenhum daqueles homens presentes à esplendorosa recepção oferecida pelo banqueiro conhecia a identidade do misterioso galã que cortejava a dama tão cobiçada. Ela movia-se como entre nuvens, e ele, o galanteador, despertava a curiosidade de outras mulheres, e até os instintos de muitos homens ali presentes que se consideravam machos, no sentido que a sociedade dava ao termo.

Num momento qualquer, a mulher pediu licença para retocar a maquiagem, deixando Giuseppe sozinho. Ele levantou-se em seguida, dirigindo-se ao balcão a fim de pegar um aperitivo qualquer, mas, mesmo assim, sabendo o que queria. Polidamente, dirigiu-se a ele um cavalheiro, um homem de mais ou menos 40 anos de idade. Sem que a maior parte das pessoas notasse, discretamente postou-se ao lado do balcão e indagou Giuseppe, que nesse momento recebia das mãos do garçom o que requisitara.

— Terá você algum truque que desconhecemos, com o qual encanta pessoas poderosas e de renome como a dama que o acompanha?

— Claro que sim, senhor. Inclusive, tenho diversos outros truques, que posso oferecer até mesmo aos senhores, que se aproximam de mim atraídos pelo meu magnetismo e pela minha energia pessoal.

A conversa se passava sem que ninguém pudesse escutar o que os dois diziam. Nem ao menos olhavam um para o outro, no entanto, ouviam-se muito bem, pois o balcão do grande salão de recepções guardava certa distância em relação às mesas.

— Espero que se interesse por minha oferta, que talvez possa satisfazer-lhe os mais secretos anseios. Embora seja certo que tenha um preço muito alto — falou Giuseppe para o homem que se acercou dele enquanto a mulher elegante ainda estava no toalete, retocando-se.

— E acredita que estou à procura de algo em você?

— Se não fosse assim, meu caro, seus pensamentos e suas emoções não estariam em ebulição, e o aroma de seus hormônios não seria tão intenso quanto o percebo. Sinto-o ruborizar-se sem que seja necessário o encarar para saber.

— Creio que seja muita a sua pretensão, cavalheiro — respondeu-lhe o homem, tentando disfarçar sua inquietude. — Posso saber de quem é convidado numa recepção voltada apenas para homens de negócio e seus indicados?

— Sou convidado especial da dama com a qual me viu. Creio que as credenciais dela são por demais importantes e não requerem discussão, não acha?

Sem poder retrucar diante da inteligência e da astúcia da resposta, o homem se despediu de Giuseppe.

— Antes que se vá, quero lhe dizer algo, nobre amigo dono do dinheiro.

Ainda permaneceu sem olhar Giuseppe nos olhos e sem ao menos se virar para ele, embora respirasse seu perfume e nele se inebriasse, pois era estonteante. Seria aquela fragrância realmente elaborada pelos homens ou era tão somente o aroma natural da pele daquele homem misterioso? Giuseppe prosseguiu, deixando-o ainda mais desconcertado:

— Não terminará esta noite sem que você venha até mim e eu lhe dê um presente meu, todo especial. Nunca mais você se esquecerá do meu cheiro, e jamais seus olhos se livrarão do encanto que os magnetiza. Mesmo com suas mulheres, não ficará em paz enquanto não se abandonar completamente aos meus braços e for todo meu, completamente meu. Irremediavelmente meu!

O homem saiu trêmulo da presença de Giuseppe e não conseguia mais concatenar as ideias, mesmo depois de abraçar e beijar a jovem lindíssima com a qual viera acompanhado. Foi sua primeira e natural reação, como se provasse para si próprio que permanecia senhor de sua masculinidade. Ele nunca ficara com outro homem. Mas também não sabia como se desvencilhar da figura tão magnética daquele homem, que mais parecia haver surgido de algum conto fantástico, principalmente porque, ao que parecia, ele queria ser percebido e chamar atenção. Giuseppe adorava brincar com as emoções e os sentimentos mais secretos do ser humano. Para isso, como para todo o resto, não tinha o menor escrúpulo. O homem que saiu de sua presença ficara quase completamente hipnotizado pelas palavras que dissera. Quando terminou de beijar a garota que o acompanhava, ainda assim teve de ouvir dos lábios dela:

— Algo me incomoda neste salão. Parece que estou sendo atraída por alguém. Sinto que uma pessoa me chama pelo pensamento, pelas emoções, que estão em burburinho total. E não consigo de forma nenhuma me livrar da sensação de que tudo isso provém do homem que estava ao seu lado no bar.

— Não seja cínica, mulher. Você está me acompanhando, é minha mulher, e não posso permitir que se sinta assim, atraída por um infeliz qualquer, que simplesmente aparece do nada e começa a galantear nossas mulheres.

— Mas não é algo que parte de mim. Sinto que não estou bem, e alguma coisa parece querer roubar minhas forças.

— Fique quieta aqui que vou buscar ajuda.

— Não! Prefiro ir ao toalete e me refrescar. Pedirei eu mesma ajuda a alguma serviçal. Talvez eu retorne para a suíte onde nos hospedamos.

— Como queira. De qualquer maneira, vou lhe fazer companhia até o toalete das damas — e levantou-se tomando-a pelo braço, em seguida, tomando a direção dos toaletes.

Naquele exato momento, bem antes que se aproximassem do destino, Giuseppe Alberione saiu do balcão e cruzou com ambos. Deixou cuidadosamente seu braço esbarrar no braço do homem, que quase desfaleceu pelo impacto emocional — e hormonal — provocado pelo toque do sedutor apolo. Seu coração pareceu bater num ritmo mais acelerado do que o normal. Enquanto passava pelo homem, Giuseppe dirigiu-lhe o olhar, e entreolharam-se pela primeira vez, da maneira própria como ele sabia fazer quando queria incomodar ou magnetizar alguém. A partir daquele instante, o homem, um dos banqueiros mais proeminentes e ricos do recinto, jamais teria sossego em sua vida mental. Não conseguiria esquecer o olhar sutil, penetrante e, ao mesmo tempo, devastador que lhe fora dirigido pelo demônio em forma de homem — um homem como muitos gostariam de ser. A mulher que ele guiava repentinamente teve uma síncope, no instante preciso em que seu parceiro foi tocado pelo homem com o magnetismo dos deuses, ou, quem sabe, de mil demônios. A mulher quase desabou no chão, não fosse um dos serviçais haver percebido a situação e se aproximado rapidamente, amparando-a em seus braços. McMuller, o banqueiro, àquela altura, estava desnorteado e quase não percebia mais nada a seu redor. Nem sequer notou claramente o estranho fenômeno que acometeu sua mulher, a tal ponto se afetara pelo arrebatamento do lorde misterioso, cuja figura não era mais capaz de tirar dos pensamentos. Suas reações íntimas, emocionais e até mesmo de natureza sexual estavam totalmente alteradas. Fervilhava.

McMuller não compreendia o que lhe sucedera, mas, assim que Giuseppe o tocou, houve intensa troca de energias. Se por um lado lhe foram roubados fluidos preciosos, com os quais o vampiro se locupletava, de certo modo se familiarizando com o tipo energético de seu novo alvo, por outro lado recebera uma dose de magnetismo do próprio Giuseppe, a qual este lhe transferira apenas com um toque sutil, mas suficientemente intenso para cumprir o objetivo. Derramara um caudal repleto de vibrações densas sobre o banqueiro, de alto teor magnético e erótico, que ativara os centros de força inferiores, mas, principalmente, os chacras responsáveis pela vitalidade e pela sexualidade. Em paralelo, por meio do mesmo gesto, o agênere aproveitara a ligação fluídica do casal para absorver as energias da mulher e, assim, levar a efeito seu plano atroz. Mas disso ninguém ali sabia, e nenhum daqueles homens jamais suspeitaria com quem estava lidando.

Entrementes, Antônia voltara do toalete, sem haver presenciado as cenas anteriores. Sorridente e cheia de vida, pelo menos na aparência, tomou seu lugar à mesa, sendo auxiliada por Giuseppe, que, a partir de agora, ignorava completamente o banqueiro que seduzira. Este, porém, não tinha mais condições de participar da reunião para a qual fora convidado, e era-lhe impossível concatenar as ideias e raciocinar da maneira habitual. Seu mundo íntimo fora inteira e irremediavelmente revolvido.

Já sentado à mesa com Antônia, Giuseppe apenas comentou, sem que esta apreendesse o sentido de suas palavras:

— Não faço com ninguém absolutamente nada que a própria pessoa já não deseje por si mesma. Apenas incentivo que concedam cem por cento de atenção a um por cento de anseios e clamores malresolvidos que trazem dentro de si. Nada mais do que isso...

Antônia olhou para Giuseppe sem compreender o nexo do que dizia, enquanto uma música começava a ser tocada por um grupo contratado para aquele momento. Giuseppe sorriu misteriosamente para Antônia, que, a partir de então, acreditava ter encontrado o homem de sua vida.

A noite já ia alta quando os dois resolveram rumar a uma das suítes reservadas especialmente aos convidados mais distintos. E aquela foi uma das noites mais loucas que Antônia experimentou em sua vida. Nunca mais esqueceria os múltiplos orgasmos que o homem a fizera atingir, algo que nunca, jamais vivenciara em toda a sua existência e com todos os homens que seu dinheiro pudera comprar ao longo de sua vida. Ninguém, nenhum deles jamais lhe proporcionara tanto prazer e deleite, tamanho gozo e êxtase como naqueles momentos que passou ao lado de Giuseppe. Ele, por sua vez, assim que a mulher adormeceu a seu lado, hesitou brevemente sobre o próximo lance do seu comportamento. Deveria exaurir-lhe a vitalidade ou aproveitar a situação e continuar sendo seu amante? — quem sabe, até casar-se com ela... Preferiu ouvir o pouco de razão que lhe restava e dar atenção aos objetivos que o trouxeram ao mundo dos chamados vivos. Por ora, estava saciado, sem fome de fluidos, sem necessidade de completar-se. Afinal, experimentava as delícias dos prazeres mundanos enquanto se preparava e se armava para dar prosseguimento aos planos mais sórdidos e macabros. Para tanto, precisaria de dinheiro, de muito dinheiro.

Deixou Antônia ali estendida, nua sobre o leito rico e lindamente decorado, e vestiu-se cuidadosamente, sem pressa, como se tivesse todo o tempo do mundo à disposição, embora isso não fosse a realidade. Saiu tranquilamente, na certeza de que exaurira a mulher durante a noite de romance, à qual ela se entregara completamente. Tão tranquilamente quanto saiu da suíte presidencial do hotel cinco estrelas, dirigiu-se, também silenciosa e calmamente, ao andar superior, onde se instalaram McMuller e sua mulher.

O banqueiro estava inquieto e não conseguia dormir nem por ação de medicamentos. Seus pensamentos fervilhavam com ideias e instintos desconexos, excitados. Enquanto isso, sua companheira, uma belíssima mulher, que faria inveja a quaisquer outras da mesma idade, ricamente adornada para dormir, estava ali, jogada em meio aos lençóis de pura seda, adormecida como se fosse seu sono um dos mais profundos a que se entregara nos últimos tempos. McMuller caminhava pela ampla suíte e, finalmente, acomodou-se numa peça contígua ao quarto, sentado em confortável poltrona. Sua mão esquerda segurava uma taça de Château Latour, com o qual tentava dissimular suas emoções conturbadas. Mas não conseguia, mesmo assim. Ligou o aparelho de som, que passou a transportar o *jazz* de Chet Baker para o ambiente, sem que o volume incomodasse a mulher sobre o leito, já que estava no outro cômodo do apartamento.

De repente, ouviu um clique na porta. Algo longe, discreto, um som dificilmente perceptível, mas, mesmo assim, foi capaz de ouvi-lo, e seu coração alterou-se completamente, ainda outra vez. Não saberia dizer se por medo ou por algum outro motivo. Nem ao menos pensou que poderia ser o homem misterioso que abordara no salão de recepções. Apenas notou, como que por pressentimento, o coração bater mais forte do que de costume. As emoções pareciam florescer em seu íntimo, quase arrebentando os limites impostos por seu até então considerado bom senso.

McMuller era alguém muito bem-relacionado com a administração de um dos bancos mais importantes de Roma. Sua posição era tão invejada que muitos dariam tudo ou até matariam para substituí-lo, não fossem as conexões igualmente fundamentais que mantinha com a máfia italiana, além de outros personagens centrais na política europeia.

O clique na porta mais uma vez o incomodou, e, mesmo com o coração batendo quase na garganta, dirigiu-se à entrada da suíte, quando, de sobressalto, viu a figura impecável e sedutora de Giuseppe em pé, empertigado diante de si. Engoliu em seco. Tentou segurar-se num dos belíssimos itens do mobiliário que decorava a suíte máster, mas, mesmo assim, cambaleou.

— Você!...

Giuseppe abriu um sorriso todo especial, especial demais para ser ignorado por McMuller. E ele, o banqueiro, nem ao menos sabia como o estranho entrara ali, nos seus aposentos particulares, burlando toda a segurança do hotel. Mas sua mente não reunia condições de raciocinar em torno da situação. Giuseppe olhou-o nos olhos de maneira incomum, ou pelo menos de tal maneira como nunca antes fora olhado por outro homem qualquer. Ao mesmo tempo, a mulher gemia sobre o leito, mexendo-se, incomodada em seu sonho. McMuller olhou em direção ao quarto, enquanto o visitante dele se aproximava lentamente. Não sabia como reagir, mas sentia todo o seu corpo pegar fogo; sua mente parecia perder o controle sobre os membros e quase desfalecia, não fosse sua vontade firme e resoluta de ir até o fim e descobrir algo sobre o estranho homem que o enfeitiçava. Era um magnetismo à prova de tudo, à prova até mesmo de suas fortes convicções.

— Que você quer comigo? Como entrou aqui? — falava o banqueiro para o homem à sua frente, tentando imprimir alguma agressividade à sua voz, mas quase lhe inalando o hálito, de tão próximo que estava.

— Vim porque me chamou, porque me desejou. Nunca me imponho a ninguém, apenas retribuo o chamado, o convite, e você me chamou.

— Mas eu não chamei por você. Nem sequer o conheço nem sei seu nome... Só o vi uma única vez! — desesperou-se McMuller.

— Sua alma me chamou, seus desejos me chamaram, todo o seu corpo e toda a sua alma clamam por mim. Aqui estou, portanto!

— Mas... — não conseguiu mais pronunciar nenhuma palavra. Giuseppe beijou-o sofregamente ali mesmo, arrancando de sua alma as últimas resistências. Conseguiu abalar profundamente as convicções mais íntimas e profundas do banqueiro, que se julgava páreo duro para enfrentar qualquer situação que encontrasse, quanto mais uma que colocasse em xeque sua sexualidade. Jamais poderia sonhar que depararia com algo tão incomum quanto o que ocorria ali, naquele hotel e naquela noite. Deixou-se quedar-se, diluir-se por completo nos braços de Giuseppe, que soube muito bem aproveitar a situação, de modo a proporcionar a McMuller algo que nunca experimentara em toda a vida. Sensações, emoções e sentimentos duramente reprimidos desde a infância pareciam arrebentar de seu íntimo, como uma avalanche de águas intranquilas que irrompia do subterrâneo da própria alma. A mulher movimentava-se mais inquieta ainda sobre o leito.

Num só gesto, Giuseppe deixou-o ali mesmo e marchou em direção ao cômodo onde a mulher estava estendida. Jogou-se sobre o leito sem nenhum pudor e foi arrancando-lhe as roupas sedosas, enquanto com a outra mão tirava as próprias. McMuller ficou parado, olhando, sem nenhuma reação, enquanto o ser misterioso o chamava para a orgia final, para jogar-se também sobre o leito. Entrementes, a mulher acordara de seu sono perturbado e encontrara ali, a seu lado, envolvendo-a por todos os meios ilícitos, porém ardentemente desejados, o objeto de seus tormentos oníricos. Entregava-se às carícias, enquanto o marido, quase hipnotizado, mas mesmo assim sem ser obrigado, dirigia-se ao leito, agora tomado de ciúmes da própria esposa, que se entregava por completo às carícias sensuais e deixava sua libido completamente livre para que se locupletassem mutuamente. McMuller partiu de modo apressado ao leito e, literalmente, lançou-se no meio dos dois, de maneira que a tormenta sem fim dos desejos reprimidos foi liberada em sua totalidade. Giuseppe penetrou-o ali mesmo, na frente da mulher extasiada, cujos sentidos desgovernara por completo enquanto se engalfinhava com os dois homens, na orgia dantesca de um conluio pornográfico sem precedentes em suas vidas.

Logo após proporcionar a McMuller todo o prazer desmedido e jamais sentido em sua lamentável existência, o ser infernal aproveitou o envolvimento da mulher do banqueiro e a possuiu em sua frente, demorando-se longamente no processo de roubo de energias, que já estavam seriamente abaladas. Parecia a mulher incorporada de uma messalina, enquanto seu homem a envolvia por todos os meios, e ambos os homens alimentavam-se, cada qual com seus desejos e da maneira como cada um podia. Ora a mulher, ora McMuller, Giuseppe os envolvia, os possuía e sugava-lhes as reservas energéticas, mas tomando os devidos cuidados para não exaurir o banqueiro. No entanto, em nada se importava com o estado da mulher, que dava mostras de esgotamento, a famigerada esposa de um dos grandes nomes ligados ao mundo do dinheiro e das finanças.

O sol quase nascia, não fossem o tempo nublado e o frio intenso que fazia naquela parte do continente àquela época do ano. Giuseppe por fim abandonou os dois estendidos sobre o leito e, com uma energia dificilmente compreendida por qualquer mortal, retornou ao quarto de Antônia, que ainda estava adormecida sobre o leito. As vidas de McMuller e de sua mulher jamais seriam as mesmas a partir daqueles momentos íntimos, voluptuosos, pecaminosos e mortíferos. Giselle, sua mulher, no outro dia, requereu internação numa clínica nos arredores da cidade, enquanto o banqueiro retornou ao hotel para procurar Giuseppe, encontrando-o ao lado de Antônia, no saguão, já de partida para um destino ignorado. McMuller a conhecia pessoalmente, o que tornou possível abordá-los sem causar estranhamento, enquanto as bagagens do novo casal eram transportadas pelo pessoal de serviço.

— Olá, Antônia!

— McMuller! Que maravilha encontrá-lo aqui. Ontem não tivemos tempo de nos falar como eu gostaria. Ah! Que displicência a minha. Gostaria de lhe apresentar Giuseppe Alberione, um grande amigo.

McMuller olhou o homem, que sorria maliciosamente ao lado da mulher deslumbrante que era Antônia. Aliás, ela estava realmente muito mais intensa, rejuvenescida e disposta, como não a via há tempos. Giuseppe adiantou-se, antes que o banqueiro falasse qualquer coisa:

— Nós já nos conhecemos pessoalmente, não é, McMuller?

Ele ficou todo desconcertado, mais uma vez. Gaguejava e não sabia o que dizer.

— Então se cruzaram ontem, na festa? — perguntou Antônia para ambos.

— Não exatamente assim, Antônia. McMuller e eu tivemos uma experiência muito renovadora para ambos. Como aconteceu com você.

Antônia não compreendeu o alcance das palavras de Giuseppe, que não se esforçava nem um pouco para deixar de constranger McMuller. Talvez pretendesse desmascarar o banqueiro, assim ficando mais fácil relacionar-se com ambos.

— A mulher de McMuller se indispôs durante a noite, e, quando ele desceu até o saguão, eu também resolvi descer, para respirar um pouco de ar puro depois de uma noite tão movimentada — falou Giuseppe com leve ironia, amenizando a situação. O banqueiro corria o risco de desmaiar ali mesmo, tão sem graça ficara.

Antônia foi chamada para assinar algum documento na recepção, momento em que o banqueiro respirou aliviado, quase tresloucado de nervosismo, e aproveitou para falar a Giuseppe:

— Você não pode ir embora assim e me deixar neste estado! O que fez comigo? E minha pobre Giselle?

— Você não gostava dela mesmo... Era tudo um jogo necessário para manter as aparências exigidas pela sociedade.

— Mas e eu? Como pode partir assim, sem deixar pistas e sem dar importância ao que despertou em mim?

Giuseppe tirou um cartão do bolso e entregou-o a McMuller. Nele estava escrito o número do celular, o *e-mail* e, à caneta, o endereço para onde se dirigia com Antônia.

— Encontre-nos lá dentro de uma semana. Estarei esperando por você.

— E minha mulher? Como devo me comportar em relação a ela? Não consigo encará-la nos olhos.

— Não se preocupe, McMuller. Tenho um plano para sua vida. Enterre sua mulher assim que ela partir e, depois, vá ao meu encontro.

— Enterrar? Mas ela não morreu! Que quer dizer com essas palavras?

Enquanto Antônia se voltava para ambos, Giuseppe terminou a conversa falando rápido e baixo, mas suficientemente alto para Antônia escutar:

— Ela não sobreviverá, pois já estava morta. Não se preocupe. Enterre-a e não diga nada às autoridades. Você tem dinheiro, portanto, invente uma desculpa, e depois eu o espero junto com Antônia.

Capítulo 4

Um perigo chamado mulher

— IRMINA? Como você nos encontrou aqui?! — perguntou Gilleard, estarrecido ao ver sua companheira surgir do cômodo vizinho ao apartamento requintadamente mobiliado de Donnald.

O anfitrião, por sua vez, não soube o que dizer por alguns instantes. Acreditava piamente ter tomado todas as precauções, assegurando-se de que não fossem seguidos, e nunca revelara a absolutamente ninguém a localização daquele refúgio secreto, tão distante dos olhares e do conhecimento de intrusos. Finalmente conseguiu se recompor:

— Você a conhece? Como chegou até nós? Como nos encontrou?

Irmina Loyola era uma mulher incomum. Do alto de 1,80m de altura, movimentava-se elegantemente, com um corpo esbelto e os cabelos lisos, caídos até a altura dos ombros. Havia algo insinuante em sua aparência, que talvez recordasse a mulher do Magrebe, mas com leve toque oriental. Adornava--se com uma echarpe sobre os cabelos, mas não era usual esse tipo de acessório nos momentos de trabalho. Uma maquiagem discreta acentuava as feições suaves, os traços femininos e, ao mesmo tempo, o forte magnetismo que brotava dos olhos, os quais inspiravam determinação. A voz era algo aveludada, mas, quando queria, sabia imprimir um tom diferente e mantê-lo por longo tempo se necessário, sem maiores esforços. Fora instruída e treinada em diversos campos de atuação; aprendera a se defender, a lutar e atirar e era excelente atriz, segura de si ao assumir um disfarce, pois não raro tinha de atuar primorosamente para realizar missões investigativas como agente duplo ou infiltrado. Como um felino, estava sempre preparada para saltar, esquivar-se, correr ou colocar-se de prontidão para o ataque, a qualquer momento, fosse em que contexto fosse.

Não se intimidava jamais.

No âmbito mais pessoal, não poderia se dizer cidadã deste ou daquele país, pois se mudava bastante desde muito cedo e, para realizar o que lhe competia na carreira escolhida, vivia de um lugar para outro. Ia para os lugares onde lhe eram apontados alvos e missões no ofício que amava e a ele se entregava totalmente. Com esse formato de vida, nunca conseguiria constituir uma família, pelo menos não uma família tradicional. Fato é que ninguém, nem mesmo os mais chegados a ela, conhecia nada, rigorosamente nada muito concreto sobre sua vida privada. Isso ela não permitia; não abria mão desses segredos que carregava consigo, guardados a sete chaves. Além desse, fazia questão de cultivar outros trunfos, que nem sequer os mais próximos conheciam; mantinha sigilo absoluto sobre certas habilidades que a tornavam especial. Essa outra faceta de sua vida explicava em grande medida por que era tão indispensável às missões que lhe designava a agência da União Europeia a que respondia. Para quem a observasse, no entanto, tratava-se apenas de uma mulher como outra qualquer — caso assim o quisesse parecer.

— Você não achou que eu o deixaria à mercê daquele disfarce infeliz que escolheu, não é mesmo, Gi? — referia-se dessa forma ao companheiro de trabalho Gilleard, amigo de longa data. Mas a pronúncia do apelido soava algo estranho, pois Irmina não conseguia disfarçar um sotaque que lembrava o de algum país do Leste Europeu; Rússia, talvez. Na verdade, um misto de sotaques tornava sua voz algo muito doce de se ouvir, e a pronúncia do apelido ou de algumas palavras a fazia soar particularmente sensual. Porém, ai de quem se atrevesse a se aproximar mais do que ela permitia! Um golpe repentino poderia deixar o indivíduo desfalecido pelo menos por uma hora, dando a ela tempo suficiente para sumir. Aliás, este era um costume seu: adorava aparecer e desaparecer repentinamente, usando o fator surpresa para desconcertar seus interlocutores. Ninguém sabia como fazia e para onde ia quando isso se dava.

— Eu o segui desde o primeiro momento em que Donnald — não é este seu nome, querido? — aproximou-se de você. Lembra-se da mulher no café para quem olhava desconfiado? Bem, não era eu, realmente. Aliás, eu não conseguiria me comportar de maneira tão banal e vulgar como ela. Mas, de algum modo, me foi útil. Entreguei a ela um microchip com um adesivo, que ela colou na roupa do seu anfitrião-salvador sem que ele o notasse. Então, foi fácil rastrear vocês dois. Nada que não me custasse alguns euros, mas tudo bem; a mulher saiu feliz da vida, e cá estou, graças a ela.

Fixando os dois homens à sua frente, ousou perguntar, como se acabasse de dizer a maior trivialidade:

— Alguma pergunta, meus queridos? Querem saber de mais alguma coisa?

Donnald olhou o agente Gilleard com uma expressão que era a própria interrogação em si mesma.

— Não sei como ela nos encontrou, sinceramente. Ainda que considere o tal microchip, não faço ideia de como esta mulher pôde chegar até aqui.

— O seu piloto, queridinho — acrescentou Irmina, sem pestanejar.

— Mas ele é de inteira confiança... Jamais traiu qualquer trato entre nós.

— *Jamais* é um termo muito complicado, querido Donnald — falava como se fosse amiga íntima do sujeito. — É como *para sempre, eternamente* e outros do gênero. Todos encontram seu fim quando entra em cena uma mulher que, além da inteligência, sabe usar seu charme. Nessa hora, nenhum homem de verdade consegue manter sua fidelidade aos tratos assumidos. Ainda mais se ela recorre ao maior amigo da mulher: o dinheiro. Algumas notas de euros e... *voilà*! Fazem-se verdadeiros milagres.

Donnald, mais uma vez, ficou sem saber o que dizer a Gilleard. Como este não dizia nada, pois também estava sob o impacto da atitude de Irmina, ela tomou a dianteira para tentar quebrar o inusitado da situação:

— Você tem um champanhe realmente muito bom em sua adega! Não sei como tem coragem de servir algo assim para meu amigo. Ah! Tomei a liberdade de abrir um enquanto vocês se conheciam melhor. Espero que não haja problemas.

— Você entrou na minha adega?

— Bem, diga-me um lugar melhor, além do lugar onde guarda seus euros, dólares e objetos de valor... Aqui, não se tem muita opção, não é mesmo? Afinal, este é um esconderijo "muito" secreto, e não cabe inventar muita coisa, como se fosse o simples apartamento onde mora.

Gilleard deu uma estrondosa gargalhada. Donnald, ainda assim, manteve a compostura. Estava estarrecido com a mulher amiga de Donnald. Aquilo não podia ser uma simples agente; devia ser um demônio em pessoa. Nada justificava o jeito como ela lidava com as coisas e as pessoas. Era muito perigosa para ser uma simples mulher. Donnald, que já estava às voltas com certas questões de ordem metafísica, temeu efetivamente por sua segurança.

Irmina não se fez de rogada e convidou-se a se assentar em frente aos dois, segurando a taça de champanhe em uma das mãos. Sem cerimônia, mudou o rumo da conversa, regressando ao ponto em que estavam quando os dois foram surpreendidos.

— Bem, meus amigos, acompanhei com interesse real a conversa de vocês e aconselho a meu caro Donnald que, da próxima vez que quiser fazer algo secreto, tome maiores cuidados. Se uma mulher simples como eu, sem nenhum tipo de especialidade, consegue descobrir seu esconderijo, seu chamado refúgio, imagine se alguém ligado à polícia secreta quiser segui-lo. Aliás, não se sabe ao certo se você está a salvo ou sendo seguido há algum tempo.

— Irmina! Por favor, minha querida! Mulher simples como você? Que expressão é essa?

— É, não diria tão simples assim, mas há de convir que você, Donnald, corre sérios riscos se expondo dessa maneira, sem tomar as devidas precauções. Vamos lhe dar cobertura para se tranquilizar. Contudo, quanto ao mordomo do papa, a quem se referiu, não sei muito bem o que será dele. Está mexendo num ninho de cobras venenosas e em um domínio sobre o qual nem mesmo o papa detém conhecimento total. É de se deduzir que ele não passará incólume diante de tudo o que pretende fazer.

Depois do silêncio e de atenuado o espanto com a intervenção de Irmina, Donnald resolveu se manifestar:

— Temo pelo que eu disse há pouco ao agente Gilleard. Há algo de muito estranho ocorrendo nos bastidores do Vaticano, e isso me preocupa efetivamente.

— Não se assuste, homem. Fatos estranhos ocorrem desde séculos por aqui. Mas sei de algo que realmente é assustador e que pode ser insolúvel no momento, ultrapassando as possibilidades até da agência para a qual trabalhamos. Trata-se de algo com que mortais comuns não querem se envolver e que conserva muita gente longe por medo de que pareça loucura.

Desta vez, foi Gilleard quem encarou Irmina, assustado.

— Você sabe de alguma coisa que não conheço? Há algo que não me contaram na agência?

— Claro que sim, meu amigo. Sei de algumas — muitas — coisas cuja fonte não posso compartilhar com você no momento. Entre elas, o fato de que há seres de uma espécie diferente da nossa interferindo tanto no Vaticano quanto em governos de certos países do mundo.

Gilleard bebeu o vinho que restava na taça num único gole. Ele sabia que Irmina nunca brincava com coisa séria. Mas daí a vir falar na intervenção de seres de outra espécie? Seu ímpeto foi nem querer ouvir o restante da conversa. Poderia estar diante de algo realmente impactante e assustador caso os pensamentos de Irmina a respeito estivessem corretos. Por sua vez, Donnald sentiu-se mais confortado por saber que a agente detinha informações que vinham ao encontro do que ele e a sua organização já tateavam há algum tempo. Ela deixou, propositadamente, um vácuo de silêncio, esperando os dois se manifestarem a respeito. Após alguns minutos, decidiu recomeçar seu pensamento:

— Reparem que até mesmo vocês silenciam diante da simples menção a algo que foge aos padrões convencionais de investigação. Imaginem, então, como não se comportam chefes de organizações poderosas ou de agências de inteligência de diversos países perante evidências ou revelações ligeiramente fora dos parâmetros da dita normalidade... Eis por que as investigações nunca prosseguem, a não ser por gente louca como eu e alguns poucos agentes que aceitam de bom grado colocar suas cabeças a prêmio ao penetrarem o universo estranho e incomum das investigações sobre as unidades biológicas extraterrenas. Poucos se atrevem a ver as coisas como realmente são.

— Você não está brincando, não é? Então, estamos envolvidos em mistérios que, se não entendi errado, envolvem fatos sobrenaturais e até mesmo interferência extraterrestre? Como é que disse? Unidade biológica extraterrena?

— Ou organismo biológico extraterrestre. Fique à vontade para escolher o nome de sua preferência. Sei apenas que, em diversas partes do mundo, estão em curso investigações sérias sobre o tema. Não somente aqui, no Vaticano, mas em países como Inglaterra, Canadá, Estados Unidos, China e Índia, só para citar os mais importantes, há grupos analisando informações preciosas a respeito.

— Graças a Deus não estou ficando louco! —

desabafou Donnald. — Além de mim, alguns poucos, entre eles, o mordomo, sabem de algo relacionado ao assunto ocorrendo dentro dos portões da Santa Sé.

— Irmina, você está certa do que fala? A agência está envolvida em investigações como essa?

— Claro! Eu fui convocada especialmente para levar o máximo de informações e coletar provas onde quer que as encontre.

Donnald pediu licença para buscar alguns documentos confidenciais, segundo ele. Se bem que agora pensaria duas vezes antes de considerar algo secreto, pois, apesar de todo o cuidado que julgara ter, fora descoberto por aquele demônio de mulher, belo, mas perigoso. Regressou ao ambiente trazendo um artefato de espionagem que denominavam espula magnética, uma espécie de *pen drive* mais completo e sofisticado, que ainda não era comercializado para o público em geral. Apenas algumas agências e organizações dispunham de tecnologia para ler o conteúdo gravado ali. Entregou-o a Irmina sem nenhuma reserva.

— Acredito que isto será útil para você e suas observações.

— Obrigado, Donnald. Entregarei o material pessoalmente na agência, aliás, diretamente no departamento de investigação de OBES.

— Organismo biológico extraterreno — falou Gilleard em tom irônico.

— Exatamente, meu caro! — retrucou Irmina, sem pestanejar. Tão logo guardou delicadamente o objeto que lhe fora entregue, tornou a falar:

— Não se assuste com o que descobriram, Donnald. Embora a situação não seja realmente das melhores, o que ocorre aqui já é do conhecimento de muita gente graúda ligada à União Europeia. A própria crise na Zona do Euro é algo que está intimamente ligado a certos fatores de ordem metafísica, além de interferências semelhantes a esta da qual vocês apenas suspeitam.

— Então você quer me dizer, Irmina, que eu estou fora desse tipo de investigação, enquanto você está envolvida até o pescoço com tudo isso? — disse Gilleard surpreso.

Ela esboçou um sorriso irônico.

— Nem imagina como, meu caro. Nem imagina. Existem muitas coisas que nem você nem eu sabemos. Somos apenas peças de um grande tabuleiro de xadrez. O que ocorre é que, com minha natural curiosidade — coisa de mulher elegante, nada mais —, não me conformei apenas com os poucos detalhes que me foram passados. Resolvi aprofundar-me por conta própria e, quando eu já tinha evidências suficientes, acuei nossos chefes e lhes apresentei o resultado de minhas pesquisas. Não houve outro jeito senão me incluírem no programa OBE. Mas guardo meus tesouros ocultos, como sabe; meus trunfos que ainda não posso compartilhar. Tanto eu quanto um grupo de amigos — estes, sim, secretos no verdadeiro sentido da palavra —, juntos, nos aventuramos por caminhos ignorados pela maioria, a fim de trazer a lume alguns fatos que, acreditamos, serão úteis mais tarde.

— É inacreditável, mulher... Realmente, você me surpreende.

— Bem, amigos, agora deixemos de lado o espanto e o susto inicial. Quero saber o que vamos fazer para auxiliar Donnald e o mordomo a se preservarem de retaliações do Vaticano.

— Se não se importa, Irmina, gostaria de deixar isso para logo e saber mais detalhes sobre o assunto OBE. Creio que isso ajudaria também a Donnald, pois agora vejo que, o tempo todo, ele queria se aventurar por esse caminho, sem que eu entendesse suas intenções. Eu estava com a atenção tão voltada àquilo que pretendia comigo que... fui um verdadeiro fracasso.

— Não sou muito adepta de democracia, mas vou abrir mão de minhas convicções — falou Irmina. — O que acha da proposta de Gilleard, meu caro Donnald?

— Eu gostaria de saber mais coisas a respeito, também. Mas, como parece que nós dois já sabemos algo mais atual, quem sabe falando sobre desde o começo de suas investigações para Gilleard ele não ficaria mais contente com o resultado?

— Muito bem! A democracia venceu, finalmente. Vamos lá. Primeiramente, a agência europeia já sabe desde há muito que o papa vem sendo pressionado por diversos fatos que vêm ocorrendo durante o seu mandato, se assim podemos dizer.

Olhando significativamente para Donnald, prosseguiu num tom de voz quase suave demais:

— Como não sou religiosa, quero lhe pedir antecipadamente perdão, Donnald, porque sei que é católico. Para mim, trato o papa apenas como um chefe de estado, nada mais do que isso, e com o devido respeito que qualquer ser humano comum merece. Talvez em minha fala, pareça rude, mas não se assuste. Em nosso trabalho, não temos tempo para burilar nosso vocabulário e ser politicamente corretos.

— Fique tranquila, Irmina. Nem mesmo no Vaticano os agentes da polícia secreta agem conforme os padrões ou os estereótipos da religião. Ora, nem sequer os padres.

— Além da herança maldita de uma política malsucedida de seu predecessor, o papa atual ainda sofre intenso ataque de certa facção da máfia italiana, pois o julgam fraco demais para comandar a realidade de todo o dinheiro que passa pelo Banco do Vaticano. Existem muitos padres e cardeais envolvidos com a máfia, e o Vaticano está se tornando um estado ingovernável, com tantas intrigas, conspirações e gente querendo mandar.

— Mas o papa é o chefe supremo, pelo que sei.

— Na prática, cada vez mais um chefe espiritual, apenas. No fundo, no fundo, e já não é de hoje, tem se tornado um empregado da corte de São Pedro, ou seja, existem muitas outras mentes por trás dele tramando o pano de fundo dos acontecimentos que ocorrem a partir de Roma — falou Irmina para os dois homens. Ao continuar, resolveu ser mais enfática quanto à situação que envolvia a política apostólica de Roma:

— O Vaticano se transformou numa tirania ou oligarquia sem nenhuma referência ética ou moral no que tange à política financeira. Por trás disso tudo, existe a manipulação ostensiva e, ao mesmo tempo, disfarçada de seres interessados não em Roma ou no patriarcado espiritual que representa, mas na política de toda a Terra, do planeta inteiro.

— Mas como se pode identificar tal manipulação em áreas tão diversas assim, como a política da Igreja e a política do mundo? Como tudo isso se iniciou? E aonde toda essa artimanha nos conduzirá?

Donnald em seguida interferiu, de modo a tentar esclarecer Gilleard, muito embora com alguma reserva, pois agora temia até que estivesse sendo vigiado ou houvesse aparelhos de escuta em seu apartamento. Tudo era possível diante dos acontecimentos recentes.

— O escândalo da pedofilia e da reação da Igreja aos fatos demonstrados foi apenas um dos degraus da queda vertiginosa da política interna da Santa Sé. Inúmeros outros casos virão à tona brevemente, e é por causa deles que temo pela vida do mordomo do papa. O problema é que não há mais como mascarar o inferno pintado nas paredes da Santa Sé com imagens de santos e anjos. Ou seja, o próprio pontífice não é exatamente aquilo que pintam dele, um homem de ponderação e sabedoria. Um dos primeiros ofícios do Santo Padre foi um aceno positivo a entusiastas ultrarreacionários do legado do Monsenhor Lefebvre [1905–1991], cuja excomunhão ele revogou. No fim das contas, esse ato chancelou movimentos que deram apoio a ditaduras como as de Franco e Salazar, na Europa, e de Videla e Pinochet, na América do Sul. De certa maneira, Roma compactuou com regimes tiranos, comprometendo-se com suas práticas ao mesmo tempo em que adotava, nos púlpitos, um discurso bem diferente. Aprofundando as contradições, o papa revogou também determinadas sanções canônicas que vetavam a articulação de partidários de regimes manifestamente retrógrados. Gestos como esses, entre outros atos controversos, acabaram por abalar sua credibilidade, até que sua atuação, tanto como chefe da Igreja quanto como chefe de estado, tornou-se politicamente insustentável.

Irmina e Gilleard olharam para Donnald, estranhando que, de repente, o homem não parecia tão católico assim.

— Não se assustem com o que eu disse. Esses fatos são conhecidos por todos na Igreja, inclusive com mais detalhes do que se pode ser dito pelos agentes da polícia do Vaticano.

— Voltando ao assunto inicial, esbarramos no fato de haver OBEs infiltrados entre os colaboradores mais próximos do Santo Padre, como também entre governantes de determinadas nações no mundo.

— E como souberam disso? — perguntou Gilleard à amiga Irmina.

— Desde os anos subsequentes à Segunda Guerra Mundial, conforme está fartamente documentado, o mundo se vê às voltas com acontecimentos marcantes, como ocorreu no episódio de Roswell, nos Estados Unidos.[1] Para se entender o que acontece hoje no mundo,

[1] O célebre episódio ufológico noticiado pela imprensa da cidade de Roswell,

é necessário retomar um pouco da história, senão qualquer análise está sujeita a parecer inverossímil, sobretudo para quem não está ligado a tais fatos e ocorrências.

"Após as comoções e a barbárie das duas guerras mundiais, as lideranças globais, particularmente o governo norte-americano, viram-se envolvidas numa série de eventos que desencadearam processos importantíssimos para o futuro da humanidade. Eram ocorrências absolutamente fora das previsões dos mais renomados cientistas ou de quem quer que tivesse a chancela da sociedade da época. Foi no governo do presidente Harry Truman [1945–1953] que as coisas começaram a ferver nos noticiários e nos gabinetes dos estados norte-americanos, e as repercussões espalharam-se pelo mundo.[2] Os acontecimentos aos quais me refiro eram totalmen-

no estado do Novo México, em 1947, já foi objeto do comentário dos espíritos em outras obras do autor. (Cf. PINHEIRO, Robson. Pelo espírito Ângelo Inácio. *Os guardiões*. Contagem: Casa dos Espíritos, 2013. p. 243. Cf. PINHEIRO, Robson. Pelo espírito Ângelo Inácio. *Crepúsculo dos deuses*. 2ª ed. rev. Contagem: Casa dos Espíritos, 2010. p. 117.)

[2] Personagens identificados como extraterrestres apresentam uma retrospectiva mais completa acerca dos acontecimentos citados, segundo seu ponto de vista, no volume anterior da série de que faz parte este livro (cf. PINHEIRO, Robson. Pelo espírito Ângelo Inácio. *Os nephilins*. Contagem: Casa dos Espíritos, 2014. p. 344s).

te incompatíveis com os paradigmas vigentes à época, com as crenças da humanidade como um todo, principalmente perante uma ciência que postulava ser a Terra o centro da vida universal — mais do que isso, que nosso planeta detinha o monopólio da vida no cosmos. Mesmo após a vitória conquistada pelos Estados Unidos na Segunda Guerra, não havia como explicar os eventos malucos, que desafiavam a todos, inclusive a nação mais poderosa do planeta.

"Sabemos que os EUA então, haviam desenvolvido, com pioneirismo, a arma mais aterradora, capaz de destruir quaisquer de seus inimigos, inclusive o próprio planeta. Como é sabido, a melhor qualidade de vida era atribuída aos americanos, além, é claro, da economia mais forte, a partir da qual exerciam um poder que não era ignorado pelas demais nações. Antes mesmo da década de 1940, algumas ocorrências vieram a abalar Alemanha e Rússia — então parte da União Soviética —, o que tornou acessível a esses países o conhecimento de certas tecnologias incomuns àquela época.

"Com esse pano de fundo bélico e militar, e um governo fortalecido por haver ganhado a guerra, os Estados Unidos enfrentaram um enorme desafio, pode-se ter uma ideia, quando foi descoberto, a partir de 1947 até o fim de 1952, um montante de aproximadamente 20 espaçonaves alienígenas que foram derrubadas, abatidas ou simplesmente sofreram alguma pane e despencaram no solo. Algumas delas foram recuperadas e levadas para bases avançadas das autoridades federais pelas Forças Armadas. Não havia respostas convincentes para toda a polêmica gerada na comunidade científica, sobretudo entre os integrantes do seleto grupo que teve acesso direto a tais equipamentos. Com mais de 60 corpos de organismos biológicos extraterrestres resgatados, não havia como negar que o homem não estava só no universo e que, de repente, os Estados Unidos, e nenhuma outra nação da Terra, detinham meios de fazer frente a uma tecnologia tão avançada como a que encontraram. Segundo os documentos aos quais certas agências têm acesso, 13 ou 14 dessas ocorrências deram-se dentro das fronteiras norte-americanas — sem contar uma espaçonave que acabou explodindo antes de tocar o solo. Entre as naves, 11 aterrissaram ou caíram no Novo México; uma, em Nevada; e uma, no Arizona. Mais duas foram encontradas no México, país vizinho, no mesmo período. Na Europa, também houve uma dessas ocorrências, na Noruega. Apesar dos relatos e das fartas evidências, o assunto foi contido, de maneira a evitar a comoção pública."

Dando um tempo para seu amigo respirar, Irmina continuou a explicação:

— Todavia, o mais importante dos acontecimentos

de que eu tenho conhecimento foi aquele registrado na cidade de Aztec, no estado do Novo México, onde uma nave foi detectada e localizada em 25 de março de 1948, com mais de 15 corpos alienígenas dentro. O que torna singular esse episódio, e que mais abalo provocou, é porque descobriram partes de corpos humanos armazenadas dentro da nave resgatada naquele dia. Evidentemente, todos esses acontecimentos deflagraram uma paranoia geral, que somente pôde ser contida a partir de ações coordenadas do governo.

Irmina era muito cuidadosa ao apresentar os fatos ao amigo Gilleard. Donnald já se familiarizara com a maior parte dos eventos, contudo ele não sabia se a União Europeia tinha conhecimento de tantos detalhes assim. Procurando não se alongar demais, Irmina resolveu resumir, a fim de partirem a providências necessárias:

— Sabe-se hoje, por meio de documentos secretos, mas aos quais muitos governos têm acesso, que o presidente Eisenhower [1953–1961] teve contato mais estreito com os visitantes do espaço, mais precisamente em 20 de fevereiro de 1954, numa base aérea da Califórnia. A partir desse encontro, estabeleceu-se um tratado de apoio mútuo entre o governo norte-americano e os visitantes secretos.

— Com efeito — complementou Donnald —, é do conhecimento de um grupo seleto aqui, no Vaticano, que até mesmo o Papa João XXIII [1958–1963] também teve contatos pessoalmente com alienígenas, na residência oficial de verão. Esse fato está amplamente documentado, e eu próprio tive acesso às informações registradas na ocasião. A natureza da mensagem que então foi transmitida ao papa é um dos fatores que mais fortalecem a hipótese da intrusão de seres extraterrestres no Banco do Vaticano e em outros departamentos na Santa Sé.

— Juntamente com Eisenhower, quatro outras personalidades participaram do encontro com o extraterrestre. Foram eles: o jornalista Franklin Allen, do grupo Hearst; o bispo da Igreja Católica em Los Angeles James Francis MacIntyre; Gerald Light, da Metaphysical Research Fame; e Edwin Nourse, do Brookings Institute.

Ao todo, a conversa entre os três demorou mais de uma hora e meia, com Irmina e Donnald ofertando a Gilleard algum conhecimento a respeito dos OBES.

— De lá para cá — falou ela —, vários outros países foram contatados ao longo dos anos, estabelecendo-se um mecanismo de auxílio mútuo. Ofereceram tecnologia em troca da permissão do governo norte-americano para que os seres do espaço pudessem conduzir experiências com seres humanos em determinados locais do planeta, sob certos critérios, com a promessa de não interferirem e usarem a imprensa para distrair desses acontecimentos a atenção popular. Até que o tratado entre as partes foi quebrado, e, desde então, essa classe específica de extraterrestres começou a agir por conta própria, independentemente da posição oficial dos governos envolvidos.

Antes que Irmina e Donnald continuassem, Gilleard recebeu uma ligação urgente do escritório central dando informações a respeito do paradeiro do homem sobre o qual, no momento, pairava a suspeita dos assassinatos. Irmina conduziria Donnald a um local mais seguro, enquanto Gilleard pretendia ir até a delegacia da cidade, a fim de obter apoio para sua investigação, embora ele não pudesse, de maneira alguma, mencionar as informações obtidas por seus superiores. No entanto, apresentaria as credencias de agente da União Europeia, o que decerto abriria as portas para ele. Pretendia que Irmina, assim que retornasse do local para onde levaria Donnald, o encontrasse. Mas apenas pretendia. Os acontecimentos se precipitaram a partir de então.

•••

QUANDO ACORDOU do transe a que o haviam submetido, isso se deu muito lentamente. Apesar de tudo, Gilleard sentia-se espantosamente bem, embora a sensação de que algo dera errado em seu intento. Assim que recobrou a consciência, concluiu, não sem vagar, que fora drogado de alguma maneira. A última recordação que tinha era a de um golpe que recebera na nuca, com uma arma qualquer, que decerto lhe fizera perder os sentidos, para, logo depois, cair no esquecimento total. A droga provavelmente havia sido ministrada enquanto já desmaiado.

Gradativamente, procurou fazer o reconhecimento do entorno. Estava no canto de um quarto que bem parecia ser uma suíte de hotel. A sofisticação, a paisagem vista parcialmente pela janela, um e outro detalhe observados... Seriam os arredores de Milão? Virou-se, e então luz forte vinda do teto passou a incidir diretamente sobre os olhos, causando uma sensação de mal-estar que o fez imediatamente levar uma das mãos à testa. Ao não ser mais ofuscado pela luz, reparou que os móveis do ambiente eram do mais alto bom gosto e talvez familiares, o que denotava... Sim, lembrou: partira em direção a Milão à procura do suspeito e, provavelmente, ainda estava no hotel aonde a perseguição o levara. Pensou em Irmina imediatamente, mas não a viu por perto. Aliás, à primeira vista, não havia ninguém por ali.

Tão logo seus pensamentos ficaram mais claros, tomou consciência de que não estava algemado ou amarrado, o que era bom sinal para ele e má ideia da parte do agênere. Tentou levantar-se, mas não o fez sem sentir a cabeça tontear e, somente então, percebeu-se moído, triturado. Notou que o corpo doía e formigava. Seria o efeito de alguma droga? Não saberia dizer. Sabia, porém, que Irmina não viera com ele e tampouco Donnald, pois este ficara a cargo de auxiliar o mordomo do papa, de modo alertá-lo quanto aos perigos que corria.

Tão logo pôde se mexer, passados alguns instantes, ergueu-se com esforço; apesar de barulhento demais, ainda assim se ergueu. Supôs que os dois homens que o dominaram não poderiam ser inexperientes, do contrário, não teriam feito com êxito o que fizeram, tão rapidamente. Por certo, estava diante de agentes de segurança bem-treinados. Se o nocautearam daquela forma foi porque lidava com gente especializada. Apalpou-se todo e notou a falta de alguns equipamentos preciosos que estavam camuflados na roupa e junto ao corpo, mas curiosamente não lhe haviam tirado o telefone celular — o que era um bom sinal. De repente, avistou sua arma jogada no outro lado do quarto. Considerou se os algozes não haviam cometido um erro ao deixá-lo portar o telefone, com a arma ao alcance, ou se tudo aquilo não era parte de uma cilada ou de algum plano mirabolante. Examinou o aparelho atentamente, mas chegou à conclusão de que nada estava diferente. A menos que houvessem feito algo no sistema, e não apenas no aparelho em si. Tentou ligar para Irmina, mas não havia sinal. Afinal, nem tudo funcionava perfeitamente na Europa, principalmente ali, naquela cidade. Até o momento, ao menos, acreditava estar em Milão.

Em seguida, tentou caminhar pela suíte, mas sentiu-se ainda fraco e resolveu sentar-se sobre o leito, que estava completamente desfeito, revolto, como se alguém houvesse lutado ali. Entretanto, não lembrava que tivesse participado de nenhum combate corpo a corpo. O golpe sobre sua nuca fora muito rápido, sem lhe dar tempo para reagir. Uma dor de cabeça começou a incomodá-lo, mas constatou ser possível tolerá-la. Afastou aquela preocupação e começou a concatenar os fatos.

Transcorridos mais ou menos 20 minutos, Gilleard finalmente percebeu que não estivera sozinho durante aquele tempo desde que acordara. Havia mais alguém na ampla suíte, e ele era observado desde então.

— Enfim, acordou o agente experiente, não? — revelou-se a voz do homem, que o olhava de pé, encostado num móvel qualquer que decorava o ambiente.

— Quem é você? Não o vi aqui quando cheguei.

— Sou um dos seguranças contratados para defender os interesses e os segredos de meu senhor.

— Se é assim, sabe muito bem que seu senhor corre sério perigo.

— Sei apenas que fui contratado para defender seus interesses. Se ele acredita que não corre perigo em determinada circunstância, para mim está tudo bem. Jamais questiono o que faço ou as ordens que recebo. Mas quero saber é de você e garantir que não faça nada que possa prejudicar meus patrões.

— E como pode garantir isso? — perguntou Gilleard, já recuperado da tonteira e bem mais disposto. Parecia que a simples presença do homem ali, a ameaça que podia representar, despertara-o por completo.

— Sei que não irá. Todo o tempo em que esteve desacordado foi o suficiente para que eu pudesse descobrir alguma coisa a seu respeito. Você está brincando com fogo, com gente poderosa.

— Eu sou amigo de salamandras, portanto, não temo este tipo de fogueira na qual me meti, por mais flamejante que pareça. Tenha certeza disso.

Somente agora examinou o homem forte, corpulento e de olhar penetrante. Era quase um gigante para o padrão europeu; com efeito, não tinha nada de europeu em sua constituição física. O tom da pele, os traços e o cabelo remetiam à descendência latino-americana; quem sabe do México ou da América Central, apesar da altura não menos destoante.

— Posso saber por que continua aqui? Ou melhor, por que o chamaram para me vigiar? Bastava seus senhores me deixarem por aqui, por conta própria, e o caso já estaria resolvido.

O homem não respondeu de imediato. Decorrido

um intervalo relativamente longo durante o qual fitava Gilleard, resolveu falar meio lentamente demais, embora com voz possante:

— Quero garantir que não terá tempo suficiente para ir atrás de meus patrões. Daqui a pouco, vou deixar você sozinho. Minha presença é apenas uma garantia de tempo para tomarem a dianteira suficiente.

— Ah! Então eles não se encontram mais em Milão, com certeza.

Procurou o relógio de pulso e não o encontrou.

— Não se inquiete. Tiramos o relógio, pois sabemos que os agentes costumam ter truques escondidos e não queríamos que recorresse a eles.

— E o que fará agora que acordei? Que tipo de drogas ministraram em mim?

— Não se preocupe, agente. Você recebeu uma pequena dose, apenas o suficiente para que não acordasse antes do tempo.

— E por quanto tempo dormi?

— Dois dias!

Gilleard levantou-se num pulo, de tanto susto. Estava abismado com o que acabara de ouvir.

— Dois dias? Inteiros? Tenho de me comunicar urgentemente com meus amigos.

— Agora pode ficar à vontade. Já não representa perigo. Minha presença aqui também visava assegurar que não tivesse um colapso ou morresse; não era esse o objetivo dos meus patrões.

Gilleard ficou indignado, quase enfurecido ao saber que perdera dois dias de sua vida drogado à revelia, caído ali, na suíte de um hotel luxuoso, que simplesmente apagara, completamente sem consciência. Agora entendia as dores no corpo, a fraqueza e a cabeça, que àquela altura incomodava tanto a ponto de pensar que ia explodir.

— Vou garantir que saia daqui tranquilo, porém, não poderá ligar para ninguém enquanto eu estiver a seu lado.

Nervoso, o agente ainda perguntou:

— Se adormeci por dois dias inteiros, que mal lhe causaria se eu falasse com meus amigos da inteligência?

— Você não teria sucesso. Além do mais, preciso de tempo para me distanciar o suficiente, de modo que não me alcance.

— Por que não conseguiria fazer uma ligação? Tenho meu telefone aqui comigo...

O homenzarrão falou enquanto caminhava em direção à saída da suíte:

— Também possuo meus truques, agente. Tenho um inibidor de sinal, e, assim, os celulares não funcionam num raio de mais ou menos 15m. Aguarde um pouco mais — e sumiu pela porta, deixando Gilleard furioso, completamente furioso. Ele caminhava de um lado a outro, até que resolveu sair também. No fim das contas, não estava no hotel aonde havia ido no encalço do *serial killer*, o homem procurado pelas polícias de várias cidades, mas que se mantivera incólume e disfarçado até aquele momento.

Assustou-se ao perceber que estivera o tempo todo em outro lugar — uma mansão, tudo indicava — e que não havia nenhum outro ambiente mobiliado além do quarto onde despertara. Tudo vazio, absolutamente vazio. O homem que o vigiava também já não estava ali. O mistério sobre o autor dos crimes aumentava cada vez mais. Será que fora dopado a tal ponto que não viu como o transportaram até aquele lugar? E como reencontraria seu pessoal?

Como não havia carro nenhum à vista, resolveu se arriscar e procurar por toda parte. Em vão. O segurança se fora em um veículo qualquer, e não havia sinal do estuprador, muito menos do tal patrão que o acobertava. O miserável estava muito bem-protegido. Parecia dispor de muito dinheiro para fazer o que quisesse. O que Gilleard deduzia era que o suspeito não se achava mais em Milão, mas ignorava por completo seu paradeiro. Demorou certo tempo até perceber que já poderia usar seu celular, e então telefonou imediatamente para a amiga Irmina.

* * *

POUCO TEMPO antes...

O carro deslizava velozmente por uma das principais vias de Milão. Irmina Loyola e mais outro agente corriam contra o tempo. Aquele que a acompanhava não era ligado à União Europeia. Era um agente de justiça, algo que Gilleard não compreenderia, pelo menos por ora. Ele possuía algumas habilidades, algo que Gilleard também teria grande dificuldade em entender. Ela dirigia celeremente ao lado do amigo Takeo Yoshida, um especialista na identificação de personalidades intrusas. Fora treinado durante mais de 10 anos em uma espécie de colégio de assuntos relacionados ao psiquismo, numa cidadezinha ao lado de Londres, onde estudara a incipiente habilidade. Mais experiente, foi transferido para Frankfurt, onde conseguiu progresso apreciável, auxiliado por determinados cientistas. Irmina o convocara urgentemente, pois recebera um comunicado, logo depois de deixarem o apartamento de Donnald, informando que Gilleard havia saído no encalço de dois suspeitos que requeriam investigação imediata. Um deles estava muito provavelmente associado a vários assassinatos em cidades europeias. Eram casos mantidos em segredo, pois muitas vítimas eram ricas e poderosas, algumas das quais, ligadas a pessoas influentes na lendária máfia italiana.

Irmina havia deixado o amigo Gilleard sozinho para atender a uma necessidade urgente, que era colocar Donnald a salvo, tendo em vista a situação em andamento no Vaticano. Recebera essa incumbência do Escritório, nome que davam ao centro de comando ao qual se reportavam e que tinha sedes em diversos países da União Europeia, além de outras pelo mundo. Já a caminho, Irmina teve seus planos desviados quando cruzou com outro agente, Marshall, um americano radicado no Reino Unido há mais de 15 anos, que fora recrutado pelo Escritório a fim de participar de um projeto ultrassecreto conhecido pelo codinome Boreal. Em resumo, ela teria de trabalhar em conjunto com Marshall a partir de então.

Boreal era o mesmo projeto ao qual se dedicavam Irmina e Gilleard. Eram todos agentes especialmente treinados para lidar com situações incomuns e saber intervir na hipótese de incidentes inexplicáveis e de ameaças que envolvessem mais de perto certas nações europeias. Com eles, os métodos convencionais não surtiam efeito. Em linhas gerais, Boreal era um projeto confidencial, embora os agentes trabalhassem sempre interagindo com outros birôs oficiais, espalhados por diversas nações, principalmente europeias, mas não só. Não se restringiam à Europa; ao contrário, tinham liberdade e carta-branca para atuar em diferentes países do mundo, sobretudo parceiros estratégicos, desde que observassem os tratados e os acordos preestabelecidos entre os respectivos departamentos de inteligência. Eventualmente, até, detinham condições, uma vez que agissem com diplomacia, de interferir sutilmente em países com os quais não haviam sido celebrados acordos de ajuda mútua. Mas Irmina e seus amigos não eram lá muito dados à diplomacia. Ela tinha seus próprios métodos, além de esconder certos trunfos ainda desconhecidos da maioria dos agentes.

— Temos de parar em algum lugar onde consigamos sinal de celular — disse para seu amigo Yoshida. — Não podemos continuar sem mais informações sobre o próximo lance. E você trate de ficar quieto, meu amigo, caso eu encontre outro agente em nossa busca.

— Claro, madame! — aquiesceu Yoshida, irônico. — Claro que ficarei calado. Mas não poderei silenciar os pensamentos dos seus amiguinhos especiais.

Enquanto Irmina parava o carro ainda nas proximidades de Milão, numa estação de apoio — um tipo de posto para viajantes onde havia cafés, algumas lojas e estrutura para abastecimento de veículos —, continuava a conversa com o amigo de aventuras.

— Posso até me calar e não dizer rigorosamente nada sobre nossas intenções e nosso trabalho, mas não ficarei inativo. Você sabe disso, madame — era o jeito ao mesmo tempo carinhoso e implicante com que Takeo tratava a amiga. Ambos desceram, enquanto ele olhava de soslaio para sua belíssima amiga, que se movia toda elegante e, como sempre, ágil como um felino.

Assim que entraram no ambiente climatizado da estação de apoio, outro carro estacionou ao lado. Dele desceu um homem alto e branco ao extremo. Tinha pele rosada, talvez pelo frio intenso que fazia, e andar meio mole, como se estivesse com preguiça. Empertigou-se todo e, em seguida, esfregou as mãos uma na outra, apesar das luvas que usava para protegê-lo do frio. Colocou um gorro de pele de algum animal silvestre, pois, conforme gostava de acentuar, não dava a mínima importância a certos comportamentos ecologicamente corretos. Logo entrou no ambiente. Irmina, ao contrário do que era de se esperar, trajava uma roupa finíssima, que mais parecia seda, algo que destoava por completo do clima da região; vestia calças compridas elegantes e uma blusa que deixava à mostra curvas do seu corpo, que ela sabia usar muito bem de modo a transformar a beleza em arma. Envolvendo cabeça e pescoço, havia apenas uma echarpe de tecido mais grosso, especialmente elaborado para abrigar aquela região do corpo, além de uma bolsa pequena, que carregava sempre consigo. Era o suficiente para comportar uma pequena arma e alguns artefatos minúsculos, até mais poderosos do que a arma, muito embora sua arma mais letal fosse a voz aliada ao charme, à intenção e à vontade firmes. Quando Marshall adentrou o ambiente, não pôde evitar que os olhos se fixassem sobre a amiga, que estava, como sempre, desconcertantemente bela.

— Até hoje não compreendo como você não usa roupas de frio apropriadas em algumas circunstâncias, minha querida — falou sorrindo para a agente.

— Ah! Uso, sim, meu americano inconformado — Irmina abraçou-o, devolvendo o sorriso e beijando-lhe a face.

— Como eu gostaria que esse beijo escapasse...

— Você não gostaria do resultado, amigo. Ficaria perdidamente apaixonado por mim e, logo em seguida, desmaiaria sobre este chão frio — respondeu a mulher, sempre enigmática e irônica.

O telefone celular tocou antes mesmo que ela apresentasse o amigo oriental a Marshall. Pediu licença para atender à chamada e afastou-se. Marshall ouvia o murmúrio da amiga e pôde imediatamente identificar o tom de preocupação estampado na fisionomia dela. Assim que ela voltou, Marshall, conhecendo a colega muito bem, logo se ofereceu:

— Vamos os dois? Estou nessa, seja lá o que for.

— Os dois, não, meu amigo. Sinto muito! Desta vez seremos nós três — disse e apontou para Takeo Yoshida, apresentando-o.

— No meu ou no seu carro? — perguntou Marshall, saindo quase correndo junto com Irmina.

— Claro que no meu, cavalheiro! E eu mesma dirijo.

— Então estamos mortos! Você na direção é um perigo. Um perigo!

— Sou um perigo de qualquer jeito. Cento e oitenta por hora? Muito devagar para estas estradas italianas — comentou ela, sem afetação.

Takeo olhou para Irmina enquanto entravam no carro, e seu olhar foi significativo. Ele acomodou-se ao lado dela e, assim que se sentaram e a amiga de ambos deu partida, Takeo Yoshida falou baixinho, aproximando-se do ouvido dela:

— Seu amigo aí atrás tem pensamentos estranhos sobre você.

Irmina deu uma risada dificilmente disfarçada. Takeo ficou quieto, pois prometera à amiga não fazer nada que pudesse identificar suas habilidades. Embora, no caso de Marshall, isso não acarretaria problemas, pois ele já vira bom número de coisas inusitadas em sua vida de serviços prestados ao Escritório. O motor do carro roncou enquanto a motorista acelerava fortemente, atingindo logo a velocidade prometida. Marshall gargalhou nervosamente no banco de trás, pois tinha certo medo da condução escandalosa da colega — era como ele definia a maneira como ela dirigia. Entrementes, Irmina deixava ambos a par das suas preocupações e do que recebera de informações do Escritório em relação ao paradeiro de Gilleard, que simplesmente sumira sem deixar vestígios.

Antes de começarem a subir determinada colina, cruzaram com um carro no sentido oposto, no qual havia dois homens. Yoshida estava bastante concentrado, quando, interrompendo a conversa entre Irmina e Marshall, anunciou abruptamente:

— Eram dois seguranças ligados aos homens que procuramos.

Irmina não soube, por uma fração de segundo, o que fazer e, ainda assim, não parou o veículo. Precisava pensar rápido. Antes mesmo de começar a subida, deu uma repentina volta no carro e literalmente voou em direção ao veículo que transportava os dois homens.

— Prepare-se, Marshall! Quero que me mostre o homem que você é. Lembra-se daquela perseguição em Istambul?

— Claro que não poderia me esquecer, de forma nenhuma! — respondeu, preparando sua arma, destravando-a enquanto a amiga pilotava o carro, que já se aproximava perigosamente do outro veículo. Ela o ultrapassou, fazendo uma manobra extremamente perigosa, enquanto o amigo Takeo gritava a plenos pulmões. Parou de súbito, em seguida, bem em frente ao carro com os dois homens dentro, obrigando-os a frear e quase provocando um acidente. Enquanto Irmina descia de um lado, já com arma em punho, Marshall pulou pelo outro lado do carro, saindo da traseira do veículo e apontando a arma para os homens, que se viram acuados e obrigados a se render.

— Rápido! — falou Irmina em italiano fluente. — Saiam e nem tentem qualquer reação.

Os dois saíram com as mãos para cima, enquanto Marshall revistava cada um, buscando por eventuais armas escondidas. Ele não sabia direito o que fazer, mas já estava acostumado com a amiga e sabia que ela podia ser muito persuasiva.

— Sabem algo a respeito de um tal Giuseppe?

Os homens permaneceram calados, sem ao menos se entreolharem.

— Ou conheceram um homem chamado Gilleard? — perguntou Irmina aos dois, sem se importar se entendiam ou não.

De dentro do carro, Yoshida gritou:

— Eles sabem de alguma coisa! Mas têm medo de falar.

Irmina não pensou duas vezes. Abriu uma das mãos e agarrou com força imensa os testículos de um dos homens, apertando-os ao máximo. O infeliz gritou de dor enquanto ela ainda segurava forte, apertando-os cada vez mais.

— Ou fala logo ou, então, farei a mesma coisa com minha arma. E garanto que não ficará nada satisfeito com o resultado.

Marshall fez careta ao ver o que a amiga infligia ao homem, ao passo que o acompanhante do infeliz cerrou os olhos, como se fosse ele a sentir as dores do amigo. Irmina, então, fez o mesmo com este, usando a outra mão, sem pestanejar, atirando a própria arma ao chão e confiando a guarda a Marshall. Os dois gritaram. O agente anglo-saxão gritou também, em solidariedade, à medida que juntava as próprias pernas, como se tivesse sido com ele próprio:

— Ai! Isso dói, Irmina!... — advertiu a agente com ênfase. — Está louca, mulher? — e ela espremia gradativamente mais as mãos, fazendo com que os dois homens quase urrassem, entre gemidos e contorções, embora não ousassem baixar as mãos, pois Marshall permanecia com ambos na mira.

— Falam ou querem um método mais enfático e convincente?

Os dois mantiveram-se calados, não obstante os gemidos de dor, que demonstravam quanto Irmina já havia sido convincente. Vendo que não bastaram seus métodos de persuasão, ela afrouxou as mãos, deixando-os aliviados. Virou-se, depois, em direção contrária, como que ganhando espaço e fôlego, e, novamente, voltou-se para os dois. Com o joelho direito, acertou o mesmo local, já dolorido, de um dos homens e, antes que fizesse o mesmo com o outro, ele gritou, enquanto seu colega rolava no chão, para espanto de Marshall. Ele a olhava perplexo, bem como Yoshida, que saiu num pulo de dentro do carro, assustado com os métodos nada ortodoxos da agente.

O segurança capturado não conseguiu se mover mais. Parou enquanto via o homem rolar de dor com as mãos nos testículos. Apenas gritou:

— Esmagou tudo! Ai! Não queria estar no lugar dele.

Marshall tentou ajudar o homem estirado, mas este chorava de tanta dor. Enquanto isso, o outro se abria com Irmina, falando tudo, contando-lhe o que desejava saber.

Percebendo-a satisfeita com os resultados obtidos com a metodologia heterodoxa, Marshall disse, ainda meio atônito com a amiga:

— Mulher, prefiro morrer seu amigo!

Ela aproximou-se do homem que rolava de dor e, apertando-o em um lugar próximo ao ombro direito, fez com que a dor cessasse imediatamente, e ele literalmente desmaiou. Voltando-se para o outro, que havia se rendido à sua metodologia, fez o mesmo. Pressionou o ombro direito conforme determinada técnica, e ele foi ao chão imediatamente.

— Amarre-os e amordace os dois. Ligarei para o

pessoal da delegacia de Milão. Eles os encontrarão aqui, ao lado do veículo.

Marshall não conseguia deixar de se assombrar com a agente.

— Como você fez isso? Como conseguiu que, com um simples toque, eles desmaiassem?

— Vá logo, homem! Faça o que mandei. Amarre-os! — e, indo em direção ao veículo, nele acomodou-se sob a observação atenta de Yoshida, de soslaio.

Ela recorreu a um aparelho de rádio e tentou comunicar-se com a polícia local, mas, como estavam numa região onde dificilmente obteriam sinal de rádio suficientemente forte para enviar algum tipo de mensagem, apenas deixou para depois e pôs-se a rabiscar num papel o roteiro do local indicado pelo homem que sobrevivera a seu método de, dizia, "persuasão coercitiva".

Entrementes, Marshall retornou ao veículo e não teve coragem nem sequer de abordar a companheira. Entrou no carro fazendo um gesto cômico, segurando os próprios testículos com as mãos, como se se protegesse da ação da mulher que aprendera a amar, mas, sobretudo, a temer. Irmina arrancou o carro, atingindo a velocidade alucinante de sua preferência em apenas alguns segundos. No momento em que acelerava, falou para os dois homens que a auxiliavam:

— Sou uma mulher tão indefesa e inocente que

nem sei como consigo sobreviver neste mundo de homens maus.

— Deus me livre de você! Imagino como seria contrariar sua vontade...

— Nem queira imaginar, Marshall; nem queira imaginar. Não que minha vontade seja a mais acertada, mas tenho certeza de que não existe outro caminho mais seguro do que realizá-la. Principalmente para os homens. Ah! Coitados... Como gosto deles — sarcasticamente dizia e corria numa velocidade como se o mundo fosse acabar, ao mesmo tempo em que os dois amigos, Marshall e Yoshida, ficavam quietos em seus lugares; talvez por simples brincadeira ou, quem sabe, meramente por receio. Irmina comentou mais uma vez:

— Queria saber como vocês agiriam com dois criminosos confessos. E não são simples criminosos; são, sobretudo, assassinos, que trabalham para alguém ainda mais perigoso do que eles próprios. Será que beijariam os dois e pediriam "por favor" para falarem? Ou os abraçariam e os chamariam de "meus amiguinhos"?

Os dois não quiseram comentar. Quando a piloto virou à esquerda numa bifurcação, começando a subir um leve aclive, avistou ao longe o amigo Gilleard, que o descia, um pouco ofegante e abatido. Talvez já tivesse caminhado por muito tempo ou por horas a fio. Ele vinha a pé e com o rosto visivelmente cansado; tinha olheiras e a camisa semiaberta, apesar do frio intenso que fazia no local, onde os raios de sol mal chegavam durante o inverno rigoroso. Os termômetros marcavam 2ºC. Ela parou o carro abruptamente, não sem antes ouvir o grito dos dois caronas, que se assustaram com a forma como freou, provocando o ranger dos pneus no asfalto. Deteve-se quase em cima de Gilleard.

— Amigo, meu queridinho! Que aconteceu com você? Eu aqui, toda preocupada... — falou afetada e, ao mesmo tempo, enxugou uma lágrima invisível enquanto abraçava o agente e fazia-se da mais inocente criatura da Terra. — Nem sei o que seria de mim sem você. Sem sua ajuda, Gi, estaria totalmente desprotegida neste mundo — e, quando entrou no veículo, apresentando Yoshida para Gilleard, pois ele já conhecia Marshall de outras tarefas, ainda a olharam os dois homens que estavam no automóvel e presenciaram a forma "delicada" como conseguiu arrancar as informações dos homens no caminho, não acreditando na inocência que ela demonstrava diante do amigo resgatado.

Mas Irmina não perdeu tempo com explicações.

— Vamos logo. No caminho, você fala o que julgar apropriado para nosso trabalho — mudou completamente o jeito e, novamente, saiu em disparada, atingindo logo a marca dos 180km/h, algo comum ali, naquele país e naquela rodovia, especificamente. Como a autoestrada era extremamente benfeita e não apresentava obstáculos, o veículo ia a toda velocidade, como se vida própria tivesse, embora motorista e veículo parecessem estranhamente conectados um ao outro. Os agentes partiram em busca do homem ou da estranha criatura que julgavam responsável pelas mortes que ocorriam em algumas cidades da Europa. Parecia que havia uma teia macabra que ligava muitos acontecimentos.

Um dia depois, o mordomo do papa, Paolo Gabriele, levou a público documentos importantes que abalariam para sempre a imagem da Santa Sé perante o mundo e deflagrariam uma reação dos assessores de Sua Santidade para tentar reerguer a imagem severamente abalada da Igreja.[3]

[3] O escândalo a que se refere o autor ficou conhecido como Vatileaks, e seus desdobramentos remontam a janeiro de 2012. Ao longo desse ano, a crise se agrava com a publicação de *Sua Santidade: as cartas secretas de Bento XVI* (São Paulo: Leya Brasil, 2012), livro do jornalista italiano Gianluigi Nuzzi que revela documentos secretos envolvendo diversos crimes e intrigas no Vaticano. Naquele mesmo ano, Paolo Gabriele, mordomo do papa desde 2007, é julgado, condenado e sentenciado à prisão pela autoridade do Vaticano, bem como finalmente perdoado por Bento XVI em dezembro de 2012. Muito se defende que a renúncia de Bento XVI, menos de dois meses depois, no dia 11/2/2013, e o perfil do Papa Francisco, escolhido em seguida, tenham sido fruto das repercussões do Vatileaks.

Capítulo 5

Filhos das estrelas

O DIA AMANHECEU na lua Ganimedes como há muito tempo não ocorria ali, naquele recanto longínquo em relação ao planeta Terra. Uma notícia havia sido captada por aparelhos ultrassensíveis de rádio, de um tipo que permitia que as mensagens interestelares fossem captadas em tempo real, aliás, com um atraso de alguns míseros segundos. Era uma maravilha técnica de povos que trabalhavam unidos, dando origem a um suporte científico que auxiliaria muitos mundos no desenvolvimento da comunicação.

Naquele dia, seria recebida uma comitiva no satélite do planeta gigante, numa escala em meio à viagem rumo à lua terrestre, importantíssima base dos guardiões planetários. Depois de se disporem ao trabalho mais cedo do que de costume, Elial-bá-el e seu filho Sharan-el, juntamente com dois representantes de outra humanidade, caminhavam pelos longos corredores numa espécie de esteira rolante, no ambiente interno de uma das redomas preparadas para permitir o convívio de alienígenas de raças e procedências distintas. Os dois amigos eram um *gray*, nome dado em alusão à pele cinzenta dos de sua espécie, cujos representantes traziam olhos muito proeminentes, e o outro era um ser dos mundos de Capela, cujo corpo parecia ser feito de uma constituição mais sutil ou energética, e não propriamente material. Eram marcantes as diferenças entre os representantes das estrelas, incluindo altura, tamanho e proporções entre os membros. Enquanto os dois *annunakis* ultrapassavam os 3m, o capelino media em torno 2,2m, e o *gray*, 1,6m. Não obstante, a robustez da constituição física ou a altura dos seres de modo algum determinavam o grau de inteligência e a força de seus espíritos, atributos que não guardavam nenhuma relação com a fisiologia ou a morfologia das raças. Caminhavam todos sobre a esteira, rumo ao recinto onde receberiam os visitantes. Além da comitiva interestelar, também chegaria em breve a delegação da Terra, representada por um guardião que viria recepcionar os filhos das estrelas ali mesmo, em Ganimedes.

Quando chegaram ao local onde alunissaria a nave da comissão de outros mundos, já pousava a poderosa nave dos guardiões, de mais de 300m de diâmetro, a Estrela de Aruanda — nome um tanto incompreensível para os extraterrestres ali presentes, pois somente faria sentido para os espíritos da Terra. Watab, o guardião africano, desceu num dos compartimentos móveis independentes da grande nave, que dela se destacara. O conjunto completo tinha a aparência de uma estrela, ou melhor, a figura de uma estrela conforme os terrícolas a costumavam desenhar. Uma estrela de seis pontas, que, juntamente com a parte central, também independente, formava, ao todo, sete compartimentos integrados, onde havia diversos contingentes de guardiões. Watab desceu na companhia de Dimitri, Kiev e mais dois *annunakis* — estes, os mesmos que haviam conduzido a excursão com Jamar[1] até os sistemas planetários que possivelmente receberão os seres expatriados da Terra, isto é, os espíritos que não mais poderão se reabilitar ou se reeducar no contexto do sistema de vida terreno, uma vez que terão extinguido a cota de possibilidades e resistido a todos os recursos reeducativos que a morada planetária tem a oferecer.

Era a primeira vez que o filho de Elial-bá-el avistava um ser da Terra com a aparência como a de Watab. Encantou-se com a cor escura de sua epiderme e o tipo forte mas esguio, que lembrava, de alguma forma, um felino. Apesar de poucos, eram seres muito diferentes entre si reunidos ali, no mesmo ambiente — e os

[1] O autor refere-se à excursão narrada no último capítulo do volume precedente desta série Crônicas da Terra (cf. PINHEIRO. *Os nephilins*. Op. cit. p. 396-475).

annunakis, os *grays* e o capelino nem haviam tido contato com o contingente numeroso de terrícolas a bordo da nave dos guardiões. Em seu planeta de origem, Watab e os seres que o acompanhavam eram considerados desencarnados, ou seja, seres que já haviam passado pelo descarte biológico final. Não obstante, ali eram perfeitamente visíveis, pois todos os que os recepcionavam tinham capacidade de interagir com seres de dimensões diferentes. A densidade material dos extraterrestres correspondia, em certos casos, à da dimensão considerada semimaterial ou etérica na Terra. Era o caso do capelino e de determinada raça habitante de Nibiru.

— Bem-vindos, terrestres! — saudou Elial-bá-el. — Estejam à vontade em nossa base, que também representa uma extensão do seu lar.

Watab e Dimitri olhavam para todos os lados, pois era a primeira vez que vinham a Ganimedes. Kiev, por outro lado, permanecia estático; não relaxava nem mesmo diante de amigos.

— Em nossa Terra, costumamos dizer: obrigado! — falou Watab, o africano, ao *annunaki* que lhe dirigira a palavra.

— Estes aqui são meu pupilo Sharan-el, o capelino Vinulan e o amigo que conhecem como sendo um *gray*, cujo nome mais fácil de entenderem soaria como Lirrian-tela-rin.

— Mas pode me chamar como quiser, terrestre. Sei que nossos nomes são impronunciáveis para algumas culturas.

— Que tal chamá-lo de Lil? Sem dúvida fica mais fácil para a equipe assimilar.

— Fico feliz em encontrar um termo que facilite nossa comunicação.

Sharan-el se deliciava ao apreciar as diferenças marcantes entre os terrestres. Era o que lhe faltava para estudar a raça que tanto o fascinava. Pretendia, mesmo, um dia, corporificar-se entre eles, mas, para isso acontecer, teria pela frente longa curva de aprendizado. Antes que pudesse expor seu pensamento a Watab, a nave aguardada, veículo das consciências de outro mundo, já pousava ao lado do compartimento voador da Estrela de Aruanda. A tripulação se compunha de seres vindos diretamente de Órion, considerados pais originais por muitas raças, pois eram mais antigos que os *annunakis* e, claro, que os terrestres. De fato, a semelhança era inegável. Apesar das diferenças decorrentes das leis físicas e hiperfísicas próprias dos mundos de onde provinham, além de outros fatores que influíram na formação da raça ao longo de milênios, os seres de Órion poderiam ser descritos como representantes de uma raça humana aprimorada.

Foi novamente Elial-bá-el quem assumiu a frente dos residentes de Ganimedes para recepcionar os seres que chegaram:

— Sejam bem-vindos à nossa base de apoio! Queiram nos desculpar por não podermos recepcioná-los nem a nossos amigos terrestres como convém a representantes de povos tão queridos e irmãos. Somos apenas um grupo de cientistas aqui e não dispomos de recursos à altura da importância de nossos irmãos celestes.

— Sou comandante de nossa nave, caro *annunaki*, e estamos acostumados a viver e transitar entre as estrelas. Entre os sóis de nossa ilha cósmica, não há lugar para cerimônias que cabem muito bem aos diplomatas dos mundos. Fique tranquilo. Estamos satisfeitos em nos receberem na antecâmara da Terra — referindo-se a Ganimedes, espécie de trampolim cósmico para quem quisesse chegar ao planeta dos homens. Nesse papel, só perdia em importância para a lua terrestre, a principal base dos guardiões da Terra.

Voltando-se para Watab e seus amigos guardiões, o recém-chegado falou, sem muita cerimônia, após breve saudação:

— Não temos muito tempo à disposição, guardião, pois estamos a serviço de agentes evolutivos de alguns mundos que passam por transições complexas. Trago um presente aos guardiões da Terra, algo que os auxiliará bastante. Venho em nome de forças soberanas que regulam os destinos de povos e mundos em nossa ilha cósmica, a que vocês chamam Via Láctea.

— Agradecemos enormemente sua generosidade, amigo das estrelas. Convido-o a ir conosco à nossa base lunar, onde Jamar e Anton os esperam como amigos que são de nossa humanidade.

Os visitantes demoraram apenas o suficiente para os protocolos de segurança necessários à entrada do Sistema Solar. Logo após, despediram-se dos residentes de Ganimedes, mas não sem antes o jovem *annunaki* Sharan-el pedir a seu genitor:

— Não poderia me dispensar das tarefas dessa base e conceder permissão para que eu vá até a Lua? Seria uma oportunidade valiosa para aprender mais sobre nossos amigos e sua cultura.

Elial-bá-el fixou o filho de uma maneira especial, entendendo profundamente seu pedido, porém, ainda assim, teve de ponderar:

— Não seria prudente deixar suas atividades inacabadas aqui e ir-se para a Terra. Como eu justificaria sua atitude perante o conselho de cientistas?

O representante de Órion interveio em favor de Sharan-el:

— Temos cientistas em nossa nave, e tenho convicção de que alguns gostariam de ficar por aqui, auxiliando o Sistema Solar nos momentos de transição. Ademais, eles detêm conhecimentos que poderão ser muito úteis a vocês e, por extensão, aos terrestres. Posso muito bem conduzir seu pupilo junto conosco até o satélite da Terra.

Elial-bá-el ficou pensativo, mas o capelino Vinulan sentenciou, em nome dos cientistas da base:

— Não que seu filho não seja importante junto de nós, *annunaki*. No entanto, considero um ganho substancial termos uma visão científica diferente em nossa base, ainda mais se considerando a anterioridade da cultura de Órion e seus representantes. Poderemos alcançar enorme avanço em bem menos tempo.

— Além do mais — falou o *gray*, valendo-se de um aparelho de tradução simultânea, como costumava fazer ao travar contato com seres de culturas tão variadas —, nosso amigo estudante será grandemente beneficiado e poderá se aproximar ainda mais do alvo e das metas que estabeleceu.

Watab ouvia tudo, anuindo apenas com olhar em direção ao *annunaki*. Não houve necessidade de argumentos novos. Sharan-el apresentou-se imediatamente para embarcar com os filhos de Órion. Além de poder aprender *in loco* sobre a cultura da Terra, teria a oportunidade preciosa de ficar um pouco de tempo junto aos pais originais, como os seres de Órion eram chamados em Nibiru. Elial-bá-el deu-se por vencido, afinal, agia mais pela razão, ao contrário do que prevalecia entre os humanos, em meio dos quais eram as emoções que frequentemente motivavam as decisões.

A nave dos guardiões elevou-se do solo da lua de Júpiter, enquanto os seres do espaço, de Órion, voltavam ao equipamento que os trouxera. Rebocavam outra nave, maior até mesmo que aquela que os transportava entre as estrelas e bem maior que a Estrela de Aruanda.

Não demoraram muito tempo até atingirem a distância ideal em relação à Lua para se colocarem em sua órbita. A nave dos visitantes foi conduzida ao Mare Imbrium, onde ficava o portal de entrada para a dimensão lunar, em que os guardiões mantinham seu quartel-general.

Logo que se organizaram e desembarcaram, os seres de Órion foram recebidos pela comitiva de Jamar, Anton e Watab, que os recepcionou com o fervor comum aos guardiões planetários. Solenemente, uma tropa de guardiões pôs-se de prontidão numa alameda esculpida dentro do satélite lunar. Duas fileiras de sentinelas vestidas a caráter se postaram de um lado e outro do caminho por onde passariam os visitantes, irmãos mais velhos da humanidade terrena. Assim que a delegação de Órion foi passando, os guardiões elevaram a voz, entoando um hino que falava da Terra renovada. Chamavam-no *Hino à nova Terra*. Os visitantes ficaram visivelmente comovidos. Diminuíram a marcha e caminharam com mais vagar, observando os diversos destacamentos de guardiões superiores que os recepcionavam no mais importante quartel-general da segurança planetária. Do outro lado, vieram andando Jamar, Watab, Anton, Kiev, Dimitri, além das guardiãs Astrid e Semíramis. Embora sem o rigor das marchas militares do mundo, tinham seus passos sincronizados, denotando a perfeita sintonia entre eles. Pararam a meio caminho e saudaram os amigos das estrelas, os quais receberam o abraço dos guardiões verdadeiramente tocados. Esse momento de emoção foi muito marcante, pois os visitantes demonstraram aos guardiões do planeta Terra quanto eram humanos, talvez tão humanos como eles.

Antes que se dispersasse a tropa de sentinelas, um dos comandantes dos seres das estrelas apresentou a Anton, Jamar e seus amigos o presente que traziam, em resposta ao pedido de um dos mais respeitados representantes da justiça na ilha cósmica chamada Via Láctea: o próprio Miguel,[2] que, nos mundos da amplidão, era evidentemente conhecido por outro nome, muito embora fosse a mesma individualidade. Era uma nave que poderia romper os limites do Sistema Solar. Tratava-se de um gigante estelar, que ainda poderia servir a tarefas dentro e no entorno do próprio planeta, nas dimensões etéricas tanto quanto nas astrais. Além disso, contava com um sistema de propulsão tão potente que era capaz de alçar voo entre as estrelas com recursos próprios; caso necessário, portanto, dispensaria o uso das trilhas energéticas ou *buracos de verme*, como os denominam os cientistas terrenos.

Jamar se emocionou muito. Os guardiões elevaram as mãos ao alto e, segurando uma espécie de quepe que usavam em ocasiões especiais, deram um grito de guerra juntos; um gesto muito humano, diante de algo tão importante e singular como o que ocorria ali, símbolo de uma parceria entre mundos:

— Urra! — bradou uma voz a plenos pulmões, quebrando todos os protocolos, o que logo foi correspondido por centenas de outras vozes, enquanto os oficiais conduziam os visitantes para outro ambiente.

[2] Miguel, o príncipe dos exércitos celestes (cf. Dn 12:1; Jd 1:9; Ap 12:7). Cf. PINHEIRO. *Os guardiões*. Op. cit. p. 31-47.

— Rip, rip, urra!! — e todos se abraçaram de alegria, de genuíno contentamento, deixando os visitantes por conta de Jamar, Anton e sua equipe mais próxima.

Como quaisquer outros soldados humanos, os guardiões saíram correndo para o campo de alunissagem onde estava o gigante estelar, o presente dos filhos das estrelas aos guardiões da Terra. Ficaram boquiabertos ao avistarem a portentosa nave estacionada ao lado da Estrela de Aruanda. Juntas, formavam um verdadeiro exército voador a serviço do bem do planeta Terra. E nem conheciam ainda os recursos técnicos que a poderosa nave trazia escondidos em seu interior. Enquanto eles examinavam tudo como crianças diante de seu novo brinquedo, os filhos das estrelas eram conduzidos até o interior do satélite, para as regiões mais profundas, onde estava o núcleo da organização de segurança planetária.

Dentro do sistema de defesa planetária, mais conhecido como quartel-general dos guardiões, os visitantes, depois das devidas apresentações e de oficializarem a doação do dispositivo voador entre mundos, comentaram com Jamar, Anton, Astrid e Semíramis:

— Gostaria de oferecer cinco de nossos cientistas para auxiliá-los a operar e compreender todas as funções do equipamento que recebem. Contudo, não pensem que se trata de um presente concedido por nós, particularmente. Esta espaçonave é um incentivo das forças que coordenam a evolução no Sistema Solar, as quais nos pediram para sermos tão somente os condutores da nave, além de recrutarmos técnicos que os treinarão na condução e no aproveitamento dos recursos de que a nave astral dispõe. Apesar desses fatores, não são eles que me movem, pessoalmente, ao me dirigir a vocês — falou o visitante para os guardiões da humanidade.

— Estamos à disposição e ouviremos de bom grado sua contribuição a partir do momento em que adentramos este ciclo de renovação na Terra — assegurou Anton, extremamente interessado no que o companheiro de outras moradas queria dizer.

— Temos nos preocupado com os governos nacionais em seu planeta. A situação vivida pelos terráqueos não é exatamente agradável ou fácil de se enfrentar, não obstante todas as precauções que os guardiões têm tomado.

— Estamos cientes disso, caro amigo das estrelas — interferiu Jamar. — Sabemos, mesmo, que nossos recursos são bastante limitados para atender a todas as frentes e fazer frente a todas as demandas num momento tão especial como o que vivemos. Uma vez que vocês e outros seres já experimentaram um processo como o que se avizinha a passos largos da história de nosso mundo, estamos não só abertos mas sequiosos por sua colaboração, seja por meio de ideias, recomendações ou algo mais concreto e objetivo.

O habitante de Órion compreendia o alcance das palavras de Jamar e Anton e dispunha-se a colaborar. Eles conversavam à parte, enquanto os *annunakis* estavam em outro compartimento, na companhia do jovem interessado em se corporificar novamente na Terra tão logo tivesse permissão para tal.

— Temos recebido uma frequência de rádio proveniente do planeta com alguma insistência. Não que esteja sendo dirigida a nós, mas vocês sabem muito bem que, no local intitulado pelos terrícolas de Cinturão de Kuiper, o anel de asteroides que se localiza nas bordas do Sistema Solar, existem mais de 20 bases com antenas e torres que captam e retransmitem ondas de rádio e de outros tipos, capazes de registrar frequências num espectro muito amplo. Recebem sinais advindos, dentre outras origens, tanto de seu orbe como de mundos próximos. É exatamente de uma dessas estações que obtivemos o registro das ocorrências às quais me refiro.

Dando um tempo para os guardiões assimilarem sua informação, o ser de Órion continuou logo depois, apresentando um instrumento que servia para irradiar imagens. Mais pareciam hologramas, já conhecidos pelos guardiões, não fosse o fato de as imagens virem acompanhadas de informações sensoriais, como perfume, sons e, junto a tudo o mais, a impressão astral de seres e das paisagens ali representados.

— Pois bem, meus amigos terrícolas, é preciso que levem em conta o seguinte sobre nossa visão acerca dos acontecimentos que se desenrolam em seu planeta: como nossa observação se dá a partir do nosso mundo original, bastante distante da Terra, para nós, os fatos gravados na luz sideral são vistos como se fossem o presente, mesmo se considerando a deflexão da luz durante o percurso entre os sistemas solares, bem como o impacto causado pelas partículas de matéria e antimatéria. Isso faz com que certas informações emitidas num tempo recuado, para nós, que as observamos a partir de nosso ponto de vista, em nosso mundo, sejam vistas como se ocorressem na atualidade. Eis por que julgo as informações que compartilharei de imenso proveito para vocês.

Nova pausa para que assimilassem os conceitos de física implícitos em suas palavras.

— Certamente lhes é familiar o ser do espaço denominado pelos terrícolas de Hóspede Original, que celebrou um acordo entre seu povo e os astronautas no ano de 1954. Em seu mundo original, situado a aproximados 38 anos-luz, ele é conhecido como Krill. Desde a época dos primeiros contatos com o governo de uma nação do seu planeta, ele vive na Terra, embora os responsáveis e representantes do projeto pensem que esteja morto. Ocorre que, como o sistema fisiológico da raça de Krill não é semelhante ao dos humanos — reproduzem-se por processo de clonagem, por exemplo —, ele entrou num estado próximo àquilo que chamariam de hibernação. Não obstante, ele está ativo, muito ativo no planeta de vocês. Aliás, os humanos já conhecem certas habilidades psíquicas e extrassensoriais e, portanto, sabem o que significa projetar-se além do corpo físico. Pois bem: como alguns da espécie dele, Krill também desenvolveu seu psiquismo a tal ponto de conseguir migrar a consciência de seu corpo a outro, estabelecendo uma sintonia tão afinada com o hospedeiro que interfere fortemente em suas decisões. Por ora, isso é algo impossível aos seres da Terra, sobretudo devido ao fato de que seus cérebros físicos e extrafísicos ainda não atingiram grau de desenvolvimento tão amplo, de modo que falta o órgão para que se manifeste tal habilidade do psiquismo. Porém, no mundo de onde Krill provém, trata-se de uma faculdade conhecida.

— Refere-se a algo que, entre alguns espiritualistas, ficou conhecido com o nome de *entrantes?*[3] — observou

[3] Cf. PINHEIRO, Robson. Pelo espírito Joseph Gleber. *Consciência*. 2ª ed. rev. Contagem: Casa dos Espíritos, 2010. p. 259-262.

Semíramis, tentando associar a informação com algo que lhe era familiar.

— Sim, muito embora, no caso dos espíritos terrestres, isso ainda seja impossível, segundo apontam nossos estudos, que as palavras do amigo das estrelas corroboram — falou Jamar. — Contudo, temos de abrir nossa mente para o fato de que nem sempre o que é impossível na Terra ou para os espíritos da Terra é igualmente impossível em outras culturas e civilizações no universo.

Todos se entreolharam, entendendo o alcance do que o convidado dos guardiões revelava. O visitante, então, resolveu continuar:

— O ser clonado só pode realizar essa transferência de consciência enquanto seu corpo original estiver vivo. Além do mais, não consegue substituir por completo a mente "dona" do corpo onde se hospeda; ele simplesmente ocupa uma dimensão do psiquismo e, à medida que passa o tempo, assenhora-se do corpo, até que o antigo morador daquele corpo perca totalmente a vontade e o domínio sobre atos e emoções. Dado que o processo consome bom número de anos até a consciência intrusa conseguir subjugar o espírito do hospedeiro, nesse ínterim, ela tem tempo de absorver trejeitos, manias, particularidades e, assim, ampliar ainda mais suas sugestões, que passam a vigorar de modo gradativo. O fenômeno não liberta o habitante original do corpo hospedeiro; ao contrário, nem sequer imaginam o sofrimento inenarrável que o espírito passa a suportar, sem morrer imediatamente. Até porque, caso morra, a consciência de Krill se verá obrigada a saltar, a transferir-se a um novo hospedeiro, recomeçando a infernal trajetória de mudança da personalidade e de dominação da consciência e do corpo de sua nova vítima. Tendo esses aspectos em vista, é compreensível que ele não escolha qualquer hospedeiro, mas, sim, indivíduos proeminentes, que sirvam à consecução de seus planos.

Todos ficaram calados por um tempo, a fim de assimilar a informação, que precisava ser checada urgentemente. Afinal, suas implicações abriam todo um universo de possibilidades no que tange ao processo de dominação mental e emocional de políticos, governantes e cientistas, entre outras pessoas-chave, que influenciam significativamente o mundo a partir de suas decisões. Foi Astrid quem comentou, enquanto colocava a mão em torno do ombro de Kiev:

— Trata-se de um tipo de obsessão sem que o obsessor esteja desencarnado, ou melhor, no qual o intruso ainda vive, porém num corpo físico que, aos olhos das pessoas, está morto.

— Para vocês, da Terra, o problema maior é que, supostamente, o corpo da entidade biológica Krill está depositado, em estado de hibernação, num laboratório situado numa das mais altas montanhas de seu planeta. Ou seja, os cientistas não têm acesso a ele. Ainda assim, caso fosse visto, por certo seria dado como morto, pois essa raça detém a capacidade de deixá-lo tão modificado, com metabolismo tão reduzido que pareceria um corpo ressecado, totalmente inerte, aos olhos vulgares.

Aguardando alguma reação dos guardiões, esperou um instante antes de continuar. O ser de Órion não estava habituado com as reações emocionais típicas de um espírito da Terra, especialmente em se tratando dos guardiões. Por isso, após sondá-los, arrematou a informação:

— O processo todo só deixa de existir quando o corpo físico da entidade biológica Krill morre definitivamente.

— Então... — balbuciou Kiev, interessado em saber como deter o processo, mas ainda nem de longe abarcando o significado de tudo aquilo para a humanidade terrestre.

— Então vocês precisam contatar seus agentes na dimensão física urgentemente, pois precisam literalmente encerrar esse processo. Temos interceptado mensagens de rádio que constituem pedidos da entidade biológica em questão, endereçados a seu povo no espaço profundo. Reitero que o mundo deles nem é tão distante assim; são apenas 38 anos-luz daqui, o que não passa de um breve passeio para certas raças do espaço...

— Observando sob esse aspecto, concluímos que a situação é gravíssima, pois já lidamos com forças antagônicas diretamente de dentro do planeta. Muitas delas estão em ação nas dimensões próximas do mundo físico ou, então, semimaterializadas. Juntemos a isso interferências extraterrestres, que não podem ser ignoradas, devido ao imenso perigo que oferecem para o momento dramático em que vive o planeta — foi a fala de Semíramis, demonstrando grande preocupação.

— Diria que quase todos os mundos que atravessam momentos de transição ou adentram o processo que denominam juízo[4] vivem situações semelhantes. Talvez por isso, os orientadores evolutivos do Sistema Solar tenham enviado um reforço considerável a vocês, através dos equipamentos desta nave que trouxemos, a qual foi construída em meio aos sóis centrais da Via Láctea.

Jamar respirou fundo, denotando preocupação com a gravidade do momento da vida terrestre.

— De alguma maneira, creio que podemos auxiliar,

[4] "Tendo que reinar na Terra o bem, necessário é sejam dela excluídos os Espíritos endurecidos no mal e que possam acarretar-lhe perturbações. Deus permitiu que eles aí permanecessem o tempo de que precisavam para se melhorarem; mas, chegado o momento em que, pelo progresso moral de seus habitantes, o globo terráqueo tem de ascender na hierarquia dos mundos, interdito será ele, como morada, a encarnados e desencarnados que não hajam

mas jamais caberia a nós interferir, de forma unilateral, na civilização de vocês. Conseguimos localizar com relativa precisão onde está o hospedeiro da consciência que é capaz de transferir-se para outros corpos. Porém, devido à distância a que nos encontrávamos quando coletamos e analisamos os dados, há certa margem de erro, que precisa ser averiguada antes de qualquer ofensiva. Ademais, felizmente conseguimos bloquear ou inibir, ainda que em caráter temporário, as mensagens que têm sido enviadas quase sem interrupção a partir de uma importante base militar da Terra. Trata-se de algo que parece haver sido programado desde os anos de 1950, segundo rastreamos.

"Felizmente, existem apenas dois seres com tal habilidade em ação na atualidade terrena. Espíritos dessa categoria foram chamados por nós de *primeiros contatos*, pois agem assim em diversos planetas. Vêm primeiro dois ou três deles, no máximo, como especialistas em psicotransferência. Outros extraterrestres que vieram àquela época tentaram por todos os meios deter os

aproveitado os ensinamentos que uns e outros se achavam em condições de aí receber. Serão exilados para mundos inferiores [...]. Essa separação, a que Jesus presidirá, é que se acha figurada por estas palavras sobre o juízo final [cf. Mt 25:31-34,41]." (KARDEC, Allan. *A gênese, os milagres e as predições segundo o espiritismo*. 1ª ed. esp. Rio de Janeiro: FEB, 2005. p. 504-505, cap. 17, item 63.)

krills. No decurso de seus embates, as espaçonaves foram quase todas destruídas, tão logo chegaram, inclusive uma nave dos capelinos, que já conhecem, a qual entrou no raio de ação daquelas que lutavam para impedir que os *psicotranfers* se instalassem na Terra. Ao todo, foram 112 seres que imigraram, segundo apuramos, e Krill foi um dos dois especialistas que aqui aportaram.

"Outra questão dessa intricada história que desperta preocupação é que, de outro lado, seres da Terra foram levados para o mundo deles, como símbolo de confiança e moeda de troca nas negociações entre uma raça e outra. No entanto, não temos nenhuma informação sobre o que foi feito com os terráqueos que se ofereceram para partir. Sabemos apenas que cinco naves alienígenas, ainda hoje, continuam sendo estudadas no planeta terrestre e têm sua tecnologia aos poucos desvendada e apresentada ao mundo como se fosse um desenvolvimento tecnológico natural, obtido exclusivamente por seus cientistas.

"Meus amigos, diante desses fatos, talvez tenham uma ideia da preocupação com o que muito provavelmente está em andamento nos bastidores da política de seu globo, sobretudo depois que os tratados entre ambos os povos foram descumpridos."

A informação do habitante de Órion era realmente preocupante, embora lançasse luz sobre certos episódios da história recente do mundo. Como era de se esperar, o novo dado deflagrou uma operação intensa por parte dos guardiões. Após os eventos ocorridos na Lua e o regresso da comitiva de Órion às estrelas, Jamar convocou uma reunião emergencial com os principais auxiliares e a elite dos guardiões. Era preciso esclarecer os pormenores a respeito e traçar novos planos para o futuro da Terra. Quanto ao jovem *annunaki,* fora encaminhado para ter com seus compatriotas alojados no lado oculto do satélite terrestre. Decorridos três dias do encontro interplanetário, o encontro entre guardiões se iniciou. A conferência durou um tempo dilatado, pois deveriam examinar muitas ocorrências suspeitas ou relacionadas aos fatos trazidos à tona, e ainda havia em pauta a discussão sobre a necessária mobilização de parceiros encarnados para ajudar. Sozinhos, os sentinelas do bem jamais lograriam êxito num intento tão complexo, que consistia em deter personalidades intrusas, fazer frente à política dos dragões — em pleno andamento, por intermédio de seus antigos comparsas —, bem como enfrentar as artimanhas dos políticos e a política dos governantes no mundo. Uma aliança mais estreita precisava ser articulada a tempo, antes que os desastres se consumassem ou fossem ainda maiores.

Na Terra, entre os mortais mais comuns, Irmina, Yoshida, Marshall e Gilleard foram ao encalço do homem misterioso. Precisavam compreender o que estava acontecendo.

A noite estava claríssima, e o clima era ameno no centro daquela cidade para onde os dois homens se transferiram, viajando pela Europa ao rasgarem o espaço aéreo do Velho Mundo. Ali seria realizada uma importante conferência, e McMuller era um homem importante, ligado a grandes banqueiros da Europa e de outros continentes, bem como às grandes famílias que, em certo sentido, governavam os destinos dos países e decidiam sobre a economia mundial.[5]

O dia seguinte era chave para os planos de Giuseppe junto a pessoas influentes, uma vez que em nenhuma hipótese poderia se desviar dos compromissos estabelecidos com os chefes de sua organização antes de se materializar no mundo dos homens. Por essa razão, ele controlava o poderoso McMuller e também Antônia, fonte inesgotável de recursos financeiros, a qual não os acompanhara devido a negócios urgentes que demandavam sua presença. Mesmo ausente, ela enviara um *e-mail* a um dos mais poderosos banqueiros e donos do dinheiro nos Estados Unidos, que, como sempre, estaria

[5] O autor refere-se a teses já expostas em livros anteriores e nomeadamente faz alusão às célebres famílias Rothschild e Rockefeller (cf. PINHEIRO. *A marca da besta*. Op. cit. p. 387-388, 462 passim).

presente à reunião memorável. McMuller se encarregaria pessoalmente de apresentar Giuseppe, com quem agora dividia a própria fortuna, depois de assinar preciosos documentos que favoreciam o ser abjeto materializado temporariamente no mundo das formas. Dominado pelo magnetismo e sugado lentamente em suas reservas energéticas, McMuller tinha suas forças minadas dia após dia, mas, por ora, era importante para Giuseppe mantê-lo vivo. Afinal, o banqueiro, mais que uma bateria de fluidos a ser conservada para casos de emergência, era seu trampolim para junto dos homens mais poderosos do planeta.

Aquela noite foi uma noite inquieta para os agentes amigos: Gilleard, Marshall, Irmina e Yoshida. Incomodada ao extremo com a situação, Irmina reviu mentalmente todos os lances relativos ao homem de quem estiveram no encalço durante dias. Durava mais de um mês a empreitada; o Ano-Novo já havia passado sem que ela e os amigos nem sequer pudessem comemorar. Reviu em sua memória desde o momento em que Gilleard estivera naquela loja de departamentos disfarçado, o encontro com Donnald, o amigo pessoal do mordomo de Ratzinger e, finalmente, o encontro inusitado com McMuller, o banqueiro que acobertava financeiramente o trabalho do famigerado Giuseppe. A respeito deste último, nenhum registro. Alguém que simplesmente surgira do nada e sobre o qual nem a Interpol nem as agências ou os escritórios de inteligência de toda a Europa possuíam qualquer documento, qualquer arquivo; nem sequer as digitais do misterioso homem. Agora, a reunião inesperada e não oficial do poderoso Clube Bilderberg. Convocada fora de época, mantinha jornalistas e agentes secretos sem saberem explicar os motivos para tanto, assim como o que se impunha na pauta daquele um encontro das personalidades mais influentes do século, entre banqueiros e homens de negócio vindos de alguns países do mundo.

No meio disso tudo, estavam McMuller e Giuseppe, o homem envolto em mistérios. Como se não bastasse, um rastro de sangue seguia inequivocamente os dois homens unidos por meios insólitos. Mesmo depois de várias investigações sobre a vida e as conexões de McMuller, nenhuma ligação anterior fora encontrada entre ele e seu agora fiel escudeiro, Giuseppe. Apesar da falta de provas concretas, eram numerosas as evidências circunstanciais que associavam a trajetória da dupla a mortes não solucionadas e casos de estupro envolvendo mulheres e homens riquíssimos. O pior era que, além de haver somente suspeitas, nem sequer eram suspeitas oficiais, pois a polícia não conseguira encontrar nenhuma pista, muito menos um elo até Giuseppe no tocante àqueles eventos inexplicáveis envolvendo figurões do mundo do crime e da máfia italiana, em particular.

Não obstante, lá estava Irmina, seguindo um puro instinto seu, o qual jamais falhava. Mas sem dúvida teria de contar com muito mais do que seu instinto. Precisava de algo mais concreto para apresentar a seus superiores. Resolveu se recolher mais cedo, num hotel onde aguardaria instruções do Escritório, na mesma cidade onde os dois homens se aquartelavam. Deitou-se sobre o leito adornado com extremo bom gosto no hotel escolhido a dedo por seu amigo Marshall. Assim que relaxou, o que não demorou muito, sentiu balançar-se sobre seu próprio corpo. Uma estranha sensação de formigamento tomou conta do corpo perfumado da agente, enquanto fios luminosos pareciam pairar acima de sua cabeça. Respirou tranquilamente e, num relance, pôde perceber que não estava só.

— Intrigada, não, minha amiga? — perguntou o homem com ar de militar ao lado e acima de sua cama. Cabelos cortados bem ao estilo de um oficial da Segunda Grande Guerra, semblante forte, másculo ao extremo, porém, com um quê de suavidade disfarçada, o que distinguia a aparição de modo nítido. As vestimentas eram razoavelmente diferentes das habituais aos soldados que ela conhecia no dia a dia. Lembrava um traje de gala, embora não revelasse ligação com nenhum exército ou corporação militar ou policial conhecidos por Irmina. Uma indumentária portentosa, que inspirava ao mesmo tempo autoridade e segurança, mas que a deixava à vontade, de alguma maneira. Sobre a cabeça, um bibico com uma insígnia do lado esquerdo denotava ocupar o homem uma posição respeitada na corporação.

— Muito preocupada, Jamar! Sei que há algo estranho no ar, muito estranho mesmo, mas não sei que rumo tomar.

— Aconselho que não se envolva tanto assim junto com seus amigos agentes. Precisará de reforço especializado a partir deste ponto. Existem outros elementos mais urgentes e perigosos que teremos de abordar, e preciso muito da sua ajuda e de nosso amigo Takeo Yoshida, além de outros amigos dispersos em várias partes do mundo que estamos recrutando.

— Mas esse homem que estamos perseguindo está envolvido até o pescoço com um caso estranho e aparentemente inexplicável. Devo deixar tudo de lado e partir para outra tarefa, que você me apresenta agora?

— Não exatamente assim nem nessa ordem, nobre amiga. De toda forma, o caso a que me refiro está também estranhamente conectado com este, que você investiga. A informação que desconhece é que Giuseppe não é uma pessoa comum; não se trata de um humano, no sentido do termo.

— Não se trata de um humano? Então com quem

estamos lidando? Um demônio que não teve princípio nem terá fim?

— Algo assim — falava Jamar sem se alterar, numa firmeza e, ao mesmo tempo, numa tranquilidade estonteantes. — Você precisa ficar atenta, mais cuidadosa. Por isso eu disse que precisamos de reforços adicionais, de gente especializada. Estamos lidando com um agênere, um ser que vive entre dois mundos. Embora devamos mapear todos os passos da entidade sombria, a maneira de fazê-lo não pode ser convencional. Senão, vocês poderão sofrer, e alguns, até mesmo, colocar em risco a vida física.

— Um agênere?! Quem ia gostar de participar disso tudo seria Raul.

— Neste momento ele não poderá ser convocado, minha amiga. É impulsivo demais e pode ameaçar os avanços neste caso. Mas vou lhe mostrar algumas coisas para que saiba com o que está lidando.

Falando isso, Jamar virou-se imediatamente, elevando-se na atmosfera e, sem nenhum outro aviso, arrastou junto a si Irmina, levando-a às imediações do lugar onde seria realizada a conferência dos manipuladores e dirigentes de povos e nações.

— Espere mais alguns instantes. Estou requisitando especialistas nossos — sem nenhum esforço que denotasse estar em contato com outras inteligências, Jamar apenas olhou ao alto, e imediatamente desceram sobre o local para onde se dirigiram alguns espíritos, que traziam aparelhos portáteis consigo. Assim que os colocaram em posições estratégicas, saíram discretamente, aguardando as ordens de seu comandante a relativa distância do palco dos acontecimentos. Jamar voltou-se para Irmina e explicou, dando ênfase às suas expressões:

— Devemos nos precaver com o reforço de nossa tecnologia, pois, além de gravarmos tudo o que dirão amanhã, durante a conferência, é preciso protegê-la, principalmente enquanto estiver fora do corpo. Afinal, sua condição de vivente pode despertar a atenção da turba de seres especialistas da oposição. O resultado não seria nada bom.

Falando assim, dirigiu-se ao cerne do local da conferência, levando a amiga desdobrada consigo. Assim que penetraram o ambiente, o que viram estarreceu Irmina.

— Observe bem no que está se envolvendo e com que personalidades você luta, no caso de Giuseppe.

Abaixo deles, um burburinho de entidades, cientistas e alguns magos negros dando ordens a seus técnicos e subordinados. Uma facção de magos exclusivamente ligada ao sistema dos talibãs — encarnados ainda, porém, fora do corpo físico — participava ativamente do preparo do ambiente. Em cada cadeira e poltrona, especialistas em tecnologia astral colocavam e manuseavam conectores e vários outros microequipamentos. Logo acima do lugar onde se sentariam os convidados, mais ou menos à altura da cabeça de cada um, foram instalados capacetes de formatos os mais variados. O emaranhado de fios e microcircuitos, sem nenhuma preocupação estética, produzia um conjunto bizarro, em franca desarmonia; mais pareciam equipamentos de um filme de terror *trash*.

— Observe ali, com atenção — Jamar indicou o lugar onde se assentavam alguns dirigentes da oposição. Foi então que ela viu o homem de quem ela e seus amigos estiveram atrás durante aquele tempo todo. Giuseppe acomodava-se sobre uma poltrona enquanto confabulava com dois magos e alguns cientistas.

— Ele traz informações de sua base, na subcrosta. Foi um dos seres previamente programados pelos *daimons* para assumir a condição de agênere e se imiscuir entre os poderosos. McMuller e Antônia, os aliciados por Giuseppe, foram escolhidos a dedo muito antes que ele se materializasse nas catacumbas. Desde então, seriam eles seus benfeitores, que o manteriam financeiramente. Ele precisa não somente dispor de muito dinheiro para se envolver com os poderosos, mas também demonstrar que o tem. Portanto, essa associação com ambos lhe abre várias portas. Como se nota, um agênere a serviço das sombras é algo muito perigoso. Por isso, trouxe-a aqui nesta noite. Embora estejamos próximos a você e trabalhemos em sintonia, vá com calma. Nessa questão, você poderá fazer muito mais fora do corpo do que na dimensão física.

— Mas então não quer que eu participe da tal conferência? Faria valerem minhas credenciais...

— Podemos providenciar isso, embora não como imagina. Mas terá de me prometer cuidado extremo e não avançar sobre os opositores enquanto a conferência estiver em andamento. Você não teria condições de sobreviver a um ataque de uma facção tão poderosa assim, ainda por cima no ambiente deles...

Irmina olhou para o imponente Jamar, um homem de 1,95m de altura, e viu um sorriso disfarçado em seus lábios — algo que dificilmente alguém havia visto até ali. Ela suspirou, o que motivou a advertência, imediatamente:

— Irmina!!

— Desculpe, senhor. Meus instintos falaram mais alto.

— Parece que você e Raul vivem sob o império dos instintos.

Depois de ligeira pausa, observando os preparativos no ambiente, Jamar prosseguiu, com outro tom de voz:

— Você poderá acompanhar desdobrada a conferência, mas primeiro terei de recorrer a um dos nossos especialistas para lhe providenciar um traje especial. Usando-o, não poderá ser vista, nem mesmo detectada pelos instrumentos dos opositores. Um tipo de traje de combate, porém, sem armas, a fim de a preservar.

Giuseppe prosseguia em entendimentos com a equipe de magos e cientistas. Ele parecia não ser alguém subalterno, pois falava com ardor enquanto era ouvido pelos demais. O trabalho de ligação dos equipamentos às cadeiras e às poltronas estava a todo vapor. Um dos magos abriu um mapa tridimensional, onde apontava alguns países e tecia comentários para seus comparsas. Entretanto, aquele era um mago diferente. Não vestia trajes negros, e nenhum manto o cobria, como aos outros. Ao contrário, sabia-se que era um mago apenas pela aura que dele exalava, como uma fuligem que se alastrava pelo ambiente em torno. Vestia-se com esmero; o costume parecia haver sido confeccionado pelos melhores alfaiates.

— Ele está ligado à máfia, por isso se veste assim, de maneira incomum para a categoria espiritual à qual pertence.

Giuseppe discursava com convicção, defendendo suas ideias perante a malta de seres sombrios. Quando se levantou para sair dali, viu-se o rastro de fuligem que o ser entre dois mundos deixava. Antes que saísse do ambiente, porém, um dos magos o requisitou.

— Veja bem, Irmina, como o agênere se recupera das perdas de fluidos do astral inferior.

Três dos magos presentes envolveram Giuseppe a uma distância de alguns centímetros. Estenderam as mãos sobre ele, como se o magnetizassem. Enquanto de suas mãos saíam raios de uma cor que lembrava azul-cobalto, uma fuligem pegajosa partia de suas bocas e era absorvida por Giuseppe sofregamente, como se ele se fartasse desse abjeto alimento, vindo diretamente das furnas e cavernas do submundo.

— Os encarnados dificilmente acreditariam que, no meio deles, agem seres dessa espécie. Os próprios homens que se consideram mais esclarecidos, espiritualizados, tendem a crer que esse tipo de fenômeno somente era possível na Idade Média. Como pode ver, em pleno século XXI, seres do abismo se materializam dentro de determinadas condições e, observando certas leis do mundo oculto, armam-se para atuar em surdina. Alguns estão disfarçados entre as mais importantes instituições do mundo, sem que seus representantes o saibam. Como estamos diante de um momento único na história da Terra, muitos poderes, muitas forças e organizações movimentam suas peças, cada qual, lançando mão dos recursos de que dispõe no intuito de retardar, em alguma medida, a marcha do desenvolvimento humano.

Irmina observava o intercâmbio fluídico a um só tempo espetacular e tenebroso entre os magos e o agênere, a cria dos infernos. Doravante, ela teria de tomar mais precauções. Não perseguia um ser qualquer, tampouco um espírito vulgar.

Jamar conduziu Irmina a fim de ser orientada pelos técnicos dos guardiões, ao passo que ele mesmo retornaria à base lunar. Desembainhou sua espada e com ela fez um rasgo no tecido sutil que separa as dimensões. O guardião despediu-se de Irmina e, como um raio, cruzou aquela abertura dimensional. Um som, um clique, talvez fosse a única coisa que restava denotando a passagem por um portal aberto entre dois mundos. Por um instante, Irmina ainda viu as estrelas de um mundo paralelo, de outro universo, para logo tudo voltar ao normal, quando o tecido sutil da realidade se fechou atrás do Imortal que regressara ao quartel-general. Irmina comentou, olhando para o técnico que a seguia:

— Meu Deus! Que homem é este?!

O técnico, talvez não entendendo direito o sentido das palavras de Irmina, respondeu, quase inocente:

— É nosso comandante! Jamar é realmente admirável e, ao mesmo tempo, um amigo e fiel companheiro da humanidade.

Irmina olhou para o espírito meio sem entender o comentário, e arrematou:

— Se Raul estivesse aqui, ele me entenderia. Conte para mim, amigo: há quanto tempo você está desencarnado mesmo?

Sem entender a insinuação de Irmina, o especialista falou, quase lento demais:

— Creio que tem uns 130 anos... mais ou menos isso.

— Não poderia me entender, mesmo. Falta tutano em você!

O técnico desistiu de compreender a mulher e resolveu se dedicar à sua tarefa. Irmina, por sua vez, preparava-se para o dia seguinte, quando participaria desdobrada da conferência, do encontro dos poderosos.

O dia amanheceu nublado. Algum resquício de sol podia ser visto em algumas praças e logradouros públicos, mas ali, da janela do hotel, quando já era quase meio-dia e os agentes resolveram se levantar, o Sol era apenas uma bola esmaecida. Irmina colocou um traje mais apropriado aos dias frios, ao inverno europeu, e foi-se ao restaurante tomar seu café tardio. Ali encontrou os amigos a esperando. É claro que, à exceção de Yoshida, os demais não ouviriam nada da boca de Irmina acerca do que houvera durante a noite. O café foi servido exatamente às 12h30, e deliciaram-se como se nada demais estivesse em andamento. Irmina ainda comentou, sorvendo o aroma do café e das iguarias de onde se hospedavam:

— Que maravilha poder tomar um café da manhã ao meio-dia! Que luxo!

Marshall olhou para ela com aquele olhar fulminante, de quem estava com um misto de fome e mau humor, e disse:

— Não entendo nenhum luxo que me conserve a barriga vazia.

— Ah! Meu amigo... Isso é para poucos; é só para quem tem estirpe — e deu uma piscada para Gilleard, que, apesar de não estar de acordo com a amiga, pelo menos não se atrevia a comentar os gostos refinados dela.

O dia transcorreu sem nenhum progresso no tocante às investigações a respeito de McMuller e Giuseppe. Os dois certamente ainda estavam no hotel escolhido por eles, numa das mais importantes avenidas da Cidade Luz. Havia muitos milionários importantes ali naqueles dias, porém, dispersos pelos diversos hotéis luxuosos da cidade, procurando evitar chamar a atenção da imprensa ou de quem quer que fosse. Durante o dia, passearam, fizeram compras nas grifes de luxo e de alta-costura, simplesmente curtindo a vida como sabiam e como podiam. Ao se encontrarem aqui ou acolá, davam a entender que era mera casualidade. A cidade regurgitava de gente, repleta de turistas, inclusive pessoas abastadas de todo o mundo, e, por isso mesmo, a presença de cerca de cem milionários entre eles não chamaria tanta atenção. Além do mais, haviam providenciado um artifício em outro local da cidade, que desviaria os olhares da imprensa, de maneira a passarem despercebidos, apesar de todo o fausto e da opulência de seus jatos, jaguares, *choffeurs* e champanhes. Logo se aproximava o horário da reunião, a qual se daria como se fosse uma recepção que um milionário oferecia a convidados nada convencionais. Isso não era raro na cidade, e sabia-se que esses excêntricos humanos gostavam de passar despercebidos pela multidão de mortais. Portanto, fecharam o hotel somente para eles. Ninguém mais poderia entrar, a não ser os digníssimos convidados.

Irmina deixou seus amigos quebrarem a cabeça sobre como se aproximar do local enquanto ela se recolhia em seu leito. Preparava-se para deixar o corpo físico e projetar-se a outra dimensão. Dois guardiões a aguardavam: Dimitri e Kiev, os dois homens de confiança de Jamar e os mais graduados e experientes estrategistas dos guardiões.

Pairaram sobre um dos hotéis mais luxuosos da cidade, que, a esta altura, já estava com as luzes acesas, as quais conferiam um quê especial à beleza natural do ambiente. Dentro do hotel, os convidados se ajuntavam, conversando aqui e acolá, sendo a reunião regada aos melhores uísques e champanhes *vintages*, além de caviar, *escargot* e outras iguarias que somente poucas pessoas saberiam apreciar. Kiev, Irmina e Dimitri posicionaram-se acima do salão, num local dimensional onde não havia possibilidade de serem descobertos. Nenhum dos magos negros, dos cientistas ou dos especialistas da oposição conseguiu detectá-los. Além do fato de que os dois guardiões vibravam numa frequência muito superior à dos demais — por si só, isso impossibilitava que os vissem —, o trio valia-se de proteção proporcionada por equipamentos de técnica superior.

Alguns homens e mulheres nobremente vestidos, com uma elegância de fazer inveja a qualquer mortal, acomodaram-se junto a uma mesa enorme, à frente de todos, decorada com extremo bom gosto e simplicidade. Era o charme total. Algumas personalidades foram aos poucos assumindo a palavra, inclusive McMuller, que era um dos convidados de honra daquela noite. Ele introduziu Giuseppe, que tratou de empregar seu magnetismo e seu poder de sedução indiscriminadamente, mas com mais ênfase sobre as pessoas que lhe interessavam mais de perto. Resumindo, eis o que disse um dos apresentadores da noite:

— As palavras que têm significado e peso em nossa política são: força, poder e hipocrisia. Somente se valendo da hipocrisia é que nossos representantes no mundo poderão triunfar a qualquer preço. Porém, se a hipocrisia estiver mascarada com supostas habilidades, com talentos mundanos e com a capacidade de persuasão das massas, então o poder será alcançado inclusive à custa dos homens ditos de bem, que trabalharão para nós independentemente do lado em que estejam. Pois os homens de bem são tímidos, covardes e se deixam iludir com promessas sem averiguarem nossas verdadeiras intenções. Se os fizermos acreditar, o que é relativamente fácil, que nossos opositores têm as mesmas intenções que nós, então triunfaremos sempre.

Irmina ficou chocada com a falta de cerimônia ao serem apresentadas ideias daquela natureza ali, de maneira escancarada.

— Devemos lançar mão da violência e defender o direito de usá-la como forma de contestar nossos opositores, bastando para isso fazer com que o povo entenda que ameaçam seus direitos. Sabemos que todos veneram direitos, mas não sabem nem querem saber de deveres, então, o povo se voltará contra os que não querem que triunfemos, pois nosso discurso é muito mais sedutor, vende muito mais — pouco importa se é uma quimera.

"Seremos vencedores na medida em que agredirmos inclusive o direito de defesa de quem atacamos. Violentaremos as consciências, também, distorcendo qualquer senso moral, ao passo que subornaremos pessoas comuns para que pareçam ligadas a nossos opositores. Como sabemos, violência não significa sempre guerra declarada. Nossos representantes e parceiros têm de aprender que podem ser violentos com palavras doces e que podem destruir por meio da hipocrisia. Quando não tiverem respostas convincentes, que mal há? Basta apelar para as emoções e os sentimentos coletivos. Nada mais comove o povo do que usar sua incompetência e miséria como arma poderosa para defender nossos ideais. Temos tudo a nosso favor. Violência é, sobretudo, enganar, ludibriar, corromper e renegar tudo, inclusive a história, sem admitir jamais qualquer parcela de contribuição às questões que porventura nos incriminem.

"O tipo de violência que empregaremos passará fatalmente pelo engano às massas, que devem acreditar que trabalhamos e defendemos o social, a população, o meio ambiente e os valores morais e éticos — e fez ecoar uma gargalhada macabra. — Esse é um tipo de violência que tem maior alcance do que qualquer outra forma de a própria violência se expressar. Envolvamos o povo com a ideia dos valores da comunidade, das conquistas sociais, enquanto doamos a ele migalhas, pois a população, inclusive as camadas mais abastadas e muita gente que se acha esclarecida, adora migalhas! — todos riram das palavras do homem, um dos mais conhecidos do mundo dos negócios. — Amam também aquilo que lhes parece de graça, pelo que não precisam pagar diretamente, e deliram quando lhes falamos de supostas conquistas, que, na realidade, não passam de mísera parcela daquilo que lhes tiramos, mas que não sabem jamais avaliar. Não imaginam quão caro sai para eles aquilo que soa como sendo de graça em suas ilusões. Como são manipulados com facilidade! Como são violentados sem o saberem e, mais ainda, como gostam e pagam para serem enganados."

Irmina ouvia tudo estarrecida, pois nunca participara de uma reunião desse tipo. Ali estavam as mentes mais brilhantes, os homens e as mulheres mais ricos do mundo. Outro homem, mais jovem, assumiu a palavra:

— Se tudo isso não funcionar, desmaiem, chorem, inventem qualquer situação em que pareça que estejam enfermos, doentes, deprimidos; como o povo se comove, chora e apoia os que aparentam sofrer! Apoia mesmo quem os estiver oprimindo. Tem uma tendência a valorizar quem sofre, a pobreza e a miséria. Portanto, influenciem o povo e mostrem o quanto vocês sofreram e sofrem. Essa é uma ilusão necessária para que acreditem que o sofrimento será recompensado com aquisições de abundância. Assim, aprenderão a valorizar os ícones públicos que aparentam haver saído da pobreza e agora defendem os direitos da população. Não sabem e jamais saberão que, enquanto defendemos publicamente o social, o povo e seus pretensiosos direitos de qualquer ordem, interessa-nos é massacrar e aniquilar o indivíduo; estaremos, na verdade, é articulando a derrocada dos valores da família e da moral tradicional. Queremos e precisamos que a população se perca de tal maneira, fique órfã de quaisquer referências e, então, se volte sequiosa para nós. Esse é o trunfo maior do tipo de violência que empregamos.

"Transformaremos um fato isolado numa comoção nacional, pois as gentes adoram sofrer, chorar e reivindicar direitos. Não lhes interessa como são manipuladas e usadas, sabotadas ou corrompidas por nossos ideais. Quanto a nós, o que nos interessa somos nós mesmos e os princípios pelos quais trabalhamos. Não esqueçam jamais que a violência deve ser um princípio central, a fim de estabelecermos nosso domínio e nossa política. Por isso, nossos políticos e representantes devem se basear na violência, como parceira de nossos ideais. Mas é preciso entender como usar a violência da forma mais habilidosa, ardilosa e sagaz possível, sem que ninguém descubra quanto está sendo violentado. Absolutamente, em todas as vezes em que estejam em jogo nossos objetivos, violentem as consciências e lancem mão da hipocrisia, sobretudo. Sempre dá certo! Jamais admitam publicamente aquilo que fazem e que queremos fazer. O domínio e a doutrinação cabal dos indivíduos são para que pensem, rezem e ajam segundo um princípio único: nossa cartilha.

"Para alcançarmos o poder de forma perene, temos de aprender a tomar a liberdade do outro, do cidadão, do indivíduo, sem que ele saiba que está sendo manipulado e roubado, até porque crê que somos bem-intencionados. Não importa como, tomem de tudo, inclusive defendendo o direito à expropriação em nome da justiça social, do bem comum. Na verdade, ao defenderem o que o povo quer ouvir, muito mais do que aquilo que reivindicam, estarão trabalhando em favor do nosso poder de manipulação das massas ignorantes e dos intelectuais falidos, esclarecidos ou não, e daqueles que ainda vivem a utopia de um mundo renovado pela política, como se nós e nossos políticos nos importássemos com valores e aquisições individuais. Ah! Quantos intelectuais, pseudossábios e pseudoespiritualistas defendem nossa cartilha acreditando que lutam em prol do povo, do direito, da lei e da ordem. Quem se importa com a opinião e as ilusões deles desde que sirvam a nossos interesses? O que fazemos é violentá-los até que acordem em nossos braços, e, se porventura despertarem, asseguraremos que já tenham escalado a alta montanha de seus sonhos mais pueris, defendendo, insuspeitamente, apenas o que é nosso e sintetiza nosso sistema de poder.

"A história comprova: o povo adora governos, governantes e pacifistas, principalmente se os vê ao lado da pobreza, contra os ricos, distribuindo benesses estatais, não importa quanto eles mesmos estejam, ou seja, estejamos nos enriquecendo com os próprios recursos que lhe sequestramos — fato que negamos terminantemente perante quem quer que seja. A tendência humana é defender tudo aquilo que vai em direção contrária, é defender e aprovar os regimes e as políticas que afirmam estar a favor do povo, que julgam exaltar a justiça social e outras bobagens do gênero. Evidentemente, não importa se o que vocês falam é verdade ou não. A mentira e a hipocrisia empregadas o tempo todo têm por objetivo, inclusive, distorcer e escamotear a verdade, até o ponto em que ninguém mais a distinga. Ademais, é claro que a verdade, para nós, é nosso sistema de poder absoluto, e não a verdade em si. Portanto, em seus discursos e nos daqueles que lhes servem, digam muito, mas muito mesmo do que o povo quer ouvir. Os tolos acreditarão em quaisquer promessas que vão ao encontro de facilidades econômicas, sociais e educacionais, de saúde ou de outros direitos, pois a massa adora ouvir e clamar por direitos; inebria-se com eles a ponto de pouco usar de sua inteligência, quando a tem, a fim de avaliar, julgar e descobrir as intenções ocultas."

Naquele momento, o orador foi aplaudido por todos. Risos na plateia e reforço das convicções de donos e manipuladores do mundo. Nem parecia que a elegância predominava por ali, pois, quando eles se referiam aos seus ideais, imperavam a baixeza, a perfídia e a vilania. Uma mulher, então, tomou a dianteira e declarou, com notável magnetismo:

— O triunfo de nossa política será garantido se aprendermos a tocar as fibras mais sensíveis da alma humana. Aprendamos a estudar a alma — as emoções, os medos e os desejos — e a exacerbar a pretensão dos devotos da luta por um mundo melhor, mais pacífico, fraterno e justo. A multidão está num momento muito favorável, permeável a ideias fantasiosas de liberdade, justiça e democracia, ao mesmo tempo em que é capaz de levá-la gradualmente à tirania e a regimes autoritários. Os valores morais e familiares estão em crise; devemos tratar de aprofundá-la, dando ares de modernidade ao discurso. Acima de tudo, porém, aprendam a chorar e fazer chorar, ou seja, emocionem-se e emocionem o povo. A emoção é nossa maior vantagem, em todos os aspectos, quando se trata de obter algo do povo sem que ele saiba que está servindo à nossa causa. O cálculo, a insaciabilidade de poder e a estupidez dos que se orgulham saber muito são armas que precisamos dominar para dominá-los.

"No fundo, é preciso não perder de vista o que defendemos efetivamente — e arduamente — para o povo, para o mundo: governo único, moeda única e um tipo de igualdade absoluta entre todos os povos e homens, nivelando-os abaixo de nós. Tais objetivos atendem aos nossos propósitos, acima de tudo, e serão alcançados por meio de princípios como o internacionalismo sem fronteiras e o sepultamento da noção de nacionalidade. E tudo embalado pelo discurso da fraternidade entre os povos! Eis a maravilha da causa nobre de que nos revestimos. Por fim, será destruída a ideia de autoridade, até mesmo a dos pais sobre os filhos, que será cerceada pelo Estado; depois, nem sequer a autoridade do poder público sobre a população se reconhecerá. Finalmente, varreremos como a chacota que é a ideia de um Deus que vige sobre a humanidade sofrida. Quando isso se cumprir, levadas a termo aquelas reivindicações que o povo adora defender, devidamente insufladas por nós, surgirá o regime geral da anarquia, e, então, apresentaremos o nosso salvador. O mundo se dobrará satisfeito — mais: clamará — por nossas ideias de retorno à lei, à ordem e à disciplina, que se incumbiriam de trazer o progresso de volta."

Respirando fundo, olhando seus ouvintes diretamente nos olhos, continuou a mulher, que mais parecia enviada dos infernos, com trajes de rainha:

— Quando esse cenário, de completa indisciplina e ausência de autoridade reconhecida sobre os cidadãos, se concretizar, reinaremos absolutos, pois todos farão qualquer coisa para ter de volta aqueles dias que um dia viveram. O romantismo é característica dos mentalmente fracos e que juram ser inteligentes o suficiente para defender suas reivindicações. Ignoram que apenas usamos o que desejam alguns a fim de dominar a todos.

Usamos as ideias românticas que fazem da sociedade, um suposto ideal que almejam e dizem defender, enquanto forjamos uma política que os oprimirá no futuro, mas hoje ainda os conserva sob nossa bandeira. À medida que avançarem suas conquistas, eles exultarão, acreditando viver uma era nova de direitos e valores como nunca existiu. Teremos um governo de ideias universais, com vários regimes trabalhando em sintonia, como se fossem um governo único, tudo sob o belo manto da união entre os povos — mas união para nos tornar ainda mais fortes. Primeiro, uma nação; depois, um continente; e, mais tarde, os outros. Governo universal, plural e, ao mesmo tempo, popular e populista, para alimentar nosso domínio sobre as gentes.

"Quando despertarem, já serão seus filhos e os filhos de seus filhos que pensarão exatamente como queremos, segundo nossa doutrinação, e que acordarão acreditando que a corrupção é a moral; e a ditadura, a plena liberdade. Estarão doutrinados por nós e pensarão segundo nossas bases e nosso regime — e jamais serão capazes de acordar da hipnose a que se submeteram voluntariamente. Isso se dará se vocês, que nos representam, aprenderem a usar os desejos do povo contra ele próprio, aprenderem a falar o que as pessoas desejam ouvir. Vamos aniquilar o indivíduo em favor da comunidade e dar direitos aos alienados, sem que saibam ou sequer suspeitem quão caro ficará tudo aquilo que julgaram conquistar."

Novos aplausos e um brinde feito em celebração às negociações da liberdade alheia, ali realizadas.

Um novo homem foi apresentado, e, desta vez, o próprio Giuseppe foi o convidado de honra de McMuller, estreando no meio dos poderosos:

— A guerra deve gerar muito mais do que vantagens imediatas, aumento territorial ou direitos civis de liberdade e igualdade. Sobretudo, deve gerar vantagens econômicas, as quais nem sempre estarão visíveis e podem ser medidas. Trabalhemos para que as guerras humanas entre os países saiam do campo limitado dos territórios e avancem para o campo da conquista das moedas, do poder, esse poder que colocará em escala maior os direitos ecológicos, mundiais e internacionais, acima dos direitos nacionais e individuais, então apresentados como fruto da mesquinharia dos reacionários. Seremos nós que escolheremos quem mandará em quem, pois as nações mais pobres, bem como aquelas que empobreceremos por meio de nossa opinião e a de nossos agentes, comerão em nossas mãos.

"Desaprenderão o que é trabalho especializado, e, gradualmente, tiraremos de toda nação sua especialidade e aquilo que sabe fazer de melhor. Levantaremos e defenderemos a ideia de que, numa união geral das nações, elas se beneficiarão mutuamente quando começarem a comprar uma das outras aquilo que antes era característica de uma em particular. Perderão o sentido cultural de nação e, quando desejarem readquirir a prática que gera uma economia estável e define sua identidade como país, já não haverá em seu seio quem saiba como produzir ou trabalhar; estarão nas mãos de um processo universal de dependência. Não mais saberão trabalhar a terra: arar, plantar, colher; não mais serão capazes de manter a indústria própria, pois os donos do dinheiro farão ofertas cada vez mais impossíveis de ser ultrapassadas; e os países e as empresas mais frágeis perderão para quem produzir em larga escala. Como a população em geral está cada vez crescendo mais e cada vez mais desaprendendo tudo, notadamente os ofícios tradicionais, quem tem melhor oferta ganha, e o que vender seu patrimônio o perde definitivamente.

"Nesse ponto entramos em cena, apontando quem achamos que deve sucumbir no mundo dos negócios, quem não representa vantagens econômicas e quem não mais oferece segurança financeira, mesmo que os dados não correspondam aos fatos. Como o poder de fogo da imprensa é maior do que a realidade e a verdade, todos farão o que nossas empresas decidirem, e todas as nações repudiarão e evitarão aqueles que indicarmos e que devem sucumbir. Nós governaremos, pouco a pouco, sem um governo organizado, da forma como se concebe hoje. Em paralelo, insuflaremos crises globais, de modo a destruir a fé e a esperança dos povos em dias melhores. Quanto menos fé tiverem no futuro e em sua força de trabalho, mais estarão à mercê do nosso regime.

"Essa é a guerra maior, que podemos engendrar e promover nos bastidores, sem que tenhamos de nos utilizar de alguma arma mais poderosa do que a imprensa e a indústria do entretenimento, que trabalham em estreita sintonia com nossos ideais e com a ruína de pessoas e povos, desde que obtenham um pouco de atenção e Ibope naquilo que julgam defender.

"Devemos investir em tudo que figure para o povo como liberdade e libertação. Elevaremos o socialismo a salvador do mundo, pois somente quando as pessoas se renderem ao estado e depuserem todas as garantias individuais é que dominaremos definitivamente as massas e multidões. Seremos os provedores de uma nova ordem mundial, na qual incluiremos e apoiaremos — de maneira discreta, a princípio, mas, depois, cada vez mais abertamente — os regimes comunistas e outros do gênero, os quais apoiaremos como algo contrário aos regimes anteriores, democráticos, que faliram pelo abuso de poder dos homens públicos, conforme faremos questão de demonstrar. Se a cúpula concentra o máximo de poder político, muito mais fácil é se imiscuir, chantageá-la e guiá-la segundo nossos interesses. Seremos os grandes encorajadores do anseio do povo por uma revolução social e política, algo que as gerações novas nem sabem o que é e as antigas esqueceram — ou não têm mais energia para a defender, o que julgam acertado, pois minaremos suas forças através de escândalos, crises econômicas e sociais, enquanto solapamos os recursos que deveriam preservar sua saúde, destroçada pelas lutas internas e externas que a nada levaram.

"Quando criarmos crises ainda maiores nas economias mais sólidas, quando botarmos definitivamente em xeque as lideranças norte-americana e europeia; no momento em que definirmos quais países sucumbirão e quais manterão a aparência de segurança para o capital financeiro, promoveremos o caos. Jogaremos multidões nas ruas, incendiadas pelo colapso que atingirá as indústrias, o comércio e, enfim, a fonte de sustento das famílias por toda parte. A partir de então, veremos revoltas pelas maiores cidades da Europa, e o povo estará pronto a abrir mão das garantias do estado de direito. É fundamental fazer ruir o berço da civilização ocidental. A população exigirá direitos e deporá governantes, momento em que lhe apresentaremos um regime populista, que alegue defender seus direitos e a faça pensar que reconquistou a liberdade e a igualdade, ilusões necessárias para acalmar a pobreza mental das massas. As populações receberão as migalhas ofertadas por nós, se alimentarão cada vez mais de coisas inúteis e acreditarão estar conseguindo 'subir na vida', pois é de expressões como essa que os tolos se valem ao defenderem nossos ideais, iludidos e hipnotizados pela nossa forma de agir, falar e mentir. A mídia será nosso maior avatar diante das multidões, ávidas de riqueza, prazer e direitos.

"Saquearão o patrimônio público enquanto nossos representantes ferinos saqueiam os valores nacionais e os cofres de sua própria gente. Diante de milhões que escoarão para nossos representantes, o povo terá de volta a miséria dos valores solapados, mas acreditará estar fazendo justiça. Compraremos os representantes da justiça, manipularemos eleições, escolheremos nosso próprio regime e derrubaremos os mais bem-intencionados. Enquanto os milhões e os bilhões estiverem escoando dos cofres, a multidão aqui e acolá depredará os patrimônios público e privado, na voluptuosidade de quem acredita defender seus direitos mais sagrados.

"Nesse momento entrará em cena o papel da religião salvacionista, que acalmará o povo com suas crenças infundadas, mas altamente sugestivas e que, afinal, servem a nosso regime. Os religiosos, munidos de seus livros sagrados, em pouco tempo ganharão as ruas, as bancadas eleitorais e o poder público, e será divertido usá-los de maneira a se convencerem de que implantam um reino divino na Terra, mas à custa da perseguição a quem quer que não pense como eles. Enquanto acreditam representar as ideias de um pretenso reino divino, sua orgia de crenças servirá, na verdade, apenas para fazer o dinheiro quadruplicar em nossos investimentos, trazendo-o de volta a nossas mãos. Na ânsia de dominar por meio da fé, nada mais fazem do que o que nós próprios já fazemos, que é doutrinar o povo para pensar segundo a vontade da minoria, à medida que essa minoria enriquece e deixa cair no chão as migalhas com que se sustenta a ensandecida multidão de fiéis, ávida por milagres e truques baratos. A população é sequiosa por uma salvação milagreira sem exigir trabalho nem esforço pessoal. À frente de todo esse negócio divino, reescreveremos o nome do personagem adorado por tantos com as letras ou os símbolos escolhidos por nós, pois estarão todos à mercê de nosso comando. Jeu será a insígnia dos poderosos que dominarão nos púlpitos, nos altares, nas câmaras e nos gabinetes públicos.

Aqueles que não dominarmos pela crise e pela desgraça, dominaremos através das promessas salvacionistas. Nada nem ninguém escaparão ao nosso poder de fogo. Onde existir extremismo, fé exacerbada sem juízo e sem razão, e fundamentalismo, insuflaremos nossas ideias de defender a pureza e converter o mundo a um único pensamento. Quem porventura se atrever a não rezar pela mesma cartilha ou, então, criticar e emitir opiniões contrárias ao sistema religioso, será esmagado pelo medo, pela perseguição e pelo sangue que jorrará dos infiéis."

Giuseppe mostrou ser mais demoníaco do que os demais antes dele. Os planos pareciam vir direto do inferno, e não se poderia negar que ele tinha um magnetismo contagiante.

— O que nos dará força descomunal será a fraqueza dos cristãos. De modo geral, o cristão confesso, devoto e da mais pura estirpe espiritual é supremamente covarde e foge de assumir-se perante os demais. Quanto mais espiritualizado, tanto mais tímido e ridículo se mostra perante o mundo. Prefere entregar-se à reza em seus locais de culto e adoração, no conforto de seus templos e centros de estudo, a se expor em nome daquilo em que afirma acreditar. É capaz de esmagar seus ditos irmãos da maneira mais curiosa... Poucos, muito poucos têm coragem de se expor em nome da verdade que os próprios cristãos acabam por combater — e combatem-na por meio da política da bondade e da pobreza, sem saberem que sua bondade, na verdade, é pura covardia, e a pobreza que tanto glorificam é por medo de ter de abdicar de suas riquezas miseráveis para repartir com o pobre aquilo que ajuntaram ao longo da vida.

"Nada sensíveis ou caridosos para com as fraquezas e os erros de seus próprios aliados e irmãos de fé, perseguem, caluniam, inventam mil coisas contra aqueles das próprias fileiras que intentam o progresso das ideias do cristianismo, que, afinal, está decididamente vencido e fadado ao fracasso devido à covardia e ao exemplo dos cristãos.

"Enquanto são perseguidores e embaixadores da perseguição aos que erram e caem, enquanto esperam santificação e perfeição daqueles de quem cobram fidelidade, tornam-se os maiores entusiastas do crime e, portanto, condescendentes com nossas ideias e organizações. Muitos ditos cristãos espiritualizados nos colocaram no poder simplesmente porque lhes anunciamos, nas promessas de nossa filosofia e de nossa política, tão somente aquilo que gostariam de ouvir. Como abdicaram da habilidade de pensar e analisar por si próprios, acabaram tomando por verdade o que falamos e prometemos, pois tivemos o cuidado de adequar nossas palavras e promessas aos discursos do líder oficial do cristianismo. São extremamente pacientes com os ditadores e mais ousados partidários de nosso ideal, à medida que declaram defender um mundo melhor e mais justo.

"Pergunto, então: a quem temer entre os cristãos? Temer sua fé? Sua forma de agir? Eles agem como nossos seguidores e apenas querem do seu Cristo o nome e a insígnia de cristão, até porque esta é mais valorizada do que a vivência real dos princípios, que tem sido mais e mais descaracterizada.

"Como se pode notar, os cristãos mais espiritualizados são parceiros preferenciais no mundo de hoje. Não despendam sua energia com eles. Precisamos oferecer distrações cada vez mais intensas, competitivas e atraentes, sob todo aspecto, aos cristãos novos, aos religiosos e àqueles que pretendem mudar o mundo todo conservando o próprio mundo individual. Desmoralizam-se, pois vivem segundo os valores que queremos, mas professam outra coisa, numa flagrante contradição. Falam em amor, caridade, fraternidade e direitos do povo, enquanto permanecem em palacetes e escritórios, com investimentos em nossos bancos e outras situações do gênero. Discursam sobre ecologia, defesa dos direitos dos animais, apregoando a volta a uma natureza idealizada, enquanto consomem produtos da indústria e gozam dos confortos da civilização. O cristão e espiritualista não ignora nada disso, porém se omite ante a realidade; em seu orgulho, quer apenas chamar a atenção, mostrar-se diferente, enquanto compactua com o sistema que diz combater. Por isso e muito mais, companheiros, não há como temer quem tem palavras bonitas para ouvidos alheios e mãos vazias de realizações efetivas."

O fogo com que falava, o magnetismo que irradiava

ultrapassou em muito o dos oradores da noite. Giuseppe dominava a plateia.

— E perguntam ainda quem somos nós, que está por trás de nossa organização... Nós somos o sinal de que os tempos chegaram. Nossa política, outrora despercebida e rejeitada, agora mudou de sentido. Era estampada nos jornais como um capricho que nascia no meio do povo ou um pensamento que alguns ricos teimavam em sustentar, da minoria contra a maioria da humanidade. Não mais! Somos nós que dominamos em tudo: na política, na religião, na imprensa e na indústria das comunicações, principalmente, pois ela sobrevive de dinheiro e poder, de dólares e euros, de ouro e petróleo, de fama e luxúria, que arrebatam qualquer fidelidade.

"Todo mundo tem seu preço. Basta-nos descobrir onde está o valor de cada um, de cada instituição, e precificar aquilo que nos seja interessante. O mal, disfarçado de boas intenções, é hoje a solução mais pacífica para os políticos; defender nossa política é o que resta aos pobres humanos. Nem tudo que é bom é 'do bem' e nem tudo que é do bem aparenta ser bom aos olhos da população.

"Hoje ocupamos cargos importantes, e grandes setores da mídia, em vez de falarem mal de nós, defendem nosso poder e aqueles que nos representam. Os partidos que nos representam, ao redor do mundo, vêm assumindo a condição de arautos do povo e de seus direitos.

Nossos defensores são cultos, intelectuais, presidentes e governadores, assim como nos defende o cidadão comum, em meio à multidão, que quer cada vez mais benesses e deseja trabalhar cada vez menos, acomodando-se numa situação confortável, mas que o torna cada dia mais dependente. Este levanta arduamente nossa bandeira, pois descansa sua preguiça em cima de nossas ideias e de nossos ideais e, quando acordar dessa letargia, estará totalmente dopado e subjugado por nós.

"Para onde caminha o planeta, nos países onde já implantamos nossa política, já não há retorno, não há solução viável que nos desfavoreça. Criamos ídolos e mártires entre os populistas, criamos referências ideológicas irreais, que o povo defende com unhas e dentes. Enquanto isso, as teorias religiosas e o pieguismo do povo espiritualizado nos pavimentam o caminho e permitem que nos mantenhamos no poder indefinidamente, à medida que proliferam o descontrole social, as drogas e as gangues, os desafios do narcotráfico e as ilhas urbanas aonde a lei e a ordem não chegam. É muito mais fácil mudar o conceito e a narrativa oficial de tudo isso: rebatizar e glamorizar as favelas, além de criar subterfúgios para zonas de degradação social, que a incompetência dos governos e do poder público não consegue debelar. O discurso politicamente correto e a narrativa tomaram o lugar da realidade transparente, nua e crua.

Isso nada mais é do que um reflexo do nosso poder, que a cada dia deixa os governantes mais desgovernados.

"Algum de vocês por acaso já caminhou pelas ruas da Índia, pelas vilas esquecidas da China e do Irã, pela periferia de cidades como Paris, onde estamos, além de São Paulo, Rio, Caracas, Nova Iorque e outras tantas metrópoles pelo mundo? Onde está a solução para tudo isso? Nós somos a resposta mais viável! Nossa política do acobertamento e da hipocrisia, falseando a realidade, é a solução mais barata e conveniente para os políticos do mundo. Em resumo, queremos um sistema inchado e falido. Quem quiser que penetre seus domínios cresce com ele ou é esmagado e não o consegue vencer; ao contrário, é vencido a cada dia, até entregar-se à correnteza, isto é, a nós e à nossa forma de ver a vida e o mundo. Assim, conduziremos os homens da Terra à nossa finalidade maior: um governo mundial, no qual entronizaremos um dos nossos mais legítimos e fiéis representantes, indicado como salvador do mundo, que estertora e geme sob nossa pesada mão."

Irmina pediu aos guardiões para sair da reunião. Não aguentaria mais ouvir tudo aquilo, um plano atrás do outro, os quais pareciam uma sucessão interminável de projetos macabros e infernais. Dimitri e Kiev deixaram equipamentos de gravação instalados no local , que registrariam tudo, para terem acesso a todo o conteúdo da conferência. Sem nenhum comentário por parte dela, Irmina foi reconduzida ao leito, reassumindo o corpo físico. Levantou-se completamente abalada.

Capítulo 6

Detetives de dois mundos

— PRECISAMOS organizar uma equipe de pessoas de diferentes países, a fim de treinar pessoal de confiança para nos ajudar em tarefas conjuntas. Contudo, convém selecionar as pessoas, pois sabemos que existe muita gente deslumbrada com as questões espirituais, pessoas cheias de ideias preconcebidas — falou Jamar, o guardião superior, a Irmina Loyola, codinome de uma das mais sérias e competentes auxiliares dos guardiões entre os chamados viventes.

— Acho difícil, Jamar. Entre as pessoas com as quais trabalhamos, a maioria, ao reassumir o corpo após atividades do lado de cá da vida, acaba por se deslumbrar com as pouquíssimas lembranças que ainda lhe restam. Outras, imensamente religiosas e místicas, inventam cada coisa que só Deus sabe de onde tiram ou, talvez, que droga usaram para delirar tanto assim. Temos uma lista de pessoas em todo o mundo, no entanto, o Brasil, onde as ideias espiritualistas vicejam com maior intensidade, é precisamente o lugar onde se conta com mais gente mística.

— Tem razão, Irmina. Mas você há de convir que precisamos, apesar de tudo isso, arregimentar gente que ofereça o mínimo de condições para atuarmos em sintonia. Afinal, é fato que, sozinhos, não conseguiremos encampar todas as tarefas e enfrentar tantos desafios como os que temos pela frente, no curto espaço de tempo disponível.

— É verdade, mas você porventura teria algum trunfo nas mangas, quem sabe algum método para recrutar essa gente, através do qual seríamos capazes de selecionar as pessoas certas? Será uma tarefa árdua, eu sei; principalmente achar gente racional, que se guie pela razão, e não pela emoção, que tenha o pé no chão e se disponha a agir sem misticismo nem ideias preconcebidas. Isso é quase mais difícil que enfrentar os adversários.

A conversa se passava numa dimensão próxima à Terra, entre os guardiões e alguns amigos desdobrados que, já há alguns anos, agiam em parceria estreita com os guardiões. Representantes vindos de países como Holanda, Bélgica, Inglaterra, Japão, Dinamarca, Alemanha, Grécia, Brasil e Suíça se reuniam com uma equipe de guardiões amigos da humanidade, entre os quais se registrava a presença dos oficiais Jamar, Kiev, Dimitri, Watab, Semíramis e Astrid.

— A questão central é que precisamos de gente comprometida mais com a humanidade do que com a religião da qual é adepta, e esse ponto talvez indique por que seria um desafio grande — e um erro — se procurássemos parceiros somente no Brasil. Aí se tornaria realmente difícil, pois a religiosidade e o misticismo do povo brasileiro costumam prevalecer sobre qualquer conceito de razão e bom senso; as noções de pragmatismo e agilidade, cruciais para o êxito de nossas ações, sucumbem diante dos pudores moralistas e da hesitação tipicamente religiosa... Parecer certinho se torna mais importante do que a conduta moral reta, firme — que leva a resultados palpáveis e estanca o mal —, numa perversa inversão das ideias do Cordeiro. Como se não bastasse, a maior parte quer se envolver de alguma maneira com coisas novas, mas jamais com o compromisso e a lealdade, que exigem abdicar de crenças obsoletas e reeducar a mentalidade, de forma a ver as questões relativas à espiritualidade como realmente são — entusiasmou-se Dimitri em sua análise, no nítido sotaque russo que não conseguira abandonar, mesmo após tantos anos convivendo na dimensão extrafísica.

— Provavelmente isso seja verdade. Ainda assim, não podemos descartar aqueles que realmente estão dispostos a servir como instrumentos. Ademais, não podemos ignorar que existem muitas pessoas efetivamente enfadadas com o modo como vivenciam sua pretendida espiritualidade; não raro, anseiam por alguma mudança ou renovação, pois não se sentem mais satisfeitas com a prática cheia de rituais os quais não compreendem e de misticismo tolo. Repelem dirigentes e líderes espirituais à moda antiga, que querem concentrar tudo em cima ou ao redor de si mesmos — arrematou Kiev, todo interessado no assunto. — Seja como for, acima de tudo convém elaborar uma ideia mais abrangente acerca do perfil de nosso alvo. Pelo que entendi, Jamar não se refere exclusivamente a agentes do Brasil, mas de todo o mundo. Aí, as coisas mudam de figura completamente.

— Exatamente — retomou Jamar. — Não me refiro a pessoas exclusivamente do Brasil, pois, se lá encontramos ideias renovadoras de espiritualidade em maior abundância, em outros países encontramos gente disposta a servir independentemente das disputas "paroquiais" em curso no solo brasileiro. Temos a capacidade de empreender um movimento mundial. Segundo nossos técnicos na Lua apuraram, podemos arregimentar pelo menos 600 pessoas em todo o planeta, ao longo dos próximos cinco anos. Logo depois, este número decerto diminuirá, principalmente no Brasil, devido à expectativa de novidades e habilidades mirabolantes que muitos aliados alimentam em suas crendices. Não importa. Nos demais países do mundo, é possível recrutar pessoas mais livres de ideias preconcebidas igualmente cheias de vontade de ajudar e com grande potencial. Evidentemente, isso não quer dizer que devamos dispensar a ajuda dos brasileiros, sobretudo devido à importância da psicosfera do país para fomentar e florescer as ideias de aliança entre as duas dimensões da vida.

— E vocês acham que os brasileiros corresponderão ao chamado dos guardiões para estabelecer essa parceria, para formar o grupo de agentes que pretende, Jamar? Pelo que sei, brasileiros têm uma tendência forte de transformar tudo em religião. Pouco a pouco, temo eu, as pessoas mais bem-intencionadas conseguirão arregimentar aqueles que estiverem envolvidos em nossos ideais e em nossas ideias, fazendo com que se tornem auxiliares religiosos. Acabarão usando argumentos os mais bem-intencionados a fim de tirar do grupo de agentes auxiliares e frequentadores para seus grupos religiosos particulares. E tudo na maior boa vontade e generosidade, com as devidas considerações e justificativas para tal... — tornou Irmina, ainda cética em relação à proposta de Jamar.

— Com efeito, não podemos evitar isso. Entretanto, até mesmo essa atitude funcionará para nós, como um teste de aferição de valores. Ou seja, quanto mais forem místicos tais indivíduos, mais dependentes de gurus e referências humanas e religiosas, mais patente ficará que não são tarimbados para as atividades a que miramos. Notadamente, aguardaremos um tempo de maturação, durante o qual muitos dos chamados abandonarão o grupo de voluntários e parceiros. No início, esperamos grande adesão a esse investimento em favor da humanidade. Logo depois, devido ao vocabulário e à metodologia nada religiosos, e à medida que se fizerem claras as propostas, muitos sairão e serão os primeiros a ser "peneirados". Os que permanecerem serão provados, também, através de outros recursos naturais e inerentes à vida humana, tais como enfermidades, dificuldades financeiras e o estabelecimento de uma escala de prioridades, tendo-se em vista as exigências do trabalho proposto.

"E é claro, Irmina — enfatizou Jamar —, não esperamos encontrar pessoas prontas logo de início. Não arregimentaremos ninguém antes de pelo menos cinco anos de dedicação ao estudo e de assiduidade aos encontros que promoveremos. Até lá, serão testados, observados, levados ao extremo, exatamente como ocorre com todos vocês, seja a Beth Kakeoolopus, o Andrew Holmes Noirt, o Herald Spencer ou qualquer outro aqui presente. Ninguém será feito agente antes de passar pelas provas necessárias. Convém lembrar que essa é uma proposta de se alistar num serviço militar, se assim podemos nos expressar, das mais altas competência e responsabilidade no tocante à humanidade.

"Gradativamente se notará que a dependência de altares, ídolos e ícones, bem como a compulsão por manipular a fé alheia e manter-se na posição de dirigente de trabalhos religiosos, por si só, constitui elemento que descredencia os indivíduos ao trabalho com as forças da justiça. Toda e qualquer dependência em relação a alguém como referência espiritual, e até mesmo o simples fato de a pessoa achar que é chefe de alguma coisa ou senhor de alguma comunidade, já a desabona para o gênero de tarefas que temos pela frente. Algo equivalente pode ser dito sobre quem insistir em manter rituais que constranjam ou limitem intimamente a própria fé, uma vez que não suportará ser questionado a respeito de suas crenças e atitudes, em face da necessidade inegociável de rever o modo como pratica a espiritualidade. Quem não estiver pronto tanto para ser questionado em seus fundamentos quanto para questionar até mesmo os dirigentes espirituais que o orientam sem dúvida não estará pronto para atuar lado a lado com os guardiões.

"Como se pode notar, precisamos de ao menos cinco anos até certos conhecimentos serem compartilhados, dando tempo para que os recrutas desenvolvam o senso de serviço em prol da humanidade, para que amadureçam e libertem-se dos atavismos milenares que os prendem aos seus ritos e às suas ideias religiosas. Não espero, sinceramente, que a primeira fase se conclua antes de cinco anos. Se porventura, dentro de cinco anos, cada núcleo tiver ao menos cinco pessoas que sobreviveram ao treinamento intensivo dos guardiões, já será um resultado muito bom, bem acima de nossas expectativas."

— Mas cinco pessoas em cinco anos é muito pouco, Jamar! Não está exagerando?

— Verá na prática, Irmina; verá por si mesma — respondeu Jamar, seguro do que dizia, pois baseara suas previsões na análise das fichas cármicas de certos candidatos, isto é, a ficha de serviço de cada um, conforme o banco de dados que os guardiões planetários mantinham na Lua, no quartel-general. Tais registros abrangiam inclusive o período entre vidas daqueles que seriam atraídos pela proposta.

Complementando as observações, Astrid tomou a palavra e ponderou:

— Se considerarmos que o preparo de um guardião superior, nos estudos de iniciação do lado de cá, consome aproximadamente 40 anos antes que ele seja integrado em caráter definitivo a nosso colegiado, então cinco anos é muito pouco.

— Bem, Astrid, aí você apelou! — falou Irmina para a guardiã. — Não há como comparar o tempo de preparo na dimensão extrafísica com a realidade dos viventes, sobretudo se levarmos em conta a demanda urgente que temos por agentes e auxiliares volitadores.

— É importante observar alguns aspectos, meus caros — interferiu Jamar, num tom mais próximo, como amigo pessoal dos agentes ali desdobrados, os quais se mantiveram em relativo silêncio, apenas observando e ouvindo antes de se manifestarem. — É verdade que precisamos com urgência de ajuda, de volitadores conscientes de suas responsabilidades. Contudo, formar pessoas boas no que fazem não é tarefa fácil nem do lado de cá da vida. Não devemos ter pressa.

"Aqueles que resistirem ao treinamento, ou seja, perseverarem e derem provas de confiança e comprometimento, terão acesso ao nosso colegiado do lado de cá, em desdobramento. Serão oferecidas 200 vagas na escola dos guardiões para os estudiosos e candidatos de todo o planeta. Durante o período do sono físico, após o segundo ano de estudos e treinamento, poderão obter acesso às nossas escolas de formação do lado de cá. Naturalmente, aqueles que se esforçarem para tanto.

"Em relação a quem se afastar da equipe que será chamada ao serviço, não significa que estará contra nós ou perdido espiritualmente; de modo algum. Apenas precisamos de soldados, e não de seguidores; precisamos de força de combate contra as obras das trevas, e não de missionários da consolação. Sobretudo, necessitamos de parceiros para a tarefa de esclarecimento, e não de consolo. Se esses elementos ficarem o mais claro possível aos recrutas, o restante aprenderão nos estudos de especialização.

"De todo modo, advirto-os: não esperem milagres, não depositem esperança na resposta de pessoas boazinhas e não acreditem naqueles que dizem amá-los ou que afirmam que se pode contar com eles incondicionalmente. Muita declaração e promessa, muita falácia; muito sentimentalismo, muita falsidade. Em nossa tarefa, as atitudes são mais fortes e convincentes do que mil juras de amor, fidelidade e dedicação. Verão isso por conta própria."

Após conceder breve pausa enquanto distribuía documentos e cópias de arquivos sobre as primeiras pessoas que receberiam o convite para participar da escola de novos agentes entre os encarnados, Jamar concluiu:

— Daremos o nome ao grupo de estudiosos e recrutas de Colegiado de Guardiões da Humanidade. Assim será a fim de deixar impresso, na mente das pessoas que aceitarem o convite, que não estamos fundando uma religião, muito menos uma seita ou um sistema filosófico, mas, sim, núcleos de aperfeiçoamento permanente, através dos quais desenvolveremos habilidades adormecidas nas pessoas e as capacitaremos para serem nossos auxiliares desdobrados, visando aos momentos de transição que se avizinham no panorama terreno. Nada de expectativas, zero de decepções: que seja essa a regra principal.

Os presentes analisavam as fichas de algumas pessoas que receberiam o chamado e, também, daquelas que lhe atenderiam, bem como de alguns que deixariam a tarefa no meio do caminho.

Robson Pinheiro permaneceu calado durante o tempo todo.

— Não vai perguntar nada, Robson? — dirigiu-se a ele Jamar, já quase sabendo a resposta. Irmina riu disfarçadamente.

— Está louco? Eu sei que vai sobrar para mim. Se eu perguntar qualquer coisa, virá você com mais trabalho.

— Normalmente, para as tarefas mais importantes, procuramos as pessoas mais ocupadas. Quem quer vai e faz; quem não quer sempre encontra uma desculpa ou uma justificativa. Como sei do seu comprometimento e do de Irmina com o trabalho e a humanidade, chegamos à conclusão, eu e os demais guardiões, de que vocês dois serão os responsáveis pelo Colegiado em todo o mundo, dividindo as responsabilidades e multiplicando os resultados.

Robson levantou-se de supetão.

— Eu não quero fazer parte disso de jeito nenhum! Trabalhar com gente louca e religiosa não é para mim. Sou apto a lidar com obsessores, quiumbas, magos negros e o diabo a quatro, mas, com religiosos, jamais. Não conte comigo; estou fora dessa. Irmina tem mais vocação.

— Estarei com você, Robson; não se preocupe. Precisamos agir em conjunto — ensaiou Irmina.

— Lidaremos com questões complexas, e vocês são pessoas que sabem muito bem enfrentar os desafios. Já passaram por provas as mais absurdas, enfrentaram enfermidades, a ruína financeira, a calúnia e a difamação, a falsidade e outros tantos desafios que nunca os fizeram desistir. Então, não temos outra saída senão confiar em vocês.

Robson olhava fulminante para Jamar, como se quisesse matá-lo, caso pudesse. O guardião levantou-se da poltrona onde estava recostado e, à frente de todos, abraçou Robson e deu-lhe um beijo na face. Ele venceu a resistência do agente. Robson chorou.

— Eu amo você, Robson. E sei que jamais me abandonará neste desafio.

Ruborizado e ainda emocionado, o agente respondeu-lhe, baixinho:

— Conte comigo! Estou à disposição.

Irmina olhou para ele e mostrou-lhe a língua, num gesto puramente humano.

Jamar transmitiu instruções de caráter prático diante de todos:

— Cada um de vocês formará um grupo em seus países. Serão 12 que orientarão os grupos, porém, tenham cuidado para não constituírem grupos religiosos e comprometerem a finalidade para a qual foram pensados. Irmina criará três grupos e coordenará os demais em primeira instância, juntamente com Robson, que dará cobertura nas questões espirituais, nos ensinamentos e nos treinamentos, porém, não transmitirá a todos os integrantes o conhecimento de maneira igual. Deverá identificar quem merecerá confiança, efetivamente. Além disso, Robson, você fundará sete colegiados, além de aguardar novas instruções para ampliar o chamado ao mundo todo, numa linguagem que levará o treinamento aos quatro cantos sem requerer maiores desgastes.

— E como você espera que eu tenha recursos para viajar o mundo assim?

— Primeiro, você terá de fazer as pazes com o dinheiro. Depois, já lhe foram destinados recursos suficientes, por meio da difusão de conhecimentos, cursos e outras fontes de renda. Se você abriu mão dos frutos que competiam a você, terá de reavê-los. Fato é que todo o seu trabalho até hoje foi apenas um treino para o que está por vir. Nada, nenhuma tarefa foi estabelecida por acaso. Pense nisso e encontrará um meio para colocar-se a serviço dos guardiões, como e onde você for chamado. Daremos cobertura a você por meio dos outros agentes, mas terá de se expor, de lutar, de enfrentar obstáculos, de dar a cara a tapa e muito mais coisas que o esperam. Nunca estará só, como já sabe. Nem você, nem Irmina, nem os demais agentes: Andrew, Beth e os outros, com os quais poderá contar incondicionalmente. Então, meu amigo, reorganize sua vida e assuma o legado que lhe foi confiado.

Robson temeu por seu futuro.

— Conduziremos até você alguém que lhe dará o apoio energético e emocional necessário para enfrentar os desafios. Mas lembre-se: nunca repousamos sobre os ombros de um só uma tarefa de tal magnitude. Assim, se um falhar, recorreremos àqueles previamente preparados. Caso lhe faltem o apoio devido e o que esperamos para seu amparo, não hesitaremos em substituir quem foi chamado por outro, pois Deus jamais confia uma tarefa como esta nas mãos de um só soldado. Se porventura seus apoiadores falharem ou se perderem em indecisões e temeridades, não temos como perder tempo. Há outros em vista, mas sozinho você não ficará. Nem você nem Irmina — tenham certeza disso. Hipotecamos nosso amor e comprometimento com vocês, e, mesmo que estejam aparentemente sós, jamais os abandonaremos na luta. Isso se estende a todos os agentes que convocamos e nos quais confiamos.

Irmina se emocionou. Abraçou o amigo Robson como a um irmão que estivesse junto dela há muito tempo. Seria duro o percurso que tinham pela frente.

Depois da reunião e acordados os preparativos, Irmina abraçou-o novamente, enquanto o reconduzia ao corpo físico.

— Eu sabia que você era tão louco como eu. Adora

um desafio e um problema. Agora, cabe a nós programar um encontro a fim de ajeitarmos as questões mais práticas de nosso trabalho.

Robson voltou para o corpo. Desta vez, sem se recordar de nada, pelo menos no momento e nos dias subsequentes àqueles eventos na dimensão extrafísica que definiriam o papel dos volitadores que auxiliariam os guardiões. Somente mais tarde, meses e meses depois, ele se lembraria, ao encontrar os demais agentes. Muito tempo depois...

•••

A ENTIDADE FALAVA com voz rouca e destemida; não um sussuro, mas um grasnar, como se fossem corvos que gritassem, emitindo aquele som infernal, rasgando a garganta até sair o produto do seu esforço na forma de uma voz maquiavélica, abominável. Soava fantasmagórico para a mulher que o ouvia, uma dama que dirigia uma das mais prósperas nações do planeta. Em sua língua materna, perguntou à mulher que detinha o poder em suas mãos, a chanceler de um povo que merecia respeito:

— Há alguém aí?

Uma presença, apenas! Negror! Fumaça! Uma aura quase palpável, um odor que era um misto de esperma, enxofre e fuligem, acompanhado de muito ódio, repulsa e uma tremenda sede de destruição.

A entidade colocou-se bem acima da mulher, num local no teto do ambiente onde ela repousava e, logo depois, jogou-se do alto como um projétil, encarando-a frente a frente. Ela arrepiou-se toda, pressentindo algo não muito bom — afinal, as mulheres possuem um sexto sentido dificilmente explicável pelos conceitos da lógica e da racionalidade. Ela apenas sabia que algo não estava bem ali. Mas, para além da sensação, não poderia ver ou ouvir a estranha criatura, que se fizera invisível, embora em muitas ocasiões pudesse se fazer perfeitamente palpável, de modo que pudesse interagir com os humanos, a quem tanto desprezava.

Ficou à frente da mulher a estranha criatura. Ele representava uma lenda, um pesadelo medieval presente nos dias atuais. Uma realidade que quase nenhum homem da Terra poderia imaginar existir nos idos do século XXI. Mas existia, apesar das teorias contrárias e dos argumentos daqueles que pretendiam demonstrar que sua forma de pensar era a mais correta, embora negassem o que desconheciam. E, se desconheciam, logo, não existia, segundo sua lógica suprema. A despeito de toda a incredulidade acerca de sua forma de vida, lá estava ele; era uma realidade.

O ser abjeto postou-se diante da dama, tornando realidade um pesadelo que ela jamais imaginaria ter;

uma silhueta absolutamente esfumaçada, de uma negritude que assustaria quem a visse, e talvez fosse mais bem-descrita numa das telas do célebre Salvador Dalí. Surreal, inimaginável, mantinha os olhos vermelhos injetados de sangue. Assim a entidade se apresentava quando não materializada completamente diante das vistas humanas. Quase saltando das órbitas, os olhos fitavam a mulher de maneira penetrante, quase devassando-a, desrespeitando sua pessoa e maculando seu espírito, além de querer profanar seu corpo, como fizera antes com dezenas de pessoas. Diante dela, porém, ele sentia-se impotente para fazer suas estripulias e usar seu poder mágico, seu magnetismo e sua sensualidade. Ela simplesmente era firme em seus propósitos e tinha uma vontade férrea. Sabia a estranha criatura que não a dominaria assim, tão facilmente, e em segredo já alimentava dúvidas sobre se a dominaria efetivamente algum dia. Mas, se não a dominasse, a destruiria. Disso ele estava cheio de convicção. Com uma malícia nunca antes vista em seu olhar, fitava-a diretamente nos olhos, sem piscar, concentrando toda a sua força mental naquele ato. Ela resistia bravamente, embora pressentisse que algo diferente e muito estranho estivesse em curso.

Ela sabia que havia algo de descomunal presente ali. Estava convencida disso piamente, embora não pudesse compartilhar nada a respeito daquilo em que acreditava com ninguém de suas relações. Ademais, tinha responsabilidades que estavam acima de sua tranquilidade emocional. Jamais poderia vacilar. Não obstante, sabia que havia algo, um ser estranho, uma entidade macabra ali presente. Era algo não material, e, convencida de que não poderia percebê-lo com os olhos, apenas pressentia a presença horrenda, inumana, implacável. Em outras ocasiões, com outros chefes de governo, ela havia percebido fenômenos como aquele, mas não tinha com quem conversar sobre isso e sobre outras coisas que julgava estarem por trás de certas situções mundiais. Sua posição era de alguém em completa solidão. Mas esse fato não era causa de sofrimento e angústia, pois seu sentimento de patriotismo, de amor pelos compatriotas e, em extensão, pela humanidade não lhe permitia sofrer ou sucumbir à depressão. Era uma mulher de ferro, mas comprometida com a ética, sobretudo.

Naquele momento, ela ficara muito nervosa, pois nunca percebera algo do gênero de modo assim, tão concreto quanto agora, quando se preparava para uma reunião das mais importantes, em que se definiria o papel da Grécia ante a comunidade internacional. Não poderia vacilar. Milhares, milhões de pessoas dependiam de sua atitude e de sua resposta à conjuntura complexa da economia internacional.

O ser semimaterial a espreitava, quase tocando-a.

Então ela resolveu fazer uma experiência maluca, num átimo. Imaginou-se frente a frente com a horrenda criatura, que para ela não passava de um demônio, na acepção comum do termo — embora isso não estivesse longe da verdade. Mentalizou o ente maligno e encarou o vazio convencida de que encarava o ser medonho. Conseguiu perceber o cheiro podre que emanava do estranho que a visitava. Ainda assim, não tirou os olhos do local onde supunha estarem os olhos da criatura. A tensão aumentou. Respirou profundamente enquanto arregimentava as forças de sua alma e colocou em seu olhar o mesmo magnetismo, a mesma força mental que concentrava em outras ocasiões, quando se dirigia à multidão ou a representantes de governo e do Parlamento Europeu, em particular. Era uma energia que dificilmente poderia ser enfrentada por qualquer ser. Ganhou força, venceu o medo da horripilante criatura e, mesmo sem vê-la, mas percebendo-a, inteiramente sentindo em cada célula a fuligem viva e negra do demônio semimaterializado, enfrentou-o como nunca o fizera em toda a sua vida. Enfrentou-o com a força de sua vontade firme, indomável, férrea. A entidade teve de contrapor-se a uma força descomunal sobrepondo-se à dele. Vacilou pela primeira vez, diante da mulher que pretendia subjugar, vencer — mas quase ele foi o vencido.

O ser abominável reuniu as forças da escuridão interna de sua alma e concentrou-se ainda mais no embate mental e espiritual que travava ali, minutos antes da reunião, que contaria com representantes do Fundo Monetário Internacional e do Parlamento Europeu. De suas ventas, de suas narinas, uma aragem fria, úmida, mas pegajosa ao extremo parecia querer sair em direção à sua vítima. O odor de podridão misturada a esperma emanava em jatos com tal intensidade que a mulher o sentia, em toda a sua hediondez. Tinha a mais absoluta certeza de que havia um ser espiritual da mais baixa e vil categoria ao lado dela, exatamente no momento em que repousava em suas mãos o destino de milhões de pessoas e de toda uma nação; quiçá do Velho Continente também. A entidade começou a rir, a zombar, tentando vencer a inquebrantável obstinação mental e a determinação da mulher. Ele não ignorava que era pressentido e que ela sabia de sua presença ali. Era um embate diabólico de forças titânicas.

Foi então que ele pronunciou algumas palavras, na esperança de que, se ela o percebia e registrava sua presença, talvez pudesse ouvi-lo e vê-lo, embora conservasse sua forma extrafísica original, não tangível.

— Você sabe quem sou! — falou em seus ouvidos, desviando-se ligeiramente da firmeza do olhar da mulher.

Sem dúvida alguma, a mulher tinha ciência de que lidava com uma força sobre-humana. Mesmo que não soubesse a identidade do ser, ela reconhecia que ele estava ali. E estava sozinha para enfrentá-lo; ela, somente, e a força de sua determinação, movida por seu profundo senso de compromisso com a humanidade. A criatura repetiu:

— Você sabe quem sou e me conhece muito bem.

Certamente, havia todo motivo para que ela tivesse um colapso ou se instaurasse uma crise de pânico, mas os deveres a chamavam e não era dado o direito de sucumbir assim, diante do invisível. Enfrentando mais determinada ainda a influência nociva da entidade abjeta, visualizou raios de luz saindo de seus olhos enquanto intimamente fez, em silêncio, uma oração:

— Senhor, sabes muito bem o que confiaste em minhas mãos. Milhões de filhos teus dependem de mim neste momento crítico em que se encontra a humanidade. Me fortalece e usa minha vontade firme, aumenta minha força e minha resistência, pois nenhum demônio me demoverá de fazer aquilo que minha consciência me dita como sendo o caminho correto.

A oração foi sincera, curta, mas portadora de uma força descomunal.

A entidade contorceu-se toda. Caiu ao chão, revolvendo-se de um lado para outro. No mesmo instante em que Angela exprimiu aquelas palavras no mais solene e impávido silêncio, dois guardiões rasgaram a membrana psíquica que separa as dimensões e quase se materializaram ao lado dela, embora invisíveis aos seus olhos. Imediatamente, ela sentiu alívio, enquanto a horripilante entidade escorregava como uma lagarta gelatinosa, querendo correr, mas só podendo se arrastar ante a presença de emissários da justiça. Angela percebeu o alívio, respirou fundo e novamente formulou uma oração, agora, em voz alta:

— Obrigada, Senhor!

Em seguida, saiu acompanhada dos dois emissários, que empunhavam cada qual um instrumento em forma de espada.

A entidade usava suas garras em forma de dedos para escalar prédios, arrastar-se, tremendo como nunca. Esgotara suas energias diabólicas perante a intrepidez daquela mulher. Ele não pôde vencê-la, ainda. Mas, por ora, só pensava em roubar energias. Precisava urgentemente vampirizar alguém para se recompor, senão não conseguiria se materializar novamente, isto é, reassumir a forma humana. A criatura tinha toda a razão de estar aterrorizada, pois sua presença se revelara abertamente aos guardiões. Não poderia se esconder mais.

Angela se retirou para a conferência, enquanto palavras para lá de estranhas ainda ressoavam em sua cabeça, como uma ameaça: “Você não se livrará de mim, Angela. Não pense que escapará!”.

Dimitri e Kiev se posicionaram ao lado da chanceler enquanto viam o agênere se distanciando do palco dos acontecimentos. Ambos sabiam não competir a eles enfrentar o ser semi-humano. Por ora, tinham outros desafios pela frente.

— As coisas estão se complicando, amigo — falou Kiev para o outro guardião. — Precisamos urgentemente que entrem em ação os agentes convocados por Jamar. A situação parece exigir medidas drásticas.

— Com certeza, Kiev — retrucou Dimitri. — Primeiramente, o que vimos em meio à reunião dos Bilderbergs; agora, no Parlamento Europeu. Daqui a pouco, serão outros alvos, e, caso consiga apenas um dos seus intentos, a entidade sairá mais forte e convocará os demais agêneres espalhados pelo mundo. Parece que o tempo dele está se esgotando, e seus mandantes o pressionam.

Kiev empertigou-se todo, como se tentasse se espreguiçar, mas sem perder a compostura. Escorregou-se por um pedestal e desceu como um paraquedista, pairando, planando sobre a estrutura do parlamento. Outros sentinelas estavam de prontidão ali, aguardando a resposta dos homens diante da crise em andamento; nada poderiam fazer para ajudar se não fosse permitido por eles. Não impunham sua vontade nunca, mesmo que fosse para o bem.

— Se não acontecer uma mudança na situação envolvendo o agênere, dificilmente conseguiremos modificar a direção dos acontecimentos a partir daqui. Com efeito, necessitamos do apoio de nossos parceiros. Como o tal espírito está semimaterializado, seria mais fácil contar com alguém entre os viventes também, a fim de o enfrentarmos em conjunto.

— Em pensar que aqui dentro, em meio a toda essa gente que se considera investida de poder e que tenta, assim, reverter o caos, somente Angela conseguiu alguns instantes de oração.

— Mas nossa equipe pode muito bem banir daqui os espíritos que tentam influenciar os dirigentes mundiais. Já fizemos isso em outras ocasiões! — falou bravo Dimitri, pois trazia em si a herança guerreira dos tempos dos czares.

— Porém, neste caso, amigo, não temos permissão de Anton, Jamar ou Watab — embora chateado com a situação, Kiev não desanimou.

— Os espíritos responsáveis pelo assédio da maioria dos presentes não compareceram à toa. Se realizam e logram relativo êxito nesse tipo de empreitada é porque seus alvos não são vítimas, mas apenas alvos.

— Ou seja, foram convidados, encontraram a porta aberta e passaram a assediar muita gente grande e representativa por aqui.

— Sim. Não estamos diante de uma luta contra facções do submundo. Há muito mais em jogo aqui, pois milhões de cidadãos poderão sofrer os reveses das decisões tomadas aqui, no Parlamento. Os homens também precisam enfrentar os resultados de atitudes, escolhas e políticas. Não podemos simplesmente desfazer tudo, sem que aprendam as lições. Além do mais, a situação agora é outra. Há a intrusão de um agente da oposição que se encontra materializado temporariamente entre os viventes. Precisamos ter cautela.

— Mas são amargas lições — profetizou Dimitri.

— Claro. Podemos defender a lei e a justiça, mas jamais impedir que a lei se faça. Ação e reação são efeitos que os homens precisam enfrentar no momento oportuno. Estaremos de prontidão, mas não para impedir que a lei se cumpra, ainda que seu cumprimento traga o corretivo da dor.

Enquanto isso, Jamar e Watab davam a ordem para o agente especial entrar em ação. A caçada começava.

Oito agentes dos guardiões foram convocados para trabalhar desdobrados em sintonia com o agente especial. Tratava-se de um espírito da equipe dos especialistas, que sabia lidar muito bem com ectoplasma e com fenômenos especiais entre os mundos. Em oito países da Europa, em suas capitais, foram instalados instrumentos apropriados para localizar o aumento da emissão de ectoplasma. Irmina, pessoalmente, estaria de plantão, uma vez que já estava envolvida até o pescoço com a história do ser obscuro. Ela pedira aos amigos Marshall, Gilleard e Yoshida para se colocarem a postos, cada um num ponto determinado do continente, além de contar com os demais agentes desdobrados.

Yoshida entrou no meio de um grupo de turistas e se dirigiu a Roma, mais precisamente à Igreja do Sagrado Coração de Jesus em Prati, conhecida como Igreja do Sagrado Coração do Sufrágio. Yoshida nutria expectativa de encontrar uma pista ali. Situa-se às margens do Rio Tibre, ao lado do Palácio da Justiça e do Castelo Sant'Angelo, a partir do qual, seguindo pela movimentada Via della Conciliazione por cerca de 750m, chega-se à Praça São Pedro, na Cidade do Vaticano. Adjacente à igreja, erguida em estilo neogótico, está o Museu das Almas do Purgatório, envolvido em mistérios desde sua construção. Era por ali que Yoshida queria começar a busca pelo inumano.

Capítulo 7

Sob as vistas da Santa Sé

ENQUANTO isso, Marshall estava a postos em Milão, bem próximo ao hotel onde McMuller e Giuseppe estiveram. Alguém teria de permanecer ali, de plantão, justamente para avisar Irmina caso a aberração aparecesse novamente. Gilleard, por sua vez, escoltado por dois homens de sua confiança, dirigiu-se até o cativeiro onde fora drogado após ter sido sequestrado pelos capangas de McMuller. Todos estavam conectados por rádio e telefone celular, para a eventualidade de um ou outro falhar. Irmina faria contato com a polícia e trabalharia diretamente ligada aos investigadores, procurando rastrear assassinatos misteriosos e, quem sabe, algo mais que despertasse suspeição.

O agente especial dos guardiões sabia muito bem com quem estava lidando.

— Irmina e seus amigos estão de plantão 24 horas por dia, aguardando uma manifestação do espírito das trevas — informou o agente especial. Dois companheiros de trabalho, Cortez e Ivan, auxiliariam durante a caçada ao homem mau, como apelidaram o agênere. — Temos de encontrar um rastro magnético do ser das sombras e segui-lo até seu esconderijo. Mas será muito mais fácil para Irmina do que para nós, pois ela é uma vivente experiente em buscas assim. Pelo que sabemos, a cria das sombras saiu desvitalizada de seu último encontro com a chanceler alemã. Portanto, procurará se alimentar, isto é, roubar fluidos de suas vítimas. Resta-nos ater-nos aos locais mais prováveis e seguir cada rastro magnético da estranha criatura. Ela...

Todos fizeram silêncio repentinamente. Cortez e Ivan pegaram suas armas elétricas e ficaram a postos. O agente especial aguçou seus sentidos e esperou pelo provável confronto. Mas nada. Era apenas um espírito dos mais insignificantes, utilizado pelo homem mau para distrair a atenção da equipe que o caçava. E ele, o agênere, tinha ciência de que era caçado. Os guardiões sabiam que, sem o fator-surpresa, decerto as coisas não seriam assim tão fáceis. De todo modo, ele não enviara nenhum especialista das sombras; nenhum mago negro viera o defender, pois, em momentos como esse, os tais fugiam e deixavam seus aliados sozinhos. Não queriam se comprometer. Não compareceram exércitos das trevas ou nenhum técnico especial advindo das sombras mais escuras. Tratava-se apenas de um ser raquítico, algum espírito que havia deixado seus despojos físicos debaixo de uma marquise qualquer, perdido a vida como mendigo ou algo do gênero. Ninguém especial que exigisse atenção dos agentes da justiça ou mesmo dos dois sentinelas que estavam ali para auxiliar. Nada disso. O ser aproximou-se devagar, primeiramente voando um voo torto, parecendo uma máquina de voo que esboçava cair a qualquer momento, para depois escorregar pela calçada e bater fortemente contra um monumento qualquer na praça da cidade onde os três agentes conversavam. Não era um espírito agressor, muito menos mau. Era um pobre infeliz que fora obrigado a servir de porta-voz a Giuseppe.

— Vocês são da ordem dos guardiões? São os especialistas enviados pelo povo lá de cima? — perguntou fungando a louca criatura, enquanto espirrava, tossia, como se estivesse ainda presa ao antigo corpo físico, que, àquela altura, já teria se decomposto.

— Sim, somos os enviados dos guardiões superiores — respondeu Ivan ao espírito sem nome.

— Giuseppe tem um recado para todos vocês! — o miserável usado pelo agênere passou bem em frente aos três, agora falando com o dedo em riste, como se fosse alguém superior ou abusando de uma suposta imunidade. Com uma voz estridente, que parecia forçada, gritava como se estivesse longe dos agentes: — Giuseppe manda dizer: "Eu venci seus protegidos, filhos do Cordeiro! Ganhei a guerra antes que ela começasse. Os governantes são meus; a Europa é minha; e eu sou o marechal do poder! Qualquer mortal que estiver em meu caminho, eu o vencerei com a mesma férula, o mesmo poder e a mesma arma que tenho usado sempre!".

O espírito insignificante, para o desenrolar da história, bateu em retirada antes mesmo que um dos auxiliares do agente especial tomasse alguma atitude. Temia receber um bofetão e sair rolando pelo chão, como Giuseppe lhe fizera alguns momentos antes.

— Não precisamos temer. Ele está faminto e tenta desviar nossa atenção. Se estivesse tão seguro assim, não teria se dado ao trabalho de enviar alguém para nos distrair.

A fome de Giuseppe, na verdade, era de fluidos, de ectoplasma, que ele roubaria sem pudor de qualquer um que lhe cruzasse o caminho. No entanto, ele tinha dois excelentes doadores, os quais, em troca de prazer, de sexo e outras compensações, de bom grado lhe serviriam indefinidamente, como baterias vivas. Os dois doadores eram também seus auxiliares; mais que isso, escravos voluntários de seus instintos e suas paixões mais vis.

Agêneres dessa categoria, ou aparições tangíveis, todos podem ver, tocar e, dependendo da natureza moral e da veleidade de suas paixões, até manter com eles relacionamentos íntimos — examinem-se os relatos a respeito de íncubos e súcubos, numerosos sobretudo durante a Idade Média, à luz da teoria das aparições tangíveis, que oferece explicação consistente para as figuras ora consideradas lendárias. A natureza dos agêneres, apesar de sua materialidade, é incompatível com a do homem, ou seja, não estão encarnados, no sentido do termo, mas corporificados, pois assumiram um corpo aparente apenas, ainda que em tudo semelhante ao humano. Por essa razão, não se reproduzem jamais. Como seu caráter em regra é inferior, incitam as mais vis paixões e, no contato com os seres humanos, passam a exacerbar também as paixões daqueles por meio dos quais se locupletam. Em suma, ainda hoje, em pleno século XXI, há muito mais coisas entre o céu e a terra do que podem sonhar as vãs filosofias humanas...[1]

Os agentes invisíveis tomaram a decisão de recorrer a Irmina imediatamente.

— Nós precisamos também encontrar McMuller — disse o agente especial. — Ele corre perigo de morte. Com a fome de fluidos com que Giuseppe está, o primeiro a quem ele provavelmente recorrerá será o banqueiro, dada a afinidade fluídica já estabelecida e a inexistência de quaisquer barreiras da parte do encarnado. Convoquemos Irmina para procurar McMuller urgentemente.

Deslizaram nos fluidos ambientes até um lugar onde tinham deixado um veículo extrafísico, que lembrava uma plataforma em formato oval, com um console à frente, o qual alguém pilotava. A plataforma levantou voo numa velocidade dificilmente

[1] Cf. "Os agêneres". In: KARDEC. *Revista espírita*. Op. cit. Ano II, 1859. p. 61-68.

imaginada, dirigida por um dos sentinelas. Em apenas alguns minutos, estavam na delegacia onde Irmina, ao lado do delegado, examinava documentos e procurava pistas.

Entrementes, Marshall cansou-se de esperar no hotel e já estava prestes a desistir. Na verdade, a ansiedade era tal que nem percebeu Antônia entrar e sair logo depois, pois a confundiu com uma mulher qualquer das que se hospedavam ali. Pudera: tinha a atenção voltada para dois homens, Giuseppe e McMuller, este, a principal fonte de sustento do agênere. De modo geral, Antônia permanecia na retaguarda, levantando menos suspeitas; o que ninguém sabia, porém, era que Antônia já se dirigia ao ponto de encontro com Giuseppe. Ele a havia chamado, pois pretendia alimentar-se das energias dela, uma vez que, àquela altura, tentava a todo custo não exaurir nem matar mais ninguém, preocupado em não deixar pistas por onde passasse. Afinal, sua posição estava comprometida; havia gente no seu encalço, dos dois lados da vida.

Antônia deixou o hotel, no centro de Milão, e rumou imediatamente para Roma. Um jato já a aguardava no aeroporto de Linate, a apenas 7km dali. Em pouco mais de uma hora, estaria na Cidade Eterna. Uma vez lá, entraria sorrateiramente no meio de um grupo de turistas e se dirigiria ao Vaticano, a um local previamente acordado entre ela e Giuseppe por telefone. Seu coração palpitava; a adrenalina tomava conta de seu ser e a enchia de excitação. Os hormônios estavam à flor da pele, e ela desejava ardentemente se entregar a seu amante e senhor. Estava totalmente subjugada pela entidade faminta de fluidos e desejos carnais.

Quando Antônia sobrevoava a Toscana, entregue a fantasias eróticas e a uma dose do melhor uísque, Yoshida pensara em desistir da Igreja do Sagrado Coração do Sufrágio, pois não encontrara nada que sugerisse a presença do inumano. Porém, tão logo botou os pés na rua, sentiu algo no ar. Seu sexto sentido indicava algo diferente. Não pensou duas vezes, tampouco tentou interpretar o que sentia ou percebia. Ligou imediatamente para Irmina:

— Venha logo! Tem algo por aqui. Creio que encontrei uma pista.

Ao se colocar a caminho, Irmina convocara os outros dois amigos, que vieram em disparada. Mas os espíritos dos agentes especiais chegaram primeiro, é claro. Assim que adentraram a Igreja do Sagrado Coração do Sufrágio, distinguiram nitidamente algo no ar. Giuseppe realmente estivera ali. Deixara impregnada no ambiente sua marca, sua identidade energética. O japonês esperava Irmina à frente da igreja ansioso, quase aflito.

•••

DIAS ANTES...

"Estou enfraquecido" — pensou Giuseppe assim que se abrigou no Museu das Almas do Purgatório. "Aqui, dificilmente me encontrarão, e estou a um pulo do Vaticano. Lá, nos corredores sombrios dos lugares proibidos, ninguém será capaz de me encontrar."

Havia alguns espíritos miseráveis à porta, além de outros poucos que perambulavam como mendigos dentro da igreja. Até eles mesmos tinham medo do lugar, a despeito da presença dos turistas, devido à fama relacionada a fenômenos paranormais. Giuseppe, já rematerializado, dava mostras de grande abatimento; a aparência de outrora, de um homem sedutor e elegante, dera lugar à estampa da decadência, resultado do embate energético do qual saíra derrotado. Precisava se recompor urgentemente. Nunca, jamais esperava que aquela mulher miserável o encurralaria e enfrentaria, sobretudo, que um chanceler, um líder político, apelaria à oração como maneira de pedir socorro. Algo inimaginável, que não poderia ser previsto. Era de matar — matar de ódio.

Um espiritozinho aproximou-se dele, fitando-o de maneira a despertar sua atenção.

— Venha aqui, miserável! — ordenou, assustando o espírito.

— Você me vê, você me vê! Então deve ser um médium — e aproximou-se de Giuseppe com interesse, sem saber o perigo que corria.

O homem mau encarou-o perigosamente. Detectou resquícios de fluidos densos impregnados na aura do miserável. Sondou-o mais ainda e descobriu medo e culpa envolvendo o ser à sua frente. Foi o bastante. Sugou-lhe todas as reservas de energias densas impregnadas em seu perispírito. O ser gemia de dor e, esbaforido, quase sem fôlego, clamou:

— Pare! Pare pelo amor de Deus, seu vampiro miserável! Você está na casa de Deus.

A igreja no estilo neogótico, conhecida por seu controverso museu, formava o cenário ideal para a soturna entidade.

As palavras do ser esquálido, que choramingava, não o comoveram. Giuseppe, avistado pela turba que fazia um *tour* dentro da igreja, parecia faminto. Uma mulher esbarrou nele por acaso e, tendo perdido o equilíbrio como consequência, quase escorregou por entre os bancos próximos, aos quais recorreu para se recuperar da vertigem. Foi a salvação do espiritozinho, que caiu ao chão chorando, lacrimejando e xingando com todos os palavrões de que conseguia se lembrar, instantes após ter advogado uma conduta apropriada para dentro da igreja.

Giuseppe, então, fez um teatro, de modo a parecer que ajudava a mulher de 38 anos de idade. Segurou-a, olhando profundamente em seus olhos.

— Precisa de ajuda, madame? Venha, apoie-se em mim.

A mulher aceitou a ajuda. Embora decadente em relação à sua forma anterior, Giuseppe ainda conservava charme e magnetismo e era capaz de encantar pessoas à volta, principalmente as infelizes no casamento ou as mais solitárias e sensíveis. Assim que o homem a amparou em seus braços másculos e estabeleceram novo contato visual, a mulher imediatamente sentiu outra vertigem, mais forte, dessa vez, perdendo os sentidos.

Giuseppe a tomou nos braços enquanto sugava-lhe as reservas de fluidos e, saindo com ela da igreja, pedia aos turistas que lhe abrissem caminho:

— Com licença, por favor, com licença! A senhora aqui precisa de socorro urgente — o povo abriu passagem de imediato para o cavalheiro solícito com a dama desfalecida em seus braços. Saindo um pouco mais, levou-a desacordada, à vista da multidão, e passou a caminhar a passos largos em direção ao Rio Tibre, onde pretendia jogar o corpo tão logo a exaurisse. Entretanto, um parente da mulher gritava atrás dele, igualmente pedindo passagem aos transeuntes. Vendo-o e temendo deixar evidências e testemunhas, Giuseppe abandonou a pobre coitada num local qualquer e saiu correndo, apressado, já parcialmente refeito, ao passo que sua vítima seria conduzida ao hospital dali a pouco pelo parente que a procurava. Felizmente, escapara da morte certa, mesmo com a vitalidade drenada, pois esse tipo de espírito não teria nenhum escrúpulo em lhe roubar a própria vida, desde que isso o beneficiasse.

Giuseppe dirigia-se celeremente ao coração da Santa Sé, deixando as movimentadas ruas de Roma para trás. Na ocasião, não pensava ter deixado rastro magnético tão nítido, tampouco lhe ocorreu que pudesse ser detectado por agentes dos guardiões. Ainda a caminho, nos pouco mais de mil metros que separavam do Vaticano o Museu das Almas do Purgatório, fez uma ligeira ligação para o telefone celular de Antônia e a encontrou na Suíça, a negócios. Mesmo assim, pediu que a mulher viesse ter com ele logo que ela buscasse documentos confidenciais que McMuller deixara para ele em Milão. Sabia que ela lhe obedeceria cegamente. Marcou como ponto de encontro um lugar nas imediações, mas pretendia levá-la sorrateiramente ao exato lugar onde se materializara pela primeira vez. Apesar do acesso restrito, descobriria uma forma de burlar a segurança. Naquele ambiente carregado de simbolismo — afinal, era onde renascera triunfante para a nova jornada no mundo dos chamados vivos —, levaria Antônia ao clímax e se entregaria ao sexo como nunca. Como uma fera em pleno cio, ela exultaria de prazer, e de prazer em proporcionar prazer a seu amo e senhor. Ele a deixaria destroçada, após drenar até as últimas gotas de seus fluidos.

Como agênere, pouco lhe importavam as preferências sexuais dos homens; podia saciá-las todas. Já vivera na Grécia antiga, na própria Roma dos césares, na Prússia e na Rússia dos czares. Aprendera de tudo um pouco. Fora, inclusive, um dos mais próximos de Rasputin, o mago tenebroso.[2] Agora, estava a serviço dos espectros, os seres que representavam as forças das trevas e da oposição no mundo dos homens. Precisava se abastecer antes de reencontrar McMuller e refugiar-se num país da Europa Oriental antes que pudesse ser descoberto. O banqueiro era um excelente amante e doador de fluidos dos mais preciosos. E também era rico — imensamente rico e imensamente corrupto. Sob juras de sedução e volúpia eterna, conseguira convencer McMuller a torná-lo sócio de seus negócios excusos mais lucrativos, os quais envolviam banqueiros milionários e a poderosa elite da máfia italiana. Após estadia revigorante na Hungria, quem sabe na República Tcheca, talvez fosse a hora de assumir a aparência de outra personalidade,

[2] Grigori Rasputin (1869–1916) foi um místico influente na corte dos czares até os momentos que antecederam a Revolução Russa. O autor espiritual relata a atuação do personagem nos dias de hoje como mago negro (cf. PINHEIRO, Robson. Pelo espírito Ângelo Inácio. *Senhores da escuridão*. Contagem: Casa dos Espíritos, 2008. p. 457, 592-595, 629-666).

com feições diferentes — quem sabe, até mesmo dentro dos corredores sombrios do Vaticano. Isso era perfeitamente possível na sua condição de aparição tangível, um agênere. Bastava decidir o que fazer com McMuller caso os fatos se precipitassem.

Mas, antes de tudo o mais, antes de tomar qualquer decisão, precisava de Antônia, urgentemente precisava dela. Se tudo corresse conforme planejado, ela o encontraria em seu último dia sobre a face da Terra. Quando a extenuasse por completo, consumando-lhe a morte sob as garras afiadas da maldade, mesmo assim não a deixaria partir. Faria dela sua prisioneira, sua escrava. Tanto quanto McMuller, ela pertencia-lhe por direito. Afinal de contas, eles é que haviam se rendido e se entregado, por vontade própria, a cada dia e a cada noite tórrida, mais e mais profundamente, aos encantos de seu senhor. Um pacto como esse não poderia ser quebrado assim, tão facilmente. Não bastava o ocaso do corpo perecível; não mesmo. Era uma aliança da qual não havia como fugir, nem depois da morte — assim pensava Giuseppe.

•••

— Venha, Irmina! — tentava transmitir o impulso à mulher a serviço da União Europeia, mas também dos guardiões. Porém, ela não podia ver espíritos, pelo menos não enquanto estivesse em vigília. Os agentes especiais procuraram fazê-la intuir que deveria sair do corpo o mais rápido possível. Mas, antes, Irmina precisava ter com Yoshida, que a aguardava muito nervoso no interior da Igreja do Sagrado Coração do Sufrágio. Ele não sabia o que fazer, sozinho, com as impressões que tivera do local.

Custava-lhe algum esforço adentrar aquele ambiente que ela, pessoalmente, detestava. Nunca se afeiçoara a ambientes religiosos, principalmente associados à fé católica. Roma, para ela, era a antítese do cristianismo, um mercado da fé onde, em nome do trabalho, ela tinha de vencer resistências internas e locomover-se naquela cidade onde se via de tudo, menos o sentido do cristianismo. Tão logo entrou, avistou seu amigo oriental sentado num canto, mudo. Aproximou-se dele e o tocou levemente.

— Irmina!!! Que bom que chegou. Encontrei um rastro aqui, mas você é quem possui a habilidade de se deslocar para fora do corpo. Vamos juntos?

Irmina topou a proposta sem pestanejar. Assentou-se quieta num canto, como se fizesse orações. Fechou os olhos e conectou-se mentalmente com os guardiões, mas nem ao menos esperou alguma resposta; não a escutaria, de qualquer jeito. Menos de dois minutos se passaram quando ela se projetou para fora do corpo.

No ambiente, a balbúrdia de turistas, guias locais e alguns fiéis, que se distinguiam da agitação geral. O barulho, porém, nem de longe a atrapalharia. Simplesmente abandonou o corpo, como se cruzasse uma porta qualquer. Pudera: eram mais de 30 anos trabalhando intensamente para dois escritórios de inteligência — um no mundo dos viventes e outro na dimensão extrafísica. Suas habilidades, exercitava-as diariamente, pois somente podiam ser aprimoradas mediante a experiência cotidiana, a perseverança de enfrentar todos os obstáculos e não fugir às responsabilidades. Ela sabia muito bem o que queria e o quanto daria de si pelo trabalho a que se dedicava, literalmente de corpo e alma, com inteira convicção.

Assim que se colocou fora e ao lado do corpo, avistou os dois sentinelas e o agente especial.

— Olá, agente Irmina! Bem-vinda à nossa realidade.

— Não tenho tempo para blá-blá-blá, guardião! Pare com essa frescura e me diga logo: quem é este outro que está com vocês?

— Ah! Este é um especialista enviado por Jamar. É um agente que tem experiência em lidar com ectoplasma, agênere e coisas do tipo.

Voltando-se para o agente, apresentou-a:

— Irmina, ou melhor...

— Nada de melhor ou pior, guardião! — ela cortou o

sentinela, evitando apresentar-se ao agente que desconhecia. — Vamos ao que interessa.

Aproximou-se de Yoshida, ignorando completamente o novo agente, que nem teve tempo de dizer o nome. Tocou o amigo, colocando as duas mãos sobre suas têmporas, de maneira a acentuar-lhe a capacidade extrassensorial. Concentrou-se um pouco mais, e logo sua própria mente parecia expandir-se no contato com as habilidades de Yoshida. Conseguiu ver as cenas protagonizadas por Giuseppe alguns dias antes. Logo depois, identificou seu vestígio ou sua marca, a identidade energética deixada no ambiente. Ela farejou o ar como um felino, tentando sentir um cheiro diferente, mas conseguiu sentir apenas cheiro de defundo, um odor pútrido, indistinto, que podia ser tudo, proveniente até mesmo dos demais espíritos ali presentes. Concentrou-se mais, e agora era Yoshida quem via através dos olhos de Irmina, desdobrada, embora ele não conseguisse projetar-se, sair do corpo físico de forma lúcida. Estava atento, ligado nos acontecimentos, enquanto o corpo de Irmina permanecia ali ao lado, com a cabeça baixa, como se estivesse mesmo em prece.

• • •

Belal-bár-Senof era um espírito firme e determinado, forte em suas posturas e na manifestação de sua vontade. Naquele dia, ficara ainda mais convicto de que deveria ser mesmo forte ou parecer forte. Estava semimaterializado em Roma desde os dias do Papa Pio XII [1939–1958]. Desde então, ninguém, nenhuma alma, boa ou má, o descobrira ali. Disfarçado como padre, vez ou outra teve de mudar sua aparência a fim de preservar oculta sua identidade verdadeira. O corpo que escolhera parecia não envelhecer aos olhos dos comuns mortais. Por isso, precisava mudar de idumentária, roubando a vida de algum miserável para solapar sua identidade e continuar rondando junto com os homens que viviam no Vaticano. Mas agora algo acontecera. Recentemente, a membrana da realidade havia sido rompida, de alguma forma. Detectara uma intrusão no mundo dos homens, fato que poderia representar uma ameaça à sua missão.

Vivia quase sempre em lugares escuros. Não tolerava bem a luz do dia, embora, em circunstâncias especiais, fosse capaz de se expor a ela. Também detinha a habilidade de se afastar temporariamente do corpo, que formara com fluidos escuros e um misto de ectoplasma roubado, a fim de sondar as imediações. Nada muito longe do corpo, mas o suficiente para espionar os colegas e cardeais e nunca ser surpreendido. Nesses momentos, alcançava a liberdade de espírito e podia vagar pelos corredores do Vaticano sem ser percebido. Porém, ao retomar o corpo antinatural, incomum, achava-o quase descarregado. Como decorrência, precisava reabastecer-se, ocasião em que manifestava aquilo que de mais vil existia em sua alma. Deixava extravasar toda a infâmia de suas paixões, toda a voracidade de seus instintos mais selvagens. Agora, no entanto, temia ser descoberto, apesar das precauções tomadas. Sabia que rondava pela Europa um ser diferente, um *krill*, que viera para a Terra durante a década de 1950. Tivera de se esconder dele durante um bom tempo, tão logo o ser do espaço se transferira para o Velho Continente e passara a controlar alguns banqueiros, visando obter poder. O *krill* também manipulava alguns membros do clero associados à máfia italiana, muito embora não tivesse notícias dele desde há algum tempo — o que lhe parecia bom.

Não obstante, um abalo como o que ocorreu, atingindo a membrana da realidade, não poderia ser ignorado. Seria o alienígena que voltara? Se não, por certo outro espírito das trevas viera ao mundo, assumindo um corpo aparente, uma aparição tangível, à vista dos homens, como ele próprio. O Vaticano, sem dúvida, consistia num lugar ideal que qualquer ser dessa categoria escolheria para se corporificar. Salões amplos, que nunca eram visitados por ninguém; corredores sombrios e masmorras, que somente poucos conheciam; e gente encarcerada e torturada, isto é, padres e leigos que se atreviam a falar, pensar e agir contra o sistema de poder ali reinante, que apodreciam miseravelmente no fundo das masmorras ou dos porões da cidade santa, sem que nem ao menos Sua Santidade soubesse. Tudo era arquitetado nas sombras e em surdina, sem o conhecimeto do Santo Padre.

Belal-bár-Senof tinha o porte de um homem forte, firme, peitoral avantajado e olhos de uma fortaleza inabalável, resolutos, de cor verde-claro. O sacerdote só não se sobressaía tanto em relação aos demais porque trajava aquela veste negra, que se arrastava pelo chão, tão comum naquelas paragens. Exalava magnetismo intenso, assim como intenso e voraz era seu apetite por energias e fluidos, por sexo e outras formas de dar vazão a suas paixões. Apreciador das mais nobres bebidas e iguarias, ele era um poderoso príncipe ou principado, que para ali viera anteriormente, quando ainda mantinha contato com seus superiores, os *daimons*. No Vaticano, muitas vezes vestido de padre e envolvido nas artimanhas orquestradas dentro de castelos, conventos e outros locais considerados sagrados, fora artífice de grandes males, conforme aliciava almas para o sistema e a organização que representava. Segundo pensava, era mais competente do que qualquer outro que trabalhasse em surdina entre os viventes. Educado ao extremo, lançava mão de palavras sutis e frases bem-elaboradas para influenciar clérigos e sacerdotes, arregimentando-

-os para a causa sombria. Em suma, era o demônio em pessoa, vestido de preto.

Era capaz de produzir grande estrago onde resolvesse se intrometer. Também era muito desejado pelos padres mais novos, que recorriam a seus préstimos semanalmente, no escuro dos seus aposentos ou nos corredores sombrios. Quanto mais sombrios e perigosos, mais atraentes soavam para quem vivia uma espécie de clausura, com a vida inteira confinada àquele lugar, entre as riquezas inumeráveis da corte papal. Tinha a agenda cheia de compromissos. Muitas vezes, no lugar de se revezar entre os amantes, aproveitava para satisfazer suas paixões e seus instintos com vários deles ao mesmo tempo, em orgias que os mais comprometidos com a santa doutrina ignoravam completamente. No outro dia, apresentava-se às orações juntamente com seus santíssimos amantes, se bem que eles próprios, um tanto exauridos, mas plenos de regozijo. Semana após semana, dia após dia, era requisitado, à medida que crescia sua fama entre os mais jovens sacerdotes, além, é claro, de atender aos mais experientes, que também o recrutavam para o serviço da sã doutrina. Assim, cada vez mais ele se abastecia, locupletava-se, aumentando seu rastro de influência e barganha, pois grande número de amantes não só se rendia à sua lascívia, mas também lhe confessava os segredos mais obscenos. Ao experiente agênere cabia tão somente utilizá-los, da melhor maneira possível.

Vasculhou todos os lugares onde era possível que o outro ser estivesse ou onde julgava que pudesse estar. Havia como identificá-lo, caso realmente fosse outro agênere, como ele. Ao mesmo tempo, tinha esboçado um plano, arquitetado há muito, caso quisesse ou precisasse fugir. Para colocá-lo em prática, contaria com a intercessão, obtida sem grande esforço, de um dos amantes ocultos, ou "auxiliares para as questões da fé", como ele próprio costumava dizer, a título de deboche, ao se referir aos clérigos conspurcados, baterias vivas de sua insanidade. Numa etapa prévia, ajudaram-no mais dois padres, que lhe eram escravos fiéis. Haviam-no procurado e oferecido seus préstimos, seus corpos; aventuraram-se a lidar com um ser semimaterial advindo das profundezas do mundo oculto. Ignoravam com quem se relacionavam, movidos que eram tão somente pelas permutas de prazer, pela devassidão a que se entregavam, a troco de certas regalias. Fato é que lhe serviam diligentemente, e, naquele momento, o agênere soube empregar sua ascendência sobre os dois homens. Por meio deles, obteve acesso às zonas baixas, situadas além do local permitido, ou seja, após o limite máximo aonde padres poderiam chegar. Trocou a batina e a faixa violácea por um terno elegantemente talhado para as tarefas que o aguardavam nas profundezas da Santa Sé. Os dois coadjuvantes também se vestiram a rigor, pois precisavam confrontar os guardas da polícia secreta e aqueles que estavam de plantão nos últimos postos do subterrâneo. Caminharam muitos e muitos metros à procura de algo ou alguém que não sabiam quem era. Àquela hora, Giuseppe já estava escondido, mas não nas profundezas do subsolo, de modo que ainda poderia receber a tão esperada comunicação de Antônia. Agachado num canto escuro perto de um mausoléu, num lugar com mau cheiro intenso, foi descoberto.

Um dos padres disfarçado notou primeiro que havia dois guardas desmaiados no corredor, justamente nos locais mais distantes dos salões e em dois andares abaixo do térreo. Era um lugar tenebroso. Haviam cruzado uma biblioteca muito ampla, um lugar cercado por grades antigas, robustas, de ferro fundido ou algo similar. Havia gavetas grandes e um aparato que lembrava o cofre de um banco: bem guardado, inviolável, onde havia centenas de metros de prateleiras com arquivos que se perdiam de vista. Um dos padres comentou com a entidade amante, ao qual servia:

— Nunca havia vindo aqui, aos arquivos oficiais da Santa Sé.

— Ao contrário, venho aqui sempre. Confesso que não ficaria nada satisfeito com muita coisa que está escondida nestes arquivos. Em nome de sua fé, é bom nunca vir outra vez a estas paragens.

— E o que procuramos pode estar escondido aqui?

— Talvez! — respondeu a pérfida criatura, que há mais de 50 anos convivia ali dentro, entre os prelados e padres de Roma. — Todavia, procuramos alguém especial. Não temam, pois estão comigo. Prometo que não se arrependerão, pois vou lhes proporcionar sensações incríveis, que nunca experimentaram em suas vidas — a criatura escondeu um sorriso diabólico que esboçou naquele momento. Devido à penumbra do ambiente, os dois homens não conseguiram perceber que zombava deles.

— Confiamos em você, monsenhor. Sabemos que zela pela nossa segurança e por nossa satisfação pessoal, tornando nossas vidas muito mais interessantes aqui, no serviço da fé — sempre falavam entre si com palavras enigmáticas, dissimuladas, pois não podiam dar a entender diante de outros padres e de ninguém que trabalhasse no serviço secreto do Vaticano o que de fato se passava entre eles. A não ser os envolvidos, ninguém mais deveria saber das orgias que promoviam, embora aquilo fosse algo relativamente comum ali, desde os dias antigos, de séculos e séculos atrás. Desde o advento de Belal-bár-Senof, porém, envolviam-se seres dos dois mundos; eram orgias demoníacas, como talvez tivesse ocorrido várias vezes entre os que viveram ali e em muitos outros lugares semelhantes nos tempos remotos.

— Preciso que estejam prontos caso eu encontre um dos nossos aliados — tratava de preparar os dois jovens para servirem de antepasto energético ao possível felino das trevas que suspeitava haver se materializado por ali.

— Que quer que façamos, meu senhor? — perguntou o mais jovem deles.

— O que vocês sabem fazer de melhor, meus queridos — insinuando para os dois algo ardentemente desejado por ambos, enquanto escorregava as mãos por suas costas, suavemente.

— Quanto a mim, estou sempre pronto a servir, meu senhor; não importa quando nem onde, estarei sempre à disposição.

— Eu também, meu senhor. É uma honra muito grande para mim poder ser usado por alguém que serve à nossa fé de maneira tão desinteressada e fervorosa como o senhor.

Calaram-se todos ali mesmo, pois o primeiro padre avistara algo se movendo na escuridão, logo adiante. A lanterna que carregavam parecia não ser suficiente para dispersar o negrume à frente.

Os olhos de Giuseppe brilharam no escuro. O agênere mais novo logo reconheceu seu igual, embora, dadas as circunstâncias, não se sentisse exatamente à vontade. Também sentiu cheiro de "carne fresca", como dizia: fluidos humanos, vivos, vibrantes, alimento para sua fome e sua sede de ectoplasma e vício.

— Quem é você? Quem está aí? — falou alto Belal-bár-Senof, o espírito travestido de membro do clero, que era conhecido por seus pares como Monsenhor Mark, de modo a disfarçar sua identidade real.

— Fiquem aqui, os dois! — ordenou o monsenhor. Postaram-se um ao lado do outro, algo trêmulos de medo. Tinham medo até da escuridão.

Giuseppe levantou-se devagar, encarando o outro agênere. Os olhos de ambos se encontraram e se reconheceram. Ambos sabiam que vinham das hordas do abismo. Os semelhantes se reconhecem. Giuseppe havia sido descoberto, enfim.

•••

IRMINA, desdobrada, compartilhava suas impressões com Yoshida e, aliada aos guardiões, complementava as informações. Assim que se desconectou da mente do amigo, voltou-se para os sentinelas e o agente especial:

— A última impressão do infeliz Giuseppe é a de que ele se foi para o Vaticano. É quase impossível encontrá-lo por lá, em meio a tantos guardas, agentes disfarçados e à enormidade de salas, salões, corredores e outros lugares desconhecidos. Aquilo é um labirinto. Infelizmente, não vejo como entrar ali em corpo físico;

mesmo desdobrada, não sei se será assim tão fácil como queremos que seja.

— Bem, agora vou me apresentar — falou o especialista para Irmina. — Sou o agente Eynimar e venho a pedido de Jamar.

— Desculpe-me, agente. Estive há dias perseguindo Giuseppe e não queria perder tempo com apresentações. Eu me comportei de maneira infeliz. Fui grosseira. Perdoe-me.

— No nosso trabalho, não há espaço para cultivar melindres, Irmina. Fique tranquila. Creio que precisa voltar para o corpo e sair logo daqui, antes que seus amigos cheguem.

— Não entendi. Afinal, vamos precisar da ajuda deles também.

— Temos de ir nós, como espíritos, e você, desdobrada. Seus amigos e você em corpo físico jamais conseguirão apoio da polícia do Vaticano numa questão como essa. São os protocolos, minha amiga... infelizmente.

Irmina reassumiu o corpo, ao lado de Yoshida, e abriu os olhos no mesmo instante. Antes que pudesse explicar as coisas ao amigo, os dois outros agentes da inteligência chegaram à Igreja do Sagrado Coração do Sufrágio. Encontraram-na ao lado do amigo oriental e não podiam ver os guardiões enviados por Jamar.

Irmina, inteiramente consciente do que ocorrera

enquanto estivera fora do corpo, levantou-se concomitantemente à entrada dos amigos na igreja. Chegaram espavoridos Marshall e Gilleard.

— O que aconteceu? Tem alguma notícia dos homens que procuramos? — perguntou Gilleard, respirando fundo. Marshall parou ao lado de Irmina, também à espera de resposta.

— Problemas à vista, meus queridos — falou num tom mais pessoal e com extrema delicadeza. Tocou em Yoshida, que também se levantou e, meneando a cabeça à maneira dos orientais, cumprimentou os recém-chegados. — Teremos problemas em localizar o principal suspeito — declarou, sem revelar aos dois a natureza de Giuseppe como agênere; eles não entenderiam. — Acredito que vocês terão muito trabalho pela frente. Nosso suspeito número um refugiou-se dentro do Vaticano. Como sabem, a polícia italiana não tem ingerência lá dentro. Teremos de convencer a polícia secreta do Vaticano acerca das ocorrências envolvendo os dois homens. Além do mais, parece-me que existe um aliado deles lá dentro. Tenho informações seguras sobre isso.

— Se é assim, voltamos à estaca zero. A polícia do Vaticano é das mais difíceis de cooperar. E não são somente eles e seus princípios, mas é o Vaticano, que é outro país, um estado com leis diferentes. Teremos de nos submeter aos protocolos de lá, como já sabem. Definitivamente, será uma merda — desabafou Marshall, incomodado.

— Takeo conseguiu informações quentes sobre nosso alvo. Mas ele se foi exatamente para o local onde não teremos condições de agir com desenvoltura.

— Só fico imaginando todos nós trabalhando ali dentro — ironizou Gilleard. — Em cada local onde tivermos de entrar, seremos obrigados a deixar umas moedas para abrir as portas, acender as luzes, entrar num determinado local. Perderemos um tempo precioso.

— Tenho uma ideia que poderá nos ser útil — e notem que já pensei em diversas formas de agir. Como não podemos ficar com os braços cruzados, temos de procurar a polícia do Vaticano. Para isso, vocês dois são os agentes ideais. Podem pedir ajuda ao Escritório e fazer valerem suas prerrogativas de agentes a serviço da União Europeia. Isso facilitará as coisas.

— E como faremos para driblar a mutidão de fiéis que enche todos os templos, todos os redutos desse lugar maldito?

— Você está dentro de uma igreja, Gilleard! Comportem-se, Marshall e você. Enquanto agem, Yoshida e eu vamos procurar mais informações e nos misturaremos aos fiéis em visita aos monumentos e às igrejas. Mas não podemos fazer muita coisa nessa condição. Precisamos de carta-branca e, para isso, devemos abrir tudo o que sabemos para a polícia secreta. Não há outro caminho.

Os dois homens saíram bem desanimados com a situação. Sabiam que não seria nada fácil lidar com documentos, autorizações e, sobretudo, contar com a boa vontade dos sujeitos que trabalhavam para o serviço de segurança do Vaticano. Além do mais, tudo deveria ser feito com discrição, em surdina, como tudo envolvendo aquele caso, ainda que com o consentimento e a ajuda de mais gente. Não seria fácil. O Escritório sempre deparava com enorme resistência ao atuar em conjunto com as forças de segurança do Vaticano. Tudo ali era secreto, tudo era confidencial, e nada poderia ser feito sem o aval de um grupo de cardeais bastante centralizador.

— Duvido que consigamos autorização — falou Marshall para o amigo.

— Juro que vou invadir aquilo tudo e botar aqueles bobos da corte da tal Guarda Suíça pra correr — acrescentou Gilleard, irritado, debochando do uniforme da tropa responsável pela segurança papal. — Já estou envolvido até o pescoço com esse miserável assassino e não vou recuar caso a polícia desse maldito país se recuse a nos conceder autorização. Nem que eu tenha de me vestir de padre! — Marshall deu uma estrondosa gargalhada enquanto saíam ao lado do Palácio da Justiça.

Irmina conseguiu desviar a atenção dos dois amigos, pois eles não sabiam de sua estreita ligação com os seres do Invisível. Para eles, ela era apenas uma mulher que trabalhava na inteligência europeia, mais especificamente no Escritório, como chamavam o setor ao qual se reportavam. Mas a situação de Giuseppe exigia tratamento em outra dimensão. Ocorre que, mesmo aí, não era nada fácil lidar com a instituição milenar engendrada pelo clero. Afinal, como quaisquer outros espíritos, teriam de se submeter aos protocolos no plano astral.

Yoshida e Irmina deram entrada num hotel sem nenhuma bagagem, à exceção de algumas sacolas com algumas peças de roupa que compraram rapidamente, para suprir a necessidade imediata. Os dois partiram para Roma com tanta pressa que não se deram conta de que talvez precisassem ali ficar. Alojaram-se no hotel e, cada um em seu apartamento, colocaram-se à disposição dos guardiões. Irmina adormeceu assim que saiu do banho, umas duas horas depois de terem deixado a Igreja do Sagrado Coração do Sufrágio. Em seu aposento, Takeo Yoshida tentava permanecer acordado a fim de auxiliar Irmina com suas habilidades.

Tão logo saiu do corpo, a mulher deparou com os amigos guardiões e o especialista Eynimar, enviado para agir no caso do agênere. O próprio Eynimar formulou o convite:

— Estava a aguardando para ir comigo ao ambiente do Vaticano. Você tem larga experiência com situações internacionais complexas como esta na qual estamos envolvidos. Partamos juntos?

— Então seremos uma dupla a partir deste ponto?

— Espero que consigamos algum resultado concreto em nossa investigação. Há muita coisa em jogo no campo da política internacional; muitos líderes mundiais correm sério risco, sem contar as questões espirituais com as quais cada um já está comprometido.

— Vamos, homem — ela apressou o especialista.

Os dois saíram escoltados pelos dois sentinelas, cuja atribuição era acompanhar o caso. Mas nem sequer imaginavam quão complexo poderia ser. Assim que se aproximaram de determinado ponto da Praça São Pedro, avistaram uma espécie de barreira, algo que se assemelhava a um posto de indentificação ou, quem sabe, a uma unidade de polícia de fronteiras. Aproximaram-se os quatro, com a intenção de se apresentar.

— Daqui não poderão ultrapassar sem autorização especial — anunciou um dos que estavam ali fardados, enquanto centenas, talvez milhares de outros espíritos, das mais variadas culturas, eram igualmente detidos por aqueles encarregados de representar a segurança espiritual do lugar.

— Pelo visto, nem obsessor ultrapassa este ponto, mesmo acompanhado de suas vítimas — falou Irmina desdobrada para os amigos.

— E porventura você acha que alguém aqui precisa

de obsessor? — ironizou Eynimar.

— Quem são vocês e a que vieram? — perguntou, hostil, um dos soldados vestidos à moda do império romano, algo que destoava completamente.

— Trabalhamos para uma organização de segurança internacional e queremos pedir permissão para entrar em seu espaço dimensional.

— Dimensional? Que palavra é essa? De que país vocês vêm?

Eynimar olhou discretamente para sua mais recente amiga. Os guardas ali pareciam ter uma visão muito restrita à função que desempenhavam. Só faltou chamarem os guardiões e Irmina de *cidadãos* ou de *elementos*, para completar o quadro.

— Somos da União Europeia. Minha amiga aqui — indicou o especialista — vem de Istambul, mas reside atualmente em Paris — mentiu ao guarda. — Os outros dois são seguranças que nos acompanham. Ambos trabalham conosco, no mesmo escritório.

O guarda vestido à romana olhou para ambos e, sem dizer palavra, afastou-se e os deixou esperando enquanto conversava com mais três colegas. Ao longo dos limites da Cidade do Vaticano, estendia-se um cordão de isolamento de mais de mil entidades, nitidamente incumbidas de defender as fronteiras do lugar, demarcando o espaço interditado à massa de espíritos. Era uma imagem suntuosa. Um tipo de aparato elétrico parecia escondido em alguns nichos no chão e soltava fagulhas ou raios tanto à direita quanto à esquerda da abertura onde se realizava o controle de entrada e saída. Além daqueles soldados, havia muitos outros num amplo perímetro.

— Estão demorando demais. Não tenho paciência para isso — falou Irmina.

— São burocratas militares... o que espera mais? Parece que, vivos ou mortos, eles se assemelham.

— Mas com os guardiões não se passa assim.

— Bem, falamos de espíritos comuns. Estes fazem questão de acentuar a todo instante que são superiores, que detêm o mando. É como se estivessem competindo e quisessem mostrar sua suposta autoridade. Seja como for, não podemos simplesmente invadir o espaço deles. Aqui as regras são outras.

— Vamos perder Giuseppe — tenho certeza! — com essa demora infernal.

Os homens voltaram e, depois de olharem bem os quatro amigos, pediram que mostrassem identificação.

— Só faltava essa! Espírito agora precisa de identidade?! — indignou-se Irmina, cheia de ansiedade e raiva.

— Se não têm uma identidade que os ligue aos dirigentes da União Europeia, então terão de conversar com nossos superiores.

— E onde encontramos seus superiores agora? — indagou um dos guardiões, tentando tom um pouco mais diplomático.

— Sinto muito, terão de aguardar. Já nos comunicamos com eles. Daqui a pouco, mandarão chamar vocês.

Não havia como romper o cerco dos guardas romanos a serviço do sistema político-espiritual ali vigente. Só lhes restaria esperar longamente, como numa repartição pública qualquer no mundo dos encarnados.

Irmina deixou transparecer toda a sua fúria quando se lembrou de um guardião que conhecera há certo tempo. Voltando-se para um dos sentinelas que os acompanhavam, perguntou:

— Vocês porventura conhecem algum espírito guardião vinculado às legiões romanas? Parece-me que Jamar já trabalhou algum dia com um deles.

— Já ouvimos falar, mas não o conhecemos.

— Sei de um amigo de Jamar chamado Sérvulo Túlio. Parece que ele tem ascendência sobre os antigos soldados romanos.

— Então se comuniquem com o quartel-general de vocês. Digam que estou requisitando ajuda imediata, senão, corremos o risco de perder tudo o que investimos nessa busca, até agora, infrutífera.

Não se passaram nem 15 minutos, e compareceu um enviado do próprio Sérvulo Túlio, chefe dos legionários romanos, passando-se quase por um espírito comum — não fosse a idumentária de soldado romano do primeiro século. Isso chamou a atenção imediata dos guardas que faziam as honras, esquadrinhando todos que se aproximavam.

— Ave, Cristo, soldado! — saudou o guardião enviado por Sérvulo. — Sou Sinfrônio e venho em nome das legiões supremas a serviço de Roma.

— Ave, Cristo, grande aliado. O que o traz até aqui? Como podemos lhe ser úteis? Vejo que é um oficial graduado. Desculpe chamá-lo assim. Eu não sabia.

— Não tem importância, soldado. Estou aqui para defender o direito de meus amigos adentrarem a cidade sagrada. Os quatro aqui — apontou para o grupo — são nossos convidados e querem conversar com seus comandantes. Precisamos tratar com o chefe da guarda em caráter de urgência.

O soldado astral, uma espécie de exu romano, desculpou-se novamente e explicou ao enviado:

— Podemos conduzi-los para o conclave dos poderosos, mas não creio que será fácil falar com eles. Há dias estão envolvidos com dificuldades internas imensas. Fazem uma reunião atrás de outra e nunca estão disponíveis. Parece que algo grave está acontecendo.

— Não importa, soldado. Trago um pedido urgente de outras instâncias ligadas à segurança da Santa Sé. Uma vez dentro da célula de defesa do Vaticano, apresentarei minhas credenciais e as dos meus amigos. Tenho certeza de que nos receberão.

Mas as coisas não seriam assim tão fáceis. Os cinco emissários conseguiram vencer o primeiro cerco, a primeira estação de controle. Mas era apenas a primeira. O comando do Vaticano não deixaria entrar qualquer espírito que pudesse representar risco para o sistema de normas, rígido ao extremo, a serviço da burocracia clerical.

...

— TENHO DE tirá-lo daqui sem mais delongas — falou Monsenhor Mark para Giuseppe após ouvir sua história. — Embora trabalhemos para finalidades semelhantes, a missão de cada um é singular. Se você permanecer aqui, correremos o risco de os dois sermos desmascarados. Venha!

— Existem outros como nós por aqui? — perguntou Giuseppe para o outro ser semimaterial.

— E como não? Num mundo em guerra, no estágio em que se definem as batalhas para ver quem ganhará o grande conflito, nossos senhores lançam mão de todos os trunfos possíveis. A maior vantagem de que dispomos é o fato de nem os que se dizem bons, espiritualistas, acreditarem haver algo semelhante em atuação na Terra, tampouco creem ser possível nosso tipo de existência, o que vem a calhar. Mesmo assim, não somos imunes a determinadas investidas.

— Entendo. Afinal, é uma guerra sem tréguas. Enquanto o mundo não estiver definitivamente em nossas mãos, não podemos descansar.

— Se bem que sejamos poucos como nós no planeta, ainda assim, representamos uma força que o inimigo não deixa de considerar. Temos antagonistas poderosos entre os malditos guardiões.

— Eles sabem de nossa atuação entre os viventes?

— E por que acha que corremos tanto perigo afinal? Estou me esgueirando há mais de 50 anos por entre estas paredes, mas não só no Vaticano. Já mudei de aspecto mais de uma vez para ninguém suspeitar, pois, como sabe, a menos que estejamos desvitalizados, nossa aparência não se degrada, não envelhecemos.

— Tive mostras disso recentemente, ao enfrentar uma mulher poderosa e ela se ligar aos guardiões.

— Vamos! Meus escravos estão nos aguardando.

— Escravos? Você então conseguiu um progresso incrível entre os humanos.

Os agêneres fizeram menção de regressar aos dois padres, que aguardavam junto ao corpo desfalecido de um dos guardas da Gendarmaria. Estes nem sequer se atreveram a acordar o soldado, que parecia dormir profundamente. Olharam o novo amigo do monsenhor com olhos interesseiros, embora a relativa distância.

— São aqueles os leais amigos dos quais lhe falei. Tenho outros em vários lugares aqui. — Giuseppe entendeu o que o monsenhor queria dizer com essas palavras.

— Tenho apenas dois amigos com quem posso contar de maneira permanente. De resto, somente alvos fáceis que venho encontrando pelo caminho.

— E é principalmente por isso que deixou um rastro atrás de si. Tenho de tirá-lo do Vaticano. Virão pessoas dos dois lados atrás de você. Eu mesmo deverei me retirar e me refugiar em um lugar seguro por algum tempo.

— Não havia como me abastecer se não retirasse de alguém.

— Um plano desse naipe não pode ser feito sem uma pesquisa prévia, meticulosa e detalhada, inclusive com as pessoas-alvo, meu caro Giuseppe. Você foi imprudente. Mas deixe comigo. Tenho um plano perfeito para você e meus amiguinhos aqui, que vão escoltá-lo sem problemas.

Voltando-se aos dois padres, o monsenhor falou, chamando-os para perto:

— O Santo Padre me confiou uma tarefa das mais delicadas, por meio de um de seus assessores mais próximos, em nome do ofício da nossa fé. Este é um amigo que veio a Roma e se escondia de inimigos que se infiltraram na Gendarmaria. Por isso, preciso da ajuda de vocês. Serão recompensados regiamente por sua lealdade.

— O Santo Padre corre perigo de vida, monsenhor?

— Acaso nunca ouviram falar do complô para induzir Sua Santidade a deixar o trono de São Pedro? A máfia italiana está em toda parte. Por favor, não falem sobre esse assunto com ninguém. Sabem como confio em vocês.

Um dos padres olhou para o outro como que estabelecendo um pacto tácito de silêncio. Em seguida, assegurou, ao ser escondido na figura de um monsenhor:

— Pode contar conosco que somos dois sepulcros. Não falaremos nada. Diga logo para que precisa de nós e o faremos.

— Eis meu amigo Giuseppe Alberione, que trabalha para a preservação da fé. Ele pertence à Opus Dei e, agora, trabalha para desmascarar os impostores ligados à máfia. Preciso que o conduzam por um caminho secreto, conhecido somente por poucos. Darei um mapa a vocês. Devem ser rápidos, pois tem gente infiltrada no Corpo de Gendarmaria, como lhes falei. Até certo ponto, irei com vocês. Depois, terão de continuar sozinhos. Um carro os aguardará na saída do túnel, na passagem secreta. Somente depois de 24 horas é que poderão fazer contato comigo, através do número de celular que já têm. Contudo, atenção: não levem consigo nenhum aparelho. Caso precisem, comprem um número pré-pago desconhecido. Não corram risco algum e não confiem em ninguém.

Depois de deixá-los a sós com Giuseppe por alguns minutos, Monsenhor Mark retornou com alguns documentos em mãos. Eram dois passaportes e um mapa, que entregou para o Pe. Léon, de procedência francesa, um de seus subordinados e escravos mais diletos. O outro padre, um homem de aproximadamente 35 anos, era mais proativo e, portanto, o monsenhor confiou a ele os documentos mais importantes, para retirá-los da Cidade do Vaticano e de Roma imediatamente.

Seguiram juntos por uma rota diferente da que os trouxera até ali. Não havia tempo de retornar aos superiores eclesiásticos e comunicar a saída imprevista. Todos corriam perigo iminente, assegurava o monsenhor. No fim das contas, sua ausência seria ignorada pelas lideranças eclesiásticas por mais uma semana. A Cúria Romana estava em polvorosa, e somente os mais ligados aos cardeais sabiam das últimas ocorrências, que estavam prestes a manchar a imagem da Santa Sé perante o mundo.

Desceram por uma escadaria que parecia interminável. Mark sabia muito bem onde se encontravam os comutadores para acender as luzes fracas daquele abismo em forma de corredor. Caminhavam depressa, em completo silêncio. Giuseppe se esquecera completamente de Antônia diante da emergência dos últimos acontecimentos. Ele estava um tanto quanto desgastado. Mas ali não poderia fazer nada, nem mesmo com os rapazes, os dois jovens padres, que àquela altura pareciam ser sua salvação – não do ponto de vista de alimento energético, ao menos naquele momento, mas no tocante à sua segurança. Simplesmente os dois desapareceriam para sempre dos salões episcopais e das demais dependências sagradas. Como desaparecimentos ali não eram de todo incomuns, desde os dias da Santa Inquisição, seriam ignorados. Os irmãos de sacerdócio mais próximos fariam de tudo para esquecê-los, evitando perguntas comprometedoras, pois tinham suas vulnerabilidades, seus segredos e receios. Todos tinham o que esconder. Desde tramas sórdidas, acintosas, urdidas no interior de confessionários ou nos apartamentos dedicados aos padres, até as orgias levadas a cabo em ambientes escuros; tudo era motivo para se manterem calados, sem darem nenhuma informação a ninguém. Nem mesmo aos pés do Santo Padre confessariam qualquer pecado. Por isso, nem Mark, tampouco Pe. Léon e Pe. Ignacio, corria risco de que alguém fosse em seu encalço.

Monsenhor Mark, ou melhor, Belal-bár-Senof, o espírito temporariamente materializado, a aparição tangível, movimentava-se nos bastidores há mais de 50 anos, imiscuindo-se nos mais sórdidos negócios do Vaticano.

Nos últimos anos, articulava para desmoronar a imagem do poderoso secretário de estado, o Camerlengo Tarcisio Bertone, além de estar associado à conspiração que tinha por objetivo expor os maiores segredos do Vaticano por meio do vazamento de documentos secretos, entre outros projetos. Paolo Gabriele, o mordomo de Bento XVI, acabaria sendo condenado pela divulgação criminosa, mas, como não ignoravam os investigadores, havia outras mãos envolvidas no escândalo. Monsenhor Mark trabalhara diligentemente, até mesmo trocando informações preciosas com o Arcebispo Paul Marcinkus, nos EUA, com quem se correspondia constantemente por meio de um nome falso. Acusado de graves crimes, o arcebispo viria a falecer em 2006. Mas Monsenhor Mark, que era um dos mais competentes e especialistas em intrigas da corte papal, não descansaria tão cedo.

Com suas conexões na Cúria e seus asseclas da dimensão astral, o prelado conseguia estender sua influência para além dos palácios da Santa Sé, alcançando comparsas ao redor do mundo. Por trás da atuação do *capo dei capi* da máfia italiana e de inúmeros escândalos, também se achavam os dedos invisíveis, os tentáculos do Monsenhor Mark, nome escolhido a fim de ocultar o infame Belal-bár-Senof, um dos agêneres a serviço das forças da escuridão, que perdera contato com seus superiores, pois haviam sido feitos prisioneiros nas regiões inferiores do planeta Terra. Por essa razão, quando apareceu outro agênere, ele supôs que, à parte qualquer questão em que este estivesse envolvido, Giuseppe traria notícias de seus mandatários, o que não aconteceu.

Assim como o Vaticano estava às voltas com uma disputa interminável de poder entre facções de cardeais e outros membros do clero, em que entravam em cena as experiências seculares da máfia italiana e de banqueiros concorrentes, que queriam tirar proveito de tudo e de todos, as regiões inferiores igualmente haviam se dividido em facções rivais, capitaneadas por chefes de legião, magos e cientistas. Todo esse estado de guerra acabaria por despertar a curiosidade de seres de outras terras do espaço, não muito comprometidos com a ética, afinal, como dizem especialistas, semelhantes se atraem.

Capítulo 8

Roma–Budapeste–Paris

Quando os agentes Eynimar e Irmina, tendo à frente o legionário romano de nome Sinfrônio e ladeados por dois sentinelas, conseguiram enfim uma audiência com um dos espíritos encarregados do arcaico sistema de segurança do Vaticano do Além, já era tarde. Giuseppe se achava em plena fuga, graças à interferência do Monsenhor Mark, personalidade assumida por outro ser temporariamente materializado, o perverso e ainda mais experiente agênere Belal-bár-Senof. Mediante os préstimos de seus aliados e amantes mais fiéis, os padres Léon e Ignacio, o grande estrategista das sombras assegurou uma fuga exitosa ao manipular, chantagear e enganar ardilosamente e sem o mínimo escrúpulo todos os elementos envolvidos na operação. Do lado externo das fronteiras astrais da Cidade do Vaticano, mais oito guardiões previamente destacados por Eynimar estavam a postos para qualquer eventualidade, porém, alijados ao ponto que delimitava o ambiente espiritual da Santa Sé.

Não era trivial, como alguém poderia crer, ingressar na atmosfera extrafísica de um território de natureza tão singular, cujas peculiares características eram o resultado de uma história que remontava à Antiguidade. Em outras palavras, quem seria capaz de abarcar a complexidade espiritual acumulada em torno de uma das organizações mais prósperas e antigas da humanidade? Boas intenções, como comprovava o caso dos agentes, estavam longe de ser o suficiente. Boas relações tampouco bastavam. Centenas de milhares de seres, dos dois lados da vida, atuavam a fim de preservar uma tradição intricada e movimentar uma máquina burocrática com mil e uma ramificações, cuja finalidade última, simplificou Irmina em seus pensamentos, consistia em barrar o acesso de quem quer que fosse à Sua Santidade, o Papa. Protocolos de segurança, conflitos de interesse, ardis, intrigas e disputas hierárquicas: tudo culminava naquele objetivo.

•••

— MISERÁVEIS! Desgraçados! Incompetentes! — esbravejou o chefe da segurança na Santa Sé astral. — Parece que vocês morreram duas vezes, de tanta estupidez! Como não perceberam aquela vivente indo embora para depois adentrar nosso quartel sem ser vista? Permitiram que ela pudesse entrar e sair por todos os lugares sem ser descoberta, que circulasse à vontade e violasse a privacidade santíssima? Acima de tudo, uma mulher, meu Deus! Ainda por cima, vivente!

Nas organizações sob a jurisdição dos autoproclamados defensores da fé e da ordem apostólica, os responsáveis no nível astral não permitiam espíritos femininos em hipótese alguma. Irmina optara por burlar o esquema de segurança local ao notar que aquelas entidades não se empenhariam em fazer nada pelos guardiões. A verdade é que desconheciam o comando dos guardiões superiores e, sobretudo, estavam determinados a não compartilhar informações com quem quer que não pertencesse a seu próprio contingente.

O representante dos seguranças daquele sistema energético desembainhou a espada que trazia do lado esquerdo e, colérico, brandiu-a no ar.

— Quem foi o responsável pela entrada dessa mulher-demônio em minha jurisdição? E onde foi? Quem deu permissão para uma intromissão dessa magnitude?

Ninguém teve coragem de falar nada. Até porque sabiam que quem se apresentasse como responsável receberia um castigo terrível da Ordem dos Cavaleiros da Fé, nome do corpo de guarda que recepcionava e selecionava os espíritos visitantes, decidindo quais teriam ou não acesso ao ambiente espiritual da Santa Sé.

Naquele exato momento, uma voz humana irrompeu da multidão:

— Boa tarde, meus queridos filhos! Em nome do Pai, do Filho e do Espírito Santo...

O espírito se enrijeceu imediatamente. O Santíssimo Padre dava início, exatamente naquele momento, ao pronunciamento para os fiéis reunidos na Praça de São Pedro. Todos pararam para ouvir Sua Santidade, o Papa, inclusive os espíritos que ali trabalhavam, quer fossem movidos pela fé ou pela necessidade, quer fossem coagidos. Todos os ofícios eram interrompidos cada vez que o ocupante do trono de São Pedro se dirigia à multidão.

Depois de tudo terminar, o chefe da guarnição exigiu uma reunião de emergência com cada centurião, o responsável por um destacamento de cem soldados. Prevalecia, ainda, a divisão do grupamento militar conforme empregada pelos antigos romanos, tradição da qual se orgulhavam.

Assim que todos se congregaram em determinado local, dentro dos limites vibratórios da Santa Sé, o chefe da guarnição, um homem alto, corpulento e que irradiava muita energia e obstinação, falou:

— Não permitimos a entrada de guardiões de outras categorias, pois estamos às voltas com problemas que estouram por todo lado. Algo muito complexo e perigoso, que ameaça todo o nosso sistema, está em andamento. Devemos voltar nossa atenção para dentro da organização, agora mais do que nunca. Os estranhos procuram um ser espiritual que julgam haver se materializado aqui, sob nossas vistas; alegam ser um tipo de aparição que os humanos podem ver, sentir e com quem são capazes, até mesmo, de se relacionar. Para nós, trata-se de um fantasma tangível, mas eles o chamam de agênere. Pessoalmente, repudio em caráter absoluto que algo do gênero tenha ocorrido em nossos domínios. Afinal, temos a maior, mais antiga e robusta organização do planeta, e nosso esquema de segurança foi estabelecido, em sua configuração atual, há mais de mil anos. Portanto, considero-o infalível. Não precisamos nem devemos permitir a intrusão de outras categorias de seres nos domínios a nós confiados, principalmente pagãos ou infiéis responsáveis pela ordem em regiões que nunca soubemos existir. Nosso alvo está aqui, na Cidade Eterna, particularmente na Santa Sé e em seus grupos afiliados. Não devemos admitir nada nem ninguém que firam nosso esquema de segurança interna.

Assim que um dos presentes levantou a mão, percebeu os olhos inflamados do chefe da guarnição romana.

— Fale, mas tenha cuidado com suas palavras, centurião.

— Não é nada, senhor. Desculpe minha intromissão — ele pretendia lembrar seu chefe do caso com o qual estavam às voltas, da tal mulher vivente, que ainda procuravam, pois havia entrado sem ser percebida nos domínios do Vaticano. Todavia, preferiu engolir em seco e manter-se calado, uma vez que conhecia bem as convicções do homem forte que liderava a segurança da Santa Sé e dos arredores. Jamais teria condições de convencer aquele homem de que o sistema não era tão infalível como o representante fazia questão de propagar. Também não queria de modo algum provocar sua ira a ponto de receber chicotadas ou o castigo merecido por quem se atrevesse a contestar o esquema instaurado ali pela vibração do comandante. Não seria ele quem enfrentaria aquele a quem todos temiam.

Não obstante, a tal mulher enfrentara; não somente enfrentara como se escondera com tal astúcia que não havia sido descoberta até aquele momento. Não sabiam, nenhum deles, que se ocupavam de uma das mais hábeis agentes dos guardiões superiores.

O chefe da guarnição pretendia ele mesmo dar cabo da agente, que furara o bloqueio sozinha, sem seus colegas guardiões. Não quis mencionar isso na presença dos centuriões, por precaução.

•••

IRMINA, após constatar a má vontade explícita dos Cavaleiros da Fé e a consequente recusa em lhes franquear o acesso às dependências da Santa Sé, deixou os sentinelas e Eynimar, pois eles estavam determinados a se submeter aos protocolos de segurança daquela ordem de espíritos. Nem sequer Sinfrônio, o legionário amigo de Sérvulo Túlio, pensava de maneira diferente. Para o gosto de Irmina, entretanto, eles eram corretos demais. Sendo assim, ela agiria sozinha; no máximo contaria com o auxílio de Takeo Yoshida. Pretendia quebrar todos os protocolos — nada mais simples. Retornou ao corpo, que repousava no hotel em Roma, e se entendeu com o amigo oriental. Passados cerca de 30 minutos, projetou-se novamente na dimensão extrafísica e, concentrando toda a força de sua vontade, literalmente sumiu dali, do quarto de hotel, e a seguir apareceu num dos salões da Capela Sistina. O resto seria fácil, como pensava ela:

— Esse negócio de segurança aqui é só para inglês ver. Quanto maior a burocracia, menor a segurança. Ah! Esses latinos...

O espírito dispõe, resumidamente, de duas alternativas para se deslocar fora do corpo: ou tem consciência do percurso que faz até seu destino, seja caminhando ou levitando até lá, ou simplesmente materializa-se, por assim dizer, transportando-se instantaneamente até o alvo mental. Irmina conhecia a técnica para este último método, mais sofisticado, que lhe fora ensinada pelos guardiões ao longo dos anos de trabalho conjunto. Embora a orientação geral fosse agir conforme os protocolos seguidos pelos espíritos, ela nem sempre lhes obedecia, quanto mais se acompanhada de certo amigo em desdobramento; rompiam regras e deslindavam missões de jeito irreverente, mas eficaz, como era sua preferência.

Irmina deixou-se deslizar como uma gata sobre os fluidos do ambiente, sem ser percebida. Estava tão serena e segura quanto ao que fazia que se envolveu numa postura mental capaz de impedir qualquer chance de detecção por parte dos espíritos ali atuantes.

Observou uma assembleia que era feita às escondidas, cuja convocação não fora aberta, apesar de muita gente que trabalhava ali ter se arvorado o direito de dela participar. Reuniam-se burocratas da religião, arcebispos, dois ou três padres, três cardeais importantes, além de outras pessoas que decerto compareciam por ter algum interesse no que estava em jogo. O vazamento de documentos secretos do Vaticano era algo que despertava mais e mais atenções de muita gente que gostava de mando. Mas naquela reunião não se discutia apenas esse assunto; o ar era mais conspiratório e macabro.

O arcebispo acomodava-se numa cadeira de espaldar alto, à cabeceira da grande mesa. Vestia-se de acordo com as cores do cargo que ocupava. À sua direita, um padre moreno claro trajava preto, com um adereço vermelho adornando-lhe a cintura. Na outra ponta, deveras inquieto e demonstrando nítida contrariedade, assentava-se um cardeal. Os demais, inclusive o membro de uma organização que teoricamente nada deveria ter a tratar com a Santa Sé, espalhavam-se pelas laterais do móvel pesadíssimo.

Entretanto, não eram só esses os participantes da reunião. Havia uma outra população, a invisível, que ali acorria a fim de impulsionar aqueles homens no que era o motivo maior de se ajuntarem naquela noite, ocultos e sorrateiros, longe do conhecimento de Sua Santidade. Rastejando, murmurando ora ao lado de um, ora ao lado de outro, dois espíritos denotavam ser especialistas da mente, pois tentavam insuflar pensamentos os mais transgressores e profanos em dois dos representantes da Cúria Romana ali presentes. Outros mais agiam como se tivessem um plano previamente estabelecido. Sabiam o que queriam, enquanto um outro, de ar implacável e todo o aspecto de soberano da escuridão, coordenava tudo e conectava-se diretamente ao arcebispo. O tal espírito realmente dava mostras de ser o mais perigoso de todos. Qual demônio travestido de gente, era um ser das profundezas que lançava mão da máquina de poder dos homens como meio de propalar sua política nefanda. Esse ser encontrou sintonia e refestelou-se naquele concílio apócrifo. Arquitetavam uma maneira de induzir o Sumo Pontífice a renunciar ao cargo de vigário dos filhos de Deus.

A estranha criatura, assombrosa e tenebrosa, irradiava uma penumbra roxa, opaca, em torno de si. Irascível, eufórico, despejava dardos inflamados sobre o cardeal e o arcebispo, exatamente os que se situavam nas cabeceiras da grande mesa. Um outro, que parecia seu subordinado imediato, gritava a plenos pulmões enquanto os homens discutiam, acreditando estarem sós por ali:

— Estúpido! Mortal idiota! Marionete dos infernos... Você está atrapalhando nossos planos, sua besta da escuridão! Vou arrancá-lo do mundo do vivos!!

Grasnava e urrava o bilioso assecla, e as vozes dos homens se confundiam com as dos espíritos.

Por sua vez, Irmina procurou se abrigar numa redoma mental impenetrável. Não fora descoberta, ainda. Tinha seus truques, convicta que estava a serviço dos guardiões superiores. No íntimo, ligava-se à figura de Jamar, a quem invocava mentalmente, obedecendo a uma espécie de automatismo de quem já trabalhava com ele há mais de três décadas.

A agente concluiu que ali não encontraria o que desejava. Deixou as artimanhas dos inimigos do Pontífice a cargo de outros que dessem conta daquelas ocorrências. Ela própria não tinha nada a ver com o assunto e não se interessava pelas intrigas políticas daquele lugar. Esquivou-se lentamente, passando relativamente perto da entidade furiosa, que de novo bradava no ouvido do cardeal.

Em outro salão, nova assembleia — de espíritos, apenas — de seres ligados no pretérito ao pontificado de diversos papas. Ela nem quis ouvir o que maquinavam. Foi passando de um reduto a outro, descobrindo espíritos mancomunados com os habitantes e os trabalhadores do lugar. Roma parecia infestada de espíritos de todas as categorias possíveis. Como não era afeita a nenhuma religião, Irmina aumentou suas convicções a respeito de uma posição neutra, continuando a se esquivar de adeptos de qualquer fé. Não viu ali nenhum espírito considerado mais esclarecido; sempre e sempre, seres ligados a intrigas políticas, antigos representantes das nações europeias exigindo seus reinos de volta, dezenas de seres perdidos, gritando tresloucados pelos medonhos corredores e muitos, muitos outros, mais parecidos com demônios devoradores, embora fossem espíritos de homens, maquinando junto a este ou aquele sacerdote, clérigo ou qualquer figura do sistema institucional mais antigo do mundo.

Irmina instintivamente entrou em sintonia com Yoshida, e ele pôde captar as imagens mentais que a amiga via, desdobrada. Ela sentiu apenas um leve rumor em sua cabeça; eram os pensamentos do amigo, que chegavam de longe:

— Não adianta, Irmina! Quem procuramos não está mais aí. Perdemos nosso alvo. Perdemos de vista o filho do abismo...

•••

ASSIM QUE CHEGARAM a Budapeste, Giuseppe tratou de fazer contato com McMuller e falar onde se encontravam, embora tenha ocultado metade da história. Se bem que, mentalmente afetado como o banqueiro estava, após as constantes manipulações a que Giuseppe o submetia, e depois de tantas e tantas vezes em contato carnal com uma entidade tão depravada, dona de uma aura absurdamente maquiavélica, como um vampiro, era de se acreditar que McMuller, tanto quanto Léon e Ignacio, já não se importaria mais caso soubesse de toda a verdade a respeito de Giuseppe e Mark. Porém, como estes jamais confiavam em humanos encarnados, mas, antes, os usavam como marionetes — era esse o princípio que os regia —, nunca se exporiam assim, desnecessariamente.

Alojaram-se num hotel de luxo, que foi pago com o cartão de crédito que McMuller dera a Giuseppe, e desfrutaram de um descanso relativamente tranquilo antes de decidirem retornar ao palco dos acontecimentos. Ignacio e Léon aderiram por completo ao esquema dos dois. A noite foi de orgias, gemidos, orgasmos e roubos programados de energia. Os dois agêneres agiram como predadores conscientes dos padres, porém mantiveram-nos vivos, pois precisavam de ambos para executar seus planos diabólicos. Ao amanhecer, os jovens estavam quase exauridos, completamente desfalecidos, estirados sobre seus leitos. Somente depois das 14h daquele dia sinistro é que conseguiram levantar-se e, após um banho demorado, tentar se recompor para ter com seu amo.

Enquanto eles dormiam, os dois seres do abismo conversavam a sós, num ambiente social do hotel relativamente isolado. Mesmo se alguém os escutasse, não compreenderia a língua morta que usavam para se comunicar. Após sugarem bastante fluido vital dos pobres padres durante a noite, acalmaram-se e recuperaram o vigor antigo, necessário para manterem-se em corpos semimateriais da categoria daqueles que utilizavam.

— Concordo com sua sugestão, Mark. Por muito tempo, ficamos escondidos dos filhos do Cordeiro, dos miseráveis guardiões e de outros emissários com autoridade suficiente para nos enfrentar. Felizmente, os religiosos não representam perigo, com suas querelas e politicalhas; pelo contrário, são grandes aliados. Ademais, eles se autodestruirão sozinhos. Convém, apenas, saber aproveitar a situação de confusão reinante, a fim de estabelecer-nos e atingir nossas metas.

— Mas você, Giuseppe, precisa conter sua fome e sua sede de fluidos animais! Do modo como agiu, deixou um rastro de sangue — ou de pólvora, podemos dizer — por onde passou. Se fosse você, me manteria distante da Itália por uns tempos. Você tem condições para isso. Ainda mais agora, que temos de redobrar nosso cuidado, pois chamamos a atenção dos guardiões superiores. Por várias décadas, consegui ficar em Roma, escondido na roupagem de um sacerdote; agi com toda discrição possível, sempre obedecendo a um plano previamente traçado, a um objetivo bem-estabelecido. Portanto, creio que é hora de você agir com o mínimo de inteligência a favor de seu planejamento original. Sou um estrategista e posso lhe dar suporte com as comunicações do mundo moderno, sem precisar que nos encontremos fisicamente.

— Fisicamente! — repetiu Giuseppe para a outra criatura, esfusiante —. Até parece brincadeira. Estamos de posse de um novo corpo, cheio de vida, energia e desejo, muito desejo.

— Mas tenha cuidado, Giuseppe! Não ouviu uma palavra sequer do que acabo de dizer? Nenhum de nós sabe ao certo até onde podemos ir nesta empreitada. Sabemos apenas que corpos dessa natureza são traiçoeiros, pois exigem cada vez mais fluidos animais para que se mantenham coesas as células. Portanto, não se engane: não estamos encarnados! Somos aparições, e não há como burlar as leis universais indefinidamente. Não que as estejamos burlando, exatamente, mas o fato é que não conhecemos esse fenômeno o suficiente a ponto de menosprezar a realidade e agir como se fôssemos humanos e mortais. Com isso, quero dizer o seguinte — enfatizou Mark — e espero que me ouça: quanto mais satisfizer a compulsão por fluidos animais, mais virão à tona os clamores e os desejos mais profundos e ignóbeis que temos dentro de nós. Parece um inferno! À medida que nos envolvemos com o mundo dos homens, que lhes roubamos energias vitais, mais e mais nos sentimos presos às paixões, reféns de um apetite insaciável e compelidos a dar vazão a esse capricho, que não conhece limite. Minha conclusão é que só pode ser uma espécie de maldição que o Todo-Poderoso jogou sobre nós.

— Tenho pensado sobre isso, Belal-bár-Senof! Tenho pensado muito.

Por algum tempo, as duas feras disfarçadas de humanos ficaram em silêncio. Ninguém saberia dizer que pensamentos dantescos se passavam por suas cabeças naqueles instantes. Até Belal-bár-Senof romper o silêncio e falar:

— Lamento, apenas, que na Santa Sé, morando no meio desses idiotas de batina, não possamos levar mulheres... Temos de nos contentar com as carnes mais tenras à disposição.

— Mas isso não impede que possamos aliar o útil ao agradável. Ou seja, somos dos poucos capazes de nos satisfazer com os dois tipos, ao nosso bel-prazer, como faço com Antônia e McMuller. Além do mais, você não precisa se restringir aos corredores da Santa Sé! Por que não usa seu poder de sedução e convence alguma turista a entrar? Em caso de imprevisto, sempre poderá dar um fim nela. Melhor ainda, pode dar uma escapulida; mesmo dentro dos muros do Vaticano, há de haver um jeito. Roma oferece sempre um desfile de variedade no açougue humano — e riu estrondosamente. — É carne fresca, meu amigo das profundezas. Carne fresca e de boa qualidade! E é somente nossa. Nenhum deles terá coragem de se entregar aos braços de outros, até porque não verá graça; nem homens, nem mulheres.

Mais uma vez, Mark ficou perplexo com a posição do amigo das sombras.

— Você acha que é fácil assim? Se eu fosse inconsequente como propõe, não teria sobrevivido 50 anos na clandestinidade. Você, meu caro, devia ter cuidado, pois está brincando com fogo: o fogo da espada dos guardiões.

Mudando subitamente a postura diante da observação de Mark, Giuseppe comentou, como se ponderasse sobre as observações do amigo:

— De uns tempos pra cá, os guardiões parecem ter se fortalecido. Nada é como nos bons tempos da Idade Média. Hoje contam com organizações, inclusive no mundo dos homens, as quais os apoiam até sem o saber, e com agentes entre os viventes. Noto que esses agentes parecem interessados na batalha em curso, cujos desdobramentos, sabemos, serão muito maiores... Cada vez mais se especializam no combate; à medida que o tempo passa, armam-se com instrumentos mais eficazes contra nosso sistema e nossas organizações. É preciso ficar atento mesmo.

— Estou convencido de que os mais perigosos são os mais unidos, isto é, os que fazem preces e orações em conjunto e fortalecem seus laços no dia a dia, formando uma aliança mais estreita — falou o agênere mais experiente. — Só é preciso temer esses que formam alianças. Eles me preocupam, e muito. Os que trabalham isolados, esses não representam risco.

— E a tal de Irmina e seus companheiros? Como agiremos em relação a eles?

— Nós a pegaremos através de mil astúcias; escondidos, a venceremos. Basta assegurar que ela não peça de novo ajuda a seus amigos de outros países. Se eles se juntarem, estaremos perdidos. A união entre eles é mais forte quanto mais juntos estiverem. Portanto, devemos fomentar intrigas, instigar brigas e rompimentos; nos casos em que isso não funcionar, pelo menos que não deem atenção ao valor de ficarem juntos, intimamente unidos, porque sem isso são presas fáceis. Temos de nos concentrar nisso.

Após breve pausa, acrescentou:

— Por ora, o bom é que conseguimos enganar a tropa miserável dos guardiões. Obtivemos uma vitória importante.

— Vitória? Como assim, monsenhor das profundesas? — zombou Giuseppe.

— Não notou que estavam no nosso encalço? E o

modo como conseguimos fugir sem deixar rastro?

— Essa é apenas uma vantagem na luta. Sinceramente, não vejo nisso uma vitória, Mark.

— Não vê? Pois, segundo sei, ninguém consegue fugir da perseguição dos guardiões. Eles são poderosos, quase deuses.

— É... Mas e se até nossa fuga tiver obedecido ao planejamento dos maiorais dos guardiões? E se nem sequer soubéssemos que eles nos vigiam? — ponderou Giuseppe para o recente comparsa das hordas do inferno.

Mark não soube responder à observação do infeliz aliado. Amarelou o sorriso e levantou-se, dando alguns passos em direção à janela do apartamento onde se reuniam.

Um sussuro que se assemelhava a batidas de asas de morcego perpassou pela turba fúnebre que havia se reunido do lado de fora do hotel. Um amontoado de espíritos abjetos farejou o recente festim de fluidos humanos, associados ao odor de podridão emanado pelos vampiros, que somente na outra dimensão poderia ser sentido em toda a sua hediondez. Assomavam mais de 200 espíritos, atraídos pelas auras dos dois comparsas materializados do submundo. Como uma revoada de corvos negros, chegavam mais e mais bandos de seres em estado deplorável; vinham com os sentidos aguçados pelo conluio formado entre os vampiros de feições humanas. Ao contemplar a cena, pois sua visão extrafísica estava perfeitamente conservada, Mark assustou-se e chamou Giuseppe:

— Veja lá fora! Os miseráveis parecem rondar o hotel. Farejam nossa presença. Não podemos mais permanecer juntos.

— Será mesmo por nossa causa que se aproximam? Não será por outro motivo? Se bem que, desde que cheguei ao mundo dos viventes, assumindo este corpo, nunca presenciei uma reunião como esta, de criaturas tão tétricas.

— É claro que é por nossa causa, Giuseppe! Abra os olhos miseráveis de sua alma. Decerto, ao estarmos juntos, nossas emanações se somam e produzem um tipo de campo magnético que dificilmente pode ser ignorado por esse bando de seres feito abutres desgraçados. Pior: é essa a forma como os guardiões nos encontrarão. Sei disso. Precisamos tomar providências urgentes. Devemos sair daqui.

Neste instante, Léon e Ignacio foram vistos pela janela, caminhando tranquilamente pela rua. Haviam se levantado e deixado o quarto, talvez em direção a um café. Não perceberam nada do que ocorria do outro lado da delicada membrana entre as dimensões; nada além de um leve mal-estar. Foi o suficiente para despertar a atenção de Mark:

— Os padres! Eles serão presa fácil. Vamos descer.

— Como *presa fácil*? Eles porventura são médiuns?

— Não é isso, seu miserável! Eles passaram a noite toda conosco. Logo, estão completamente impregnados de nossos próprios fluidos. Tivemos uma transfusão, uma troca energética de grande intensidade, de sorte que os seres infernais vão perceber nossos resquícios neles. Não há como disfarçar a emanação fluídica.

— Acho que você está delirando, Monsenhor — disse Giuseppe, recostando-se na poltrona após tomar nas mãos sua taça de champanhe. Invariavelmente, quando chamava Belal-bár-Senof de Monsenhor era porque zombava dele.

— Faça o que bem entender, idiota! Só não vá nos expor ainda mais. Vou descer atrás de Léon e Ignacio, senão, será nossa perdição. Pelos maiorais dos infernos!

Desceu correndo, sem esperar Giuseppe. Assim que chegou à rua, um bando de espíritos o cercou, tentando pegá-lo, tocá-lo e arrancar qualquer coisa dele. Espavorido e temendo as consequências daquela exposição desnecessária, Mark espantou a bofetadas as vis criaturas, até conseguir chegar ao lugar onde estavam os dois padres. Sem que os dois entendessem o que ocorria, levou-os para outro hotel, na margem oposta do Rio Danúbio, na esperança de que, ao se afastar de Giuseppe, enfim arrefeceria a intensidade da emissão fluídica. Uma vez instalado, inventaria uma mentira para seus escravos e decidiria o que fazer. Era preciso rever os planos, mas um estrategista do seu gabarito tiraria isso de letra; bastavam apenas um pouco de tempo e tranquilidade. Ademais, era bem mais maduro, experiente com os humanos e o mundo dos homens do que Giuseppe, que se comportava de maneira patética e inconsequente. Como um animal no cio, pensava apenas em satisfazer suas paixões mais vulgares, esquecendo-se dos objetivos que o trouxeram até ali tão logo sentisse cheiro de sexo, o aroma da volúpia ou de quaisquer prazeres fugazes, como drogas e bebidas fortes.

Foi tudo muito rápido: a presença dos espíritos galhofeiros, insignificantes para os planos dos dois pseudo-humanos, e também a reação de Mark. Mas foi o suficiente para chamar a atenção da guarda espiritual responsável pela segurança da capital húngara.

Acompanhado por oito sentinelas, o agente Eynimar penetrou o Museu de Belas Artes, que, àquela hora, regurgitava de gente, já quase no fim da tarde. Um dia antes, ele recebera um comunicado da equipe de segurança de Budapeste relatando as estranhas ocorrências que sucediam ali e que denunciavam algo grave em andamento. Geralmente, aquela cidade tinha um ambiente espiritual considerado pacato, de sorte que os eventos anormais acenderam um alerta. Afinal, os guardiões estavam o tempo todo atentos ao que fosse diferente, sobretudo agora, após todas as guarnições serem notificadas acerca dos fenômenos em curso no continente, devendo reportar qualquer fato que levantasse suspeita.

* * *

MARSHALL E GILLEARD regressaram às suas respectivas cidades após reiteradas e frustradas tentativas de cooperar com a polícia do Vaticano, como previsto. Antes, porém, prestaram contas das ocorrências às polícias de Roma e Milão, até onde podiam compartilhar. Uma vez que as mortes misteriosas cessaram, ao menos na Itália, o caso dos assassinatos em série foi arquivado, por falta de pistas mais concretas.

Concomitantemente, Eynimar havia tentado estabelecer contato mental com Irmina, na esperança de que esta estivesse desdobrada, em algum lugar onde pudesse captar o chamado. Contudo, ela não respondeu, e o especialista não dispunha de tempo suficiente para tentar rastreá-la. Os acontecimentos se precipitavam.

Irmina, por sua vez, resolvera atuar por conta própria desde o episódio no Vaticano. Envolveu-se num campo de força que impedia o acesso mental por parte de outras entidades ou, mais exatamente, por quem ela não queria.

Eynimar e os oito guardiões, espécie de soldados que ele requisitara, saíram rumo ao hotel onde os dois agêneres estiveram anteriormente, em torno do qual a malta de espíritos estivera reunida. Lá chegando, triangularam o rastro magnético dos dois, empregando recursos próprios da tecnologia sideral.

— Estranho! — falou Eynimar para um dos soldados da equipe. — Pelo que soube, havia apenas um ser corporificado. Contudo, captamos nitidamente duas identidades energéticas completamente distintas... À primeira leitura, achei que pudesse ser engano, mas não resta dúvida.

— Isso só pode significar que nosso alvo está sendo auxiliado por outro espírito, talvez da mesma categoria.

Eles se apressaram em seguir a pista, apesar de que, logo depois, só conseguiriam identificar com clareza um dos dois espíritos momentaneamente materializados como viventes. Ao chegarem ao museu, observaram que um dos dois rastros se dissipara definitivamente; restava apenas o vestígio magnético deixado por Giuseppe. Foram no seu encalço.

— Nem vou tentar entender o que está havendo — tornou Eynimar, que resolveu prosseguir.

Deveriam se apressar, pois era possível que o agênere mudasse de forma repentinamente, assimilando outra aparência. A providência estava perfeitamente ao alcance de aparições tangíveis, embora lhes exigisse algum esforço. Caso isso se desse, também lhes era facultado modificar a estrutura molecular de seu corpo semimaterial, mudando assim sua frequência e, por conseguinte, o teor do rastro magnético.

Assim que chegaram a uma das estações de trem da Cidade-Luz — a quase 1.500km de Budapeste, mas a poucos minutos de viagem para Eynimar e seu destacamento —, o guardião sentiu-se aliviado ao detectar mais forte o rastro magnético de Giuseppe, o alvo principal de sua caçada. Ele poderia acarretar enorme prejuízo a quem quer que encontrasse pela frente, mas, primordialmente, os guardiões estavam incumbidos de impedir que voltasse a fazer incursões entre os políticos de qualquer país da União Europeia. Afinal, já trilhara antes esse caminho de consequências potencialmente gravíssimas, levando a efeito um tipo de influência que a maioria dos espiritualistas julgava impossível ou, então, que nem sequer lhes ocorria.

Estavam na Gare d'Austerlitz, da qual partiam os trens para o Vale do Loire, ligando Paris a Tours, Orléans e outras cidades importantes. Naquele dia, como em tantos outros, a multidão afluía à estação, num ir e vir frenético entre plataformas, escadas, lojas, restaurantes e ruas do entorno, o que de certa forma dificultava a busca pelo rastro da pérfida entidade. O movimento na dimensão astral não era menor.

— Não será simples, amigos — disse Eynimar aos oito companheiros que liderava naquela empreitada. — Fiquem atentos a qualquer pessoa que desmaie ou denote fraqueza, pois o ser da escuridão costuma roubar energia de todos em quem toca, a fim de se manter abastecido. É um vampiro; não se esqueçam disso.

Os oito amigos se dispersaram pela estação. Um dos guardiões viu primeiro algo que se passava de modo a chamar a atenção de qualquer espírito, já que os meros mortais não tinham a percepção tão aguçada. Nas imediações de uma das máquinas onde se compostavam, isto é, validavam-se os bilhetes de trem, uma dama de chapéu aparentemente fora acometida de um mal súbito. Um homem alinhado, quase chamando demais a atenção, socorreu-a de imediato, praticamente se jogando sobre a mulher, enquanto se via nitidamente esvaindo-se dela uma espécie de fluido denso, que era sugado por um homem elegantemente vestido, também portando chapéu, a cerca de 1,5m de distância. O guardião acionou o alarme silencioso, chamando os demais. Assim que Eynimar se aproximou e os outros vieram ao encalço, mas antes que o encurralassem, Giuseppe percebeu a movimentação e saiu correndo, esbarrando de propósito ora num, ora noutro. As pessoas em quem tocava durante a corrida desenfreada repentinamente sentiam fraqueza e vertigem. Mas era isso exatamente o que queria, uma vez que fora descoberto. Atravessou o Boulevard de l'Hôpital, ao sair da gare pelo lado oposto ao do cais, e entrou no hotel mais próximo, quando sumiu à vista de todos.

— Não se preocupem. Vamos seguir o rastro magnético da criatura, agora que está mais intenso.

Eynimar seguiu celeremente pelas ruas da cidade, sempre tendo Giuseppe à sua frente. Num zigue-zague para tentar despistar seus perseguidores, a criatura andou por tantos locais onde havia aglomeração de gente quanto pôde. Somente depois foi que decidiu se refugiar no mais célebre museu do mundo, no coração de Paris, pois julgava que ali, entre os inúmeros corredores do palácio secular, que contava com mais de 60 mil m^2 de galerias, poderia se refugiar e promover a transformação de sua aparência, algo que consumiria certo tempo. Aguardou a noite cair, sempre atento.

— Já sabemos para onde se dirige. Vamos apertar o cerco. Ele não pode, de maneira nenhuma, tornar a se aproximar de qualquer dirigente mundial. O panorama europeu já não é calmo, imaginem se o agênere entra em ação e consegue se ligar de maneira definitiva a um dos manda-chuvas do continente...

— Nem queremos imaginar. Se ele conseguir ocultar seu rastro, então, o perderemos de vista.

Aproximaram-se sorrateiramente do local, sem

deixar que seu alvo os percebesse de imediato. Eynimar comunicou-se com os soldados por telepatia, visando à máxima discrição:

— Fique aqui de plantão, do lado norte da pirâmide, enquanto três outros permanecem cada um na direção de um vértice, de olho nos respectivos pavilhões. Coloquem-se de sobreaviso. Quero um relatório de tudo o que virem e perceberem de estranho. Os outros quatro guardas seguem comigo — determinou o agente especial dos guardiões. Alguns espíritos apareceram por todo lado, nas mais estranhas idumentárias, mas nada de Giuseppe.

Lá pelas tantas, um dos quatro no grupo com Eynimar notou um alvoroço num dos toaletes femininos da Ala Denon. Eram três mulheres que pareciam desmaiadas, pois naquela noite o museu permanecia aberto. O fato chamou a atenção de um dos guardas astrais. Imediatamente, ele acionou novo alarme, convocando a todos. Eynimar distribuiu os sentinelas de tal modo que pudessem ativar suas armas e mantê-las projetando raios paralisantes ao longo de toda a extensão do grande corredor à frente do banheiro. Passos aproximaram-se, fazendo barulho, os quais supuseram ser de alguma criatura extrafísica.

— Preparem-se! — deu a ordem Eynimar.

Os sentinelas ficaram atentos, como se estivessem

em pleno campo de batalha. Armas elétricas em punho, saíram todos e ao mesmo tempo do local onde estavam e apareceram no corredor. Quase dispararam os raios elétricos, não fosse o grito que ouviram do agente especial:

— Parem! É Irmina.

Capítulo 9

Cápsula do tempo

O LOCAL ABRIGAVA uma das enormes cápsulas temporais elaboradas há milhares de anos por seres desconhecidos. Diversas delas se espalhavam pelo mundo, de maneira a atestar a cultura, a capacidade inventiva, a tecnologia de antigos povos que vieram ao planeta Terra quando ainda o ser humano, tal como se conhece, não existia. As rochas do planeta foram preparadas, escavadas e manipuladas a fim de oferecer abrigo a suas máquinas, seus arquivos e sua tecnologia, a qual duraria e funcionaria por milhões de anos. Dotavam-se de um tipo específico de material radioativo, porém de baixo teor de perigo para os seres que viveriam na superfície do planeta nos milhões de séculos que se seguiriam à evolução das espécies que povoariam o mundo. Uma dessas cavernas, onde repousavam os esquifes sagrados contendo a amostra de corpos dos antigos, foi o lar escolhido por aquele habitante das estrelas. Ali resolveu se isolar, esconder-se bem longe do conhecimento dos mais brilhantes homens do mundo, dos cientistas. Estes, ele considerava apenas como crianças cósmicas, assim como ele poderia ser igualmente considerado uma criança diante dos exemplares de corpos ali preservados, pois eram de uma raça anterior à sua, os quais repousavam, invioláveis, em 24 esquifes de um material tão extremamente resistente que mesmo o ser do espaço não o conseguira romper ou destruir, conforme desejara. Ao redor, maquinários de aspecto totalmente estranho a ele. Símbolos incompreensíveis pareciam aguardar que a ampulheta do tempo soasse para que algum outro ser do espaço, quem sabe, descobrisse o lugar, e outro ainda pudesse decifrar o enigmático idioma das estrelas.

Foi aquele cenário entre o arqueológico e o mitológico que o ser bizarro resolveu converter em base enquanto estivesse operando no globo terrestre, à espera de ordens do espaço. O pior era que algumas mentes da elite intelectual e científica do século XX não ignoravam sua presença no Terceiro Mundo. No entanto, nenhum deles sabia onde se alojara, onde se escondera. Após o fracasso das negociações com alguns governos terrestres, decidira abrigar-se e seguir à risca o plano traçado muito antes daquele século, quando se transferira para o ambiente planetário. Nas instalações das quais se apropriara, deixou o próprio corpo repousando, ao lado dos corpos dos 24 anciãos, numa caverna incrustada em determinado recanto obscuro próximo ao Nepal. Aquele sítio contava com uma aura peculiar, assim como se dava com a pirâmide antiga de Tikal, na Guatemala, o inusitado *mound* irlandês, o enigmático templo egípcio de Edfu e outros lugares mais — entre eles, certas regiões do Deserto de Gobi, situado entre o norte da

China e o sul da Mongólia, bem como do continente antártico, particularmente no Mar de Weddell. Acima de tudo, permanecia inexplorado pelos homens, o que evidentemente constituía enorme vantagem. Em suma, escolhera seu posto cuidadosamente, embora não se apercebesse de que havia olhos noutras dimensões, os quais sondavam aquele local e seus habitantes insólitos há muitos anos. Eram os olhos dos guardiões superiores do mundo.

Um espírito da Terra e aquele ser, o imigrante *krill,* cujo aspecto era ligeiramente diferente do humano, encontraram-se naquele ambiente totalmente desconhecido pelos homens. Era sua caverna, um laboratório situado num ponto ainda impenetrado do Himalaia.

O lugar era deslumbrante em sua estrutura interna, a despeito de os equipamentos ali observados datarem de milhares de anos terrestres. Os esquifes estavam dispostos numa das peças da edificação, encravada em meio às geleiras alpinas mais altas do planeta. Apesar da materialidade do ambiente, havia ali uma estranha confluência de energias ou de tipos de matéria, sustentada pela técnica dos antigos arquitetos do lugar. Quão enigmáticos podiam ser tais seres? Que conjunção de fatores permitia a indivíduos de outros orbes que deixassem ali, numa espécie de animação suspensa, corpos cuja fisicalidade fosse tão distinta daquela observada em seus equivalentes humanos entre os terrestres? Segundo a tradição, eram eles os chamados *antigos* ou *anciãos;*[1] apenas isso. Ninguém, nem mesmo o ser que ali se encontrava de forma semifísica, um invasor do espaço lúcido o suficiente para tornar aquele local um de seus mais secretos esconderijos, sabia dizer quem eram e de onde vinham os antigos.

[1] Indagado se os 24 anciãos citados neste trecho porventura seriam os 24 anciãos mencionados pela Bíblia (cf. Ap 4:4; 5:14; 19:4), o autor espiritual afirma que não, apesar da coincidência. Ele promete discorrer mais a respeito daqueles personagens nos volumes seguintes da Série Crônicas da Terra.

Foi ali que o agênere, ou ex-agênere, reapareceu, após dissolver-se num dos cômodos do Louvre, do outro lado do mundo, a cerca de 9.000km dali. A desmaterialização era uma das prerrogativas dos seres corporificados temporariamente, além de outros atributos, em geral, desconhecidos por pesquisadores das ciências psíquicas. Por ser um fenômeno pouco corriqueiro, sobre o qual muito pouco se tivera notícia e se pesquisara menos ainda, não se podia inferir que inexistisse na atualidade terrena.

— Meu corpo está aqui há mais de 50 anos terrestres, e jamais vi um dos meus auxiliares errarem tanto assim como você — saudou o habitante do esconderijo milenar.

— Fui imprudente por demais, lorde. Havia muito tempo que eu não experimentava os desejos físicos, carnais; quando assumi a forma entre os humanos, todo o meu ser foi dominado pelas paixões mais vis que eu havia reprimido em meu espírito. Não consegui dominar-me. Parece que a proximidade com a carne humana exerce tamanha força que é capaz de nublar nossa memória e nossas percepções de algum modo, tanto quanto diluir significativamente nosso senso de responsabilidade.

— Você colocou tanta coisa em risco... Me reportarei aos seus superiores nas regiões sombrias para que tomem as devidas providências — falou o ser do espaço, sem demonstrar, em seu semblante, algum sinal de ira, raiva ou outra emoção própria dos humanos.

— Por favor, *sir*, lhe suplico: não faça tal coisa. Talvez desconheça a maldade quase insana dos seres espirituais deste planeta.

— Conheço perfeitamente a força da corporificação sobre o cérebro extrafísico de vocês, humanos! Mas não posso permitir que meus planos corram tamanho risco com atitudes como a sua e que permaneça impune. Um dos sinistros, dos seres corporificados no seu mundo, chamou-lhe a atenção algumas vezes, advertindo-o, mas é claro que você não lhe deu nenhuma importância — asseverou, enquanto fixava longamente o espírito, que trazia em si a marca dos últimos acontecimentos. Estava em frangalhos, com a mente ainda dominada pelas recordações das paixões hediondas que emergiram de sua alma imunda e acabaram por escravizá-lo durante o período em que convivera com os humanos na superfície.

Continuou o ser do espaço:

— Desde o início da década de 1950, me transferi para este lugar invisível e, ao mesmo tempo, impossível de ser detectado pelos humanos. A despeito dos avanços tecnológicos produzidos desde então, é largamente improvável que os terrícolas venham a estas regiões, que, para eles, permanecem inacessíveis mesmo neste século, que consideram o mais desenvolvido de sua história, sem saberem ou aceitarem que, antes deles, outras civilizações pisaram o solo deste planeta e viveram experiências que julgam fantasiosas, delirantes.

Calou-se por um pouco, enquanto sua mente tateava a mente do espírito do antigo agênere, que ali estava exasperado, sem saber o que fazer, pois falhara em sua missão; mais do que isso, fora um fracasso retumbante.

— Cá deixei meu corpo num estágio de preservação celular, como os demais que jazem aqui há milênios, embora não creia que esse corpo tenha condições de sobreviver por período equivalente ao dos anciãos, tampouco disponha de tanto tempo para cumprir o que me foi designado. Entrementes, posso me locomover de um lado a outro do planeta. Quando quiser, reassumo meu organismo aqui preservado e, com o conhecimento e a tecnologia que domino, posso me esquivar em meio à multidão, intrometer-me nos meios políticos e caminhar oculto entre os humanos, sem que eles me notem diferente deles; ou então, em vez disso, revelar-me tal qual sou, caso seja conveniente para mim em dado momento, como já foi no passado.

"Mas você — prosseguiu, deixando agora transparecer na fisionomia algo indefinível, absolutamente desconhecido por aqueles que catalogam as emoções humanas —, você permitiu ser identificado, chamou a atenção de agentes poderosos à sua presença e à de outros agentes nossos materializados na superfície. Felizmente, o sinistro com quem cruzou é muito mais experiente, e outros, além dele, estão tão disfarçados e imiscuídos em meio ao povo terrestre que seguramente não poderão ser desmascarados."

— Graças às forças da escuridão! Como meu lorde mencionou, ninguém entre os humanos é capaz de localizar seu esconderijo, incrustado nestas altitudes eternas das geleiras do Himalaia... É no mínimo impensável, sem motivação nem tecnologia adequadas.

— Naturalmente, não me refiro aos seres físicos do planeta. Parece que sua inteligência, como a dos demais humanos, é bastante limitada; nem sequer é capaz de compreender a dimensão do que se passa ou se passou na situação vivida por você — enfatizou o ser do espaço ao espírito fracassado. — Refiro-me, é óbvio, aos agentes dos guardiões planetários.

— Mas será mesmo que eles desconhecem o paradeiro de meu lorde? Acaso ignoram onde repousa seu corpo físico atual, aqui, neste incrível laboratório?

— Em tese, poderiam até dispor de tecnologia e habilidades para tanto. Contudo, duvido que, durante todos estes anos que se passaram desde que cheguei e resguardei meu corpo em meio aos esquifes dos antigos, eles, sabendo de minha localização, não teriam aparecido e tomado as devidas providências. Como não fizeram nada até agora, deduzo que não desconfiam de minha presença e da dos outros de minha espécie em seu mundo. Por certo, não estão atentos à atuação de extraterrestres junto com os governos e os governantes da Terra, já que temos circulado livremente — falou cheio de convicção, ao menos tentando demonstrá-la perante o combalido ex-agênere.

Breve pausa no diálogo, durante a qual o *krill* tornou a fitar o reles espírito, devassando-lhe a alma, para então continuar:

— Não obstante tudo isso, abominável Giuseppe, ao vir diretamente para cá após a desmaterialização, você deixou para trás vestígios perfeitamente identificáveis. Qualquer um dos guardiões planetários poderá, agora, seguir seu rastro magnético, que nada mais é do que uma fuligem espalhada pela atmosfera do seu miserável mundo. Claramente, entender esse processo é algo que escapa à sua capacidade, transcende sua inteligência — afirmou com o mais profundo desprezo o ser de cabeça cônica, embora de aparência humanoide. — Menos mal que, a despeito de sua estridência irresponsável, o sinistro corporificado no Vaticano tenha logrado retomar o posto que lhe cabia sem ser flagrado. Muito embora alguns integrantes do clero desconfiem de que algo verdadeiramente inusitado se passa sob as abóbadas da Santa Sé, já se mostraram francamente incapazes de desmascarar nosso emissário, hoje infiltrado em meio à elite do projeto secreto conhecido como *Secretum Omega*.

Por todo o local, havia aparelhos disfarçados nas montanhas. Sob as rochas, um aparato tecnológico cujo código de funcionamento, de tão antigo, até mesmo aquele ser que viera do espaço fora incapaz de decifrar. Os construtores da base — na pior das hipóteses, tratava-se de seus contemporâneos — davam mostras de profunda inconsciência, emblematicamente deitados nos esquifes. Embora os 24 corpos parecessem vivos, estranhamente vivos, para aquele ser do espaço, estavam, na prática, definitivamente mortos, uma vez que já empregara todos os recursos à disposição para despertá-los, jamais alcançando o mais leve vestígio de sucesso. Ninguém, ou nenhuma criatura da qual já tivera notícias, lograra sobreviver na atmosfera da Terra por tantos milênios vinculado ao mesmo corpo sem que este se deteriorasse e definhasse. Nem mesmo os representantes da sua espécie, pois que os antigos astronautas regressaram ao seu planeta de origem por volta do ano 457 a.C. e não haviam tornado a aparecer. Nem eles próprios, dotados de uma longevidade tão espantosa para os padrões humanos, poderiam ficar ali indefinidamente, imunes à degeneração celular e à influência mental e emocional no ambiente dos humanos modificados geneticamente. Talvez houvesse ocorrido algum cataclismo — especulava ele —, daqueles que o planeta enfrentara em grande número ao longo dos milênios, que, de alguma maneira insondável, afetara os aparelhos de preservação de vida dos seres à sua frente.

Tomado por esses pensamentos, que o assaltavam e intrigavam, o filho das estrelas levantou-se da plataforma que usava como poltrona ao conversar com a entidade terrestre e andou alguns passos até alcançar um dos esquifes estruturados em material semelhante a cristal misturado a uma espécie de liga metálica desconhecida inclusive para ele. O que via diante de si eram seres também humanoides, porém dotados de aparência diferente da sua. Altos, mediam cerca de 2,5m de altura, à exceção de um deles, cuja estatura, bem inferior, era de 1,65m. Jaziam ali impassíveis, deitados, adormecidos. Sabe-se lá por meio de qual tecnologia, deviam estar vivos — se ainda estivessem, embora fosse uma vida aparente — apenas para manter vegetativamente os corpos biológicos de espíritos ignorados. Mas isso aquele ser do espaço ainda não sabia. Quanto a seus espíritos, então, onde estariam? Também elucubrava sobre essa questão a mente do ser de outro mundo que conversava com Giuseppe.

Claramente, segundo observava, reuniam-se ali representantes de pelo menos cinco povos diferentes; entidades biológicas extraterrestres perfeitamente vivas, mas não animadas ou conscientes, pois suas consciências já haviam abandonado os corpos e poderiam muito bem estar em algum recanto do planeta, interferindo nos acontecimentos globais por meio de mecanismos obscuros ou ignorados pelo *krill*.

Giuseppe, enquanto isso, temia pelo futuro, pois reconhecia ter fracassado. De fato, sabia que suas atitudes realmente haviam comprometido alguns dos planos da criatura, bem como de certas potestades da escuridão personificadas nos temíveis chefes de legião. O ser do espaço voltou-se para Giuseppe uma vez mais, e este pôde perceber a gravidade da situação ao encarar frente a frente o astronauta de outro mundo.

Giuseppe não se atreveu a tecer nenhum comentário sobre qualquer coisa. Com efeito, sua posição não era nada confortável. Sabia-se completamente impotente diante da entidade biológica extraterrestre. Um medo inenarrável, súbito, apavorante tomou conta de seu ser por inteiro; uma sensação como não experimentava há muitos e muitos anos. Sentia como se algo crescesse dentro de si, um monstro, uma sombra que não podia dominar.

Será que o ser do espaço estivera o tempo todo a influenciá-lo? Seria capaz ou teria o poder de acentuar suas emoções a este nível tão desumano?

Havia algo cada vez mais forte, tenaz crescendo dentro de si. O pavor parecia aumentar à medida que o *krill* conversava, pensava ou simplesmente olhava para ele. Era sombrio, sofístico, sagaz; ao mesmo tempo, impiedoso e atroz. Algo comprimia seu cérebro extrafísico, mas também suas emoções, de maneira medonha, arrebatadora.

O astronauta de cabeça cônica parecia esperar alguma coisa ou alguém. Por essa razão, desviou o olhar de Giuseppe, e sua memória retornava ao passado, para algum momento mais de 50 anos antes.

Recordou a ocasião em que um dos representantes do governo norte-americano verbalizara suas intenções perante um grupo seleto de pessoas. E o astronauta do espaço os observava, sem ser percebido. Estavam presentes, entre cientistas e autoridades religiosas, engenheiros, físicos e uma variedade considerável de especialistas de diversas áreas do conhecimento humano, todos escolhidos a dedo por algum comitê militar ou de inteligência. Lembrava-se perfeitamente das cinco espaçonaves e do nome ridículo que os humanos lhes atribuíram – *etherian* –, porque incapazes de explicar satisfatoriamente ou convencer alguns cientistas – que mais se assemelhavam a crianças de seu mundo – a respeito das diferenças de fisicalidade de seus corpos em relação aos corpos humanos terrestres. Por não conseguirem compreender ou admitir um conjunto de evidências que contestavam as crenças vigentes de modo cabal, escolheram um termo que soava entre místico e exótico a fim de classificar os viajantes do espaço.

Veio-lhe à memória o humano Eisenhower, com o qual fizera contato e estabelecera um tipo de tratado. Mas recordou também, com as cores mais vívidas que sua memória poderia pintar, o momento em que o tratado foi quebrado, o impelindo, o *krill*, como consequência, a albergar-se ali, naquele local desconhecido e impecavelmente disfarçado entre as geleiras alpinas mais perenes do planeta. Ainda bem que detinha conhecimento e técnica superiores à ciência e à tecnologia dos humanos terrícolas, pois assim conseguira se camuflar, modificar sua aparência em algumas circunstâncias e, desse modo, conhecer de perto a filosofia por trás da política dos governos terrestres. Depois de algum tempo, conseguiu arregimentar diferentes entidades biológicas extraterrestres, que, agora, estavam imiscuídas entre os homens.

Quando ainda em meio a essas lembranças e constatações, assomou-lhe à mente a falta gravíssima cometida por autoridades terrestres, no passado recente, ao se assenhorarem da tecnologia que lhes fora transmitida e, ao mesmo tempo, desrespeitarem as diretrizes do acordo celebrado entre terráqueos e seres do espaço.

Enquanto refletia sobre tais ocorrências, de súbito voltou-se para o espírito da escuridão. Sem que Giuseppe o percebesse e somente com um gesto de sua mão, acompanhado pela força sobre-humana de seu pensamento, arremessou o famigerado ex-agênere, então já destituído do corpo material, às regiões profundas do submundo astral. Ali, enfrentaria o rigor e a ira dos dirigentes das sombras, os chefes do poder tenebroso, que disputavam entre si o controle e o domínio de todas as facções de seres e gênios do mal. Ele, o ser do espaço e filho das estrelas, não se importava com o jogo de poder nas regiões ínferas do planeta. Tão logo seus planos fossem concretizados, com certeza essas zonas inferiores já estariam reconfiguradas, e todo o sistema político do submundo seria outro. Focaria seu olhar agora sobre os poderes da superfície. Diante de si, afigurava-se um jogo de xadrez de proporções planetárias, a ser jogado na arena política e geopolítica dos povos que habitavam a crosta terrena.

Giuseppe caía nas regiões abismais, diretamente na frente de combate dos chefes de legião, os quais o esperavam sequiosos a fim de lhe infligirem as duras penas do julgamento oportuno.

O *krill* saiu do ambiente aconchegante da montanha, do interior do laboratório, incrustrado num dos cumes mais altos daquela cordilheira, um recanto jamais visitado ou sequer cogitado por qualquer ser humano. Fitou as geleiras ao longe; a perder de vista, o branco que tomava conta de tudo. Lembrou-se de seu mundo por um instante, em épocas nas quais ele se afastava do sol central a tal ponto de ser completamente coberto pelo gelo. Porém, debaixo de todo aquele gelo, havia vida, respirava uma civilização que soubera se adaptar ao ambiente hostil de um planeta cheio de contrastes. Assim era seu orbe, seu lar.

O que o ser do espaço não sabia era que, além do tecido sutil que separa as dimensões, olhos de seres mais desenvolvidos o observavam. Vários olhos! Rasgando a película sensível das realidades dimensionais, os guardiões superiores tudo vigiavam. Watab, o especialista da noite, estava a postos com seu amigo Jamar, registrando cada pensamento, cada informação que envolvia o imigrante do espaço. Mais adiante, numa realidade por ora também ignorada, 24 seres pairavam, muito além da membrana psíquica das dimensões, contemplando os acontecimentos mundiais e seus protagonistas, numa história ainda desconhecida dos historiadores do mundo.

Epílogo

Mas todas essas coisas
são o princípio das dores.
Mateus 24:8

O PLANETA experimenta revoluções contínuas e cada vez mais intensas. Como uma mulher prestes a dar à luz, movimentam-se em seu interior forças descomunais que, em breve, liberarão o novo homem, filho e semente de uma nova humanidade. Mas o parto não é nada fácil, tal como não o é para a mãe, que deve parir o rebento em meio às contrações e após um período da mais variada complexidade e de modificações orgânicas substanciais. Desejos, vontades, dores; todo um processo de transformação que suscita sensibilidades, durante o qual se aumenta o risco de contrair certas enfermidades e se exigem cuidados especiais. Assim se dá com a Terra, com o mundo.

Invariavelmente, ocorrem interferências boas ou más, prejudiciais ou favoráveis ao bom andamento da gestação. De alguma maneira, porém, tudo — incluindo as emoções em ebulição — concorre para o surgimento de elementos novos, situações inesperadas e até mesmo outras já previamente aguardadas. Diversos são os sinais que demonstram ser este um momento passageiro, no qual as experiências têm duração limitada no tempo, mas que, não obstante, são capazes de acarretar sofrimento e provocar dores. Neste período de transição, assomam personagens insólitos, alguns dos quais nunca imaginaríamos que existissem ou, quem sabe, existindo, pensássemos que pudessem interferir não mais que palidamente nos mil e um processos e químicas que forjam o novo homem. O ventre planetário está prenhe. As contrações observadas aqui e acolá prenunciam que se avizinha a hora do parto. Entretanto, à medida que se aproxima, as dores aumentam; o risco se agrava e parece se espreitar em cada gesto, em cada órgão.

Os países do mundo são os órgãos do grande corpo planetário. Alguns, gravemente doentes, infestados por uma espécie de tumor contagioso, intentam contaminar ou alastrar-se, aniquilando organismos mais frágeis. Muitas vezes, a terapia de choque, que destrói tecidos e células enfermiças, pode ser o único recurso. Em outros casos, antes de haver o parto, será necessário extirpar o núcleo cancerígeno por meio de um procedimento cirúrgico, aguardando o organismo se recuperar depois do evento invasivo. Ainda, em certas situações, é possível controlar por tempo indeterminado o avanço da doença. Mas quando se estabelecerá a harmonia? Com frequência, mesmo após o nascimento do novo ser, perdura o tratamento visando ao restabelecimento do ente planetário.

Algumas nações operam como órgãos afetados. No presente momento, porém, toda a Terra padece, afetada, e o quadro enfermiço exige atitudes mais enérgicas, radicais. Convém que o globo terrestre e as sociedades que abriga se preparem para a intervenção cirúrgica. É imperioso tomar consciência de que elementos estranhos, patogênicos, não raro invisíveis em sua manifestação, têm atuado dentro do organismo — e ganhado território. A intervenção é iminente, antes que as defesas e o sistema de equilíbrio orgânico entrem em colapso. Durante essa inescapável baixa ao hospital da reeducação, visando à readequação do organismo planetário, há muitas interferências a serem compreendidas, enfrentadas e, até mesmo, repudiadas.

A marcha é lenta. Em meio à revolução do organismo, aos agentes patogênicos que nele se proliferam e aos passos rumo ao reequilíbrio, que ora parece distante, deve nascer e vingar o novo ser. Durante as dores do parto e antes dele, ao lidar com os elementos indesejáveis e as energias geradas neste confronto pela saúde do mundo, surge um homem mais resistente, maduro e muito mais equipado para prosseguir sua jornada de descoberta. À luz se dará em breve, momento que será marcado pela visita dos pais celestes e de outras inteligências externas que se avizinham, enquanto lutas intestinas continuarão a ser levadas a cabo pelos sistemas de defesa e equilíbrio do organismo planetário. Quantos fatores entrarão em cena ou serão revelados, causando espanto, irritação, febre, dores e, em alguns casos, sofrimento... Sim, pois dor é diferente de sofrimento. Ambos estão sujeitos às reações de cada um, à intensidade e à importância que o ser atribui às dores e à forma como as interpreta. E falamos agora de um ser coletivo.

Transcendendo o palco ou o âmbito em que esses lances se desenrolam, vê-se que a Terra nada mais é do que um pálido ponto de areia sustentado por um raio de luz na imensidade do universo. Apenas um ponto perdido na amplidão do cosmo. Ao passo que, em sua superfície, seres ainda mais minúsculos disputam ferrenhamente o poder, o dinheiro, o domínio e cultivam a necessidade de ser reconhecidos dentro desse grão de areia flutuante na imensidade; numa esfera mais ampla, acontecimentos bem mais expressivos definem um sistema inimaginável pelo ser humano. Outras forças, outros mundos, novas civilizações disputam seu lugar no cosmo. Esse é o processo evolutivo num âmbito muito mais global, imenso, quase incompreensível aos seres que rastejam no grão de poeira sustentado no diminuto raio de luz que viaja o espaço sideral.

Esses seres ignoram, também, os outros elementos mais amplos e quase incontáveis que os rodeiam. Imagine: chegam a pensar que sua humanidade é a única no infinito do universo. Mais ainda, acham que sua verdade é absoluta, e sua maneira de ver esse grão de poeira, a mais correta e acertada. Segundo essa ótica, nada mais lhes resta a fazer do que brigar, adoecer, incomodar-se para pagar contas e prover seu sistema de vida, tão restrito a um aspecto diminuto desse grão a vagar pela imensidade. Muitas vezes, perdem a vida e seus momentos entre futilidades, enquanto se desenrolam tantos outros dramas, muito mais incríveis e expressivos, em recantos deste e de outros universos.

Enfim, tudo contribui para que nasça um novo ser, mais preparado para ver além. O parto desse grão de areia é determinante para que surja a consciência ou um tipo de consciência que, mais tarde, influenciará outras raças do espaço; será capaz de alastrar-se universo afora, enraizar-se, miscigenar-se, modificar sua estrutura genética, espiritual e evolutiva a tal ponto que, num futuro longínquo, não se detectará quase nada do gérmen, da semente que foi um dia. Somente então, a mãe Terra se alegrará, regozijará ao ver um novo ser nascendo, e as dores antigas, os momentos de sofrimento, serão apenas lembranças registradas no álbum da consciência, mas que ficarão para trás diante da alegria indizível, inexprimível de haver nascido para um novo mundo um ser novo; este, sim, voará até as estrelas ainda uma vez mais, contando a história de um recanto perdido na imensidão, da casa dos pais, enquanto semeará vida por entre os sóis da imensidade. Aproxima-se, pois, a hora do parto!

Referências bibliográficas

KARDEC, Allan. *A gênese, os milagres e as predições segundo o espiritismo*. Tradução de Guillon Ribeiro. 1ª ed. esp. Rio de Janeiro: FEB, 2005.

____. *Revista espírita*: jornal de estudos psicológicos. Tradução de Evandro Noleto Bezerra. Rio de Janeiro: FEB, 2004. v. 2, 1859; v. 11, 1868.

NUZZI, Gianluigi. *Sua Santidade: as cartas secretas de Bento XVI*. São Paulo: Leya Brasil, 2012.

PINHEIRO, Robson. Pelo espírito Ângelo Inácio. *A marca da besta*. Contagem: Casa dos Espíritos, 2010. (O reino das sombras, v. 3.)

____. Pelo espírito Ângelo Inácio. *Crepúsculo dos deuses*. 2ª ed. rev. Contagem: Casa dos Espíritos, 2010.

____. Pelo espírito Ângelo Inácio. *Os guardiões*. Contagem: Casa dos Espíritos, 2013. (Os filhos da luz, v. 2.)

____. Pelo espírito Ângelo Inácio. *Os nephilins*. Contagem: Casa dos Espíritos, 2014. (Crônicas da Terra, v. 2.)

____. Pelo espírito Ângelo Inácio. *Senhores da escuridão*. Contagem: Casa dos Espíritos, 2008. (O reino das sombras, v. 2.)

____. Pelo espírito Joseph Gleber. *Consciência:* em mediunidade, você precisa saber o que está fazendo. 2ª ed. rev. Contagem: Casa dos Espíritos, 2010.

Obras de Robson Pinheiro

PELO ESPÍRITO JÚLIO VERNE

2080 [obra em 2 volumes]

PELO ESPÍRITO ÂNGELO INÁCIO

Encontro com a vida

Crepúsculo dos deuses

O próximo minuto

Os viajores: agentes dos guardiões

COLEÇÃO SEGREDOS DE ARUANDA

Tambores de Angola

Aruanda

Antes que os tambores toquem

SÉRIE CRÔNICAS DA TERRA

O fim da escuridão

Os nephilins: a origem

O agênere

Os abduzidos

TRILOGIA O REINO DAS SOMBRAS

Legião: um olhar sobre o reino das sombras

Senhores da escuridão

A marca da besta

TRILOGIA OS FILHOS DA LUZ

Cidade dos espíritos

Os guardiões

Os imortais

SÉRIE A POLÍTICA DAS SOMBRAS

O partido: projeto criminoso de poder

A quadrilha: o Foro de São Paulo

O golpe

ORIENTADO PELO ESPÍRITO ÂNGELO INÁCIO

Faz parte do meu show

COLEÇÃO SEGREDOS DE ARUANDA

Corpo fechado (pelo espírito W. Voltz)

PELO ESPÍRITO TERESA DE CALCUTÁ

A força eterna do amor

Pelas ruas de Calcutá

PELO ESPÍRITO FRANKLIM

Canção da esperança